JN205367

エリ・ヴィーゼルの教室から

世界と本と自分の読み方を学ぶ

WITNESS
Lessons from Elie Wiesel's Classroom
Ariel Burger

アリエル・バーガー
訳＝園部哲

白水社

エリ・ヴィーゼルの教室から

世界と本と自分の読み方を学ぶ

WITNESS: Lessons from Elie Wiesel's Classroom
by Ariel Burger
Copyright © 2018 by Ariel Burger
All rights reserved

Japanese translation rights arranged with Ariel Burger
c/o Joelle Delbourgo Associates, Inc., New Jersey
through Tuttle-Mori Agency, Inc., Tokyo

カバー写真：ロイター/アフロ
2015年3月2日、ワシントンで開催されたイラン核開発問題をテーマにした円卓会議に参加する
ノーベル平和賞受賞者エリ・ヴィーゼル。

ネス、ヤーコヴ、ヨヴェル、ミナケム、そしてエリヤとシラへ

エリ・ヴィーゼルの教室から
世界と本と自分の読み方を学ぶ

目次

読者へのノート

本書は、わたしの二五年間にわたる日記、五年分の授業ノート、そしてエリ・ヴィーゼルから教えを受けた世界中の学生たちとのインタビューを基にしている。授業ノートは速記で書いたものだが、ひどい悪筆ゆえ、ときには自分でも読みとれないという苦労を味わった。

こうした手書きの記録のほかに、教授に会ったときは毎回（最初のスマートフォンを買った二〇〇七年以降）、彼の部屋から退出したあと、ボイスメモに面談内容を録音するようにした。その録音は、わたしたちが交わしたたくさんの会話をふりかえる手がかりになり、彼にいとまを告げた直後のわたしの感情を呼びおこすよすがになった。今聞きかえすと、ボストンのベイ・ステート・ロード、あるいはニューヨークの彼のオフィスを出てマディソン街を歩いているときの、わたしのたかぶりを聞きとることができる。何もいい忘れまいと急《せ》きこんでいた自分の語り口を。

最近のことだが、クラスの講読で使ったゲーテの『ファウスト』、イスマイル・カダレの『Elegy for Kosovo（コソボの悲歌）』、ベルトルト・ブレヒトの『肝っ玉おっ母とその子どもたち』のそれぞれに、ヴィーゼル教授が青インクで走り書きしたメモカードがはさまっているのに気がついた。彼の筆跡は判読が難しいけれど、これらのカードから本書に転用したものもある。

そしてまた、彼と親交の深かった同窓生の何名かが、惜しみなく時間を割き体験談を聞かせてくれた。彼らとつながりを持つことができたのも、またとない幸運であり愉悦であった。彼らが再現してくれたクラスルームでのさまざまな場面に、読者も本書のなかで臨席することになるだろう。また、クラスを去ってからこれまで、ヴィーゼル教授の教えを受けたことの意味合いについて思いめぐらしてきた彼らの現時点での考えも披瀝されている。思い出を分かちあってくれた彼らに感謝したい。

はじめに

エリ・ヴィーゼルといえばホロコーストの証言者、そして自身の特異な悲劇体験から学んだ全人類のための教えの伝導者としてよく知られている。彼は『夜』の著者であり、同書は現代必読図書の一角を占め、世界中の高等学校で教材として使われている。ノーベル平和賞受賞者でもあるヴィーゼルは、地球上のあちこちで苦しむ人々のためにたゆまず働いた。数十年にわたり彼は、カンボジア、ボスニア、モスクワ、南アフリカなどのほか、多くの国々を旅し、犠牲者たちに彼らが孤立無援ではないことを知らせる努力の一環として、迫害に抗議し彼らのために証言してきた。彼は作家であり、証人であり、人権活動家であり、クリスタ・ティペット〔米国最高の人道支援表彰であるNational Humanities Medalを受賞したジャーナリスト〕にいわせれば「人道主義の巨星」であった。

とはいうものの長年、天命は何かとインタビューで問われるたびに、彼はいつも同じ答を返した――教育です、と。彼は繰りかえしこんなふうにいった。「まず第一にわたしは教師であり、最後まで手放さぬであろう仕事が教育です」。自分の著作はそうした役目の延長上にあると彼は認識し、その役目を対外的に表すものが積極的行動であるという。ある回想録のなかで彼はこう書いている。「ボストンでわたしは学生から喜びをもらい、そしてお返しをする……わたしは学生といっしょになって学ぶ……切りのいいところなどはない……全力で取り組み、全神経をそそぎ、持ちあわせた好奇心のすべてを使うのが教育だ。わたしにはほかの職業などないし、ほかに職探しをするつもりもない」

わたしはエリ・ヴィーゼルの弟子だった。が、彼が逝去した二〇一六年七月以降の今もなお、引きつづき弟子なのである。ボストン大学で博士号の準備をしていた時期、わたしは彼の教育助手として五年間勤務した。彼とは密接な関係をたもち、講義のテーマを選んだり、シラバスや講読図書の準備、議論が始まったときの手引き役をした。そうしたクラスのなかで、わたしは彼の卓越した教育実践方法を見ることができた。学びの学究的な厳密さは維持しつつも、そのなかで学生が個人的意義を探ることを歓迎する態度である。それは古典的な教養や文学が持つ伝統に根ざしたものでありながら、喫緊の問題意識に直接働きかける。宗教色のない大学での授業ではあったが、宗教的あるいは神学的な語法が用いられても違和感はなかった。手短にいうならば、道義的責任を負い、感受性をそなえ、正義を追求するヒューマニストを生みだすことを意図した教養教育という、たぐいまれな授業だったのである。長年にわたり、わたしは何百人という学生がさま変わりしてゆくのを目撃した。

しかしわたしは彼の教室で助手を務め始めるはるか以前、一五歳で初めて彼に出会ったときからずっと彼の生徒だった。彼はわたしの恩師であり指導者であり、やがては親友になった。アイデンティティや宗教、そして有意義な人生のためにどのような職につくべきかといった厄介な、解決不可能としか思えなかった問題を乗りこえるのに、彼は力を貸してくれた。

二五年以上ものあいだ、わたしたちは個人的なことや政治的なこと、子どものころの思い出、聖書物語、教義注解、芸術、音楽、信仰について、延々と語り過ごした。わたしは職業の選択や子育て、結婚について彼に質問をした。これに対して彼は、直接的な回答や具体的な指示を与えるのではなく、別方向からの質問を投げかけて一考をうながすことがよくあった。ところが、彼からの質問がなぜかしらわたしの疑問に光明を投じることになるのだった。彼のおかげで、わたしは思いもよらぬ大役につくことになった。教師、である。

エリ・ヴィーゼルは、歴史を変える教育の力を信じていた。世界が収拾がつかぬ状態になっているとき、教師から学生への伝達という単純な行為に希望の源泉があると彼は信じていた。我々は平和を願い、正義を願う。我々自身と地球を救わなければならないと承知している。が、すべては悪化している。圧倒されるばかりで、気力があったとしてもどこから手をつけたらいいのかわからない。狂騒の時代にあって、我々は精神生活をはぐくむのに苦戦し、いかなる種類の信仰もはるか遠いところへ遠ざかってしまったと感じることが多い。我々に必要なのは説得力に満ちた至徳の声であり、誠実さ《インテグリティ》の規範なのだが、それを見つけるのは容易ではない。

エリ・ヴィーゼルはそうした声の持ち主である。独自の人生経験が、彼を知識と理解力と感受性の探究へと駆りたてた。一九四四年五月、家族とともにアウシュヴィッツへ強制移送されたとき、彼は学生だった。彼の母親と妹は到着するなり殺された。エリと父親は強制労働に耐え、次いでブーヘンヴァルトへの強行軍を強いられ、父親はそこで死んだ。アメリカ軍兵士が収容所を解放したのは一九四五年四月二九日。エリは一六歳になっていた。

戦後、彼は勉強をつづけてジャーナリストになる。一九五八年、彼は最初の著作、ホロコーストの実体験を書いた『夜』を出版する。彼は古典・近代の哲学、あるいは宗教や文学をテーマに講演を始め、一九七二年にはニューヨークのシティカレッジで教鞭を執るべく招待される。一九七六年にボストン大学へ移ってからは同校を知的活動の拠点と見なし、以後三四年間そこで教育に従事した。

ボストン大学のヴィーゼル教授は、毎年秋学期に二クラスを持った。月曜日のクラスは哲学的・文学的なテーマを幅広くあつかい、「信仰と異端」とか「抑圧に対する文学的反応」などをテーマとし、火曜日のクラスではユダヤ教のテクストに専念した。創世記、ヨブ記のほかハシディズム（敬虔主義）思想の古典などである。長年のあいだに彼が教えた講座には、寓話とパラドックス、対立と対決、神への対処、文学に現れた自殺、古代文学と現代文学における師弟関係、フランツ・カフカの流刑と記憶、作家にとって書くこととは、監獄文学、隠された文学と禁じられた書物、などがあった。それぞれの講座の前後に教育助手の手引きによる議論の時間をもうけ、そこで週ごとの課題図書（学生には週一冊の読書義務が課せられる）の批評と、当該講座で取りあげたテーマについて意見を交わした。

公開講演の場で、ヴィーゼル教授は学生に対する敬意を披露することがよくあった。三〇〇〇人以上の聴衆が集う、大規模で壮大なイベントの舞台において。いたずらっぽく目をかがやかせ、彼はこんなふうにいう。「今年の学生はこれまでで最高だ、と毎年いってきましたが、それは毎年正しかった。しかし今年の学生は本当に最高なのです！」こうした心意気は、授業構成に如実に現れていた。彼は早い時期から、自分のクラスを先導するのは学生自身の声であって自分ではない、という信念を持っていた。二人の学生がまずその週に講読する本について一〇分ばかり話す。大概はストレートな内容紹介になるが、なかには芸術的なものもあって、読後の感想を創作ダンスに乗せて踊るというのがあった。ヴィーゼル教授の授業は、まずは学生が提起した疑問に対して答えるという形で始まるのだった。

次ページ以降で、エリ・ヴィーゼルのクラスルームにつらなる秘密の窓を開くことにしよう。彼が生涯を通して繰りかえし立ち返った中心テーマのいくつかに踏みこみ、エリ・ヴィーゼルといえばあれ、というふうに通常連想されるものとは異なる問題を含む教えについて探究してみたい。というのは、彼はホロコーストと人権ばかりに執着していたのではなく、記憶、信仰、懐疑、狂気、反抗についても考え抜いていたからである。

それでは、一〇一号教室へ向かおう。ヴィーゼル教授が学期最初の講義を始めようとしている。紙をざわめかせ私語を交わしていた学生たちが静まりかえった。高窓から朝日が差しこむ教室に静寂が満ちる。ヴィーゼルは古い木製の椅子の背後に立ち、「グッドモーニング」とひとこと。学生たちも同じ言葉を返す。

微笑みを浮かべ、彼はいう。「それでは、あ、な、た、方の質問から始めましょう」

第1章

記憶

証人の話を聞いたあとは、あなたも証人になる。

エリ・ヴィーゼル

何がわたしたちを救うのか？

二〇〇五年のボストン、寒い一二月の朝、エリ・ヴィーゼルは満員の教室を前に立っていた。国内国外の学生、学部生、博士課程の学生、退職聴講生、新たな学位取得をめざすプロフェッショナル、と顔ぶれはさまざまだ。その日は毎週おこなわれていたヴィーゼル教授による授業の最終日で、学生に発言の機会が与えられていた。最後の授業ではそれまでとは趣向を変え、教授に何を尋ねてもいい、授業のテーマに直接関係がなくてもかまわない、ということになっている。中近東でふたたび緊張が高まった時期だったので、学生たちは和平の見通しについて彼の意見を聞きたがった。彼は三〇分間現在の政治情勢を語り、それを授業で使った講読に結びつけ、文学と現実の出来事が相互に説明しあう関係にあることを示した。

彼の説明が終わったあと、博士課程の学生でホロコースト生存者の孫でもあるレイチェルが手をあげ、質問をした。「ホロコーストを生き延びたあと、先生を突き動かしてきたものは何ですか？　くじけずにやってこられた理由は何なのでしょう?」

ヴィーゼル教授は間を置かずに返事をした。「学びです。戦争が始まる前、わたしはタルムード〔ユダヤ律法と注解の集大成〕を勉強していたのですが、それは中断せざるを得なかった。戦争が終わったあと、フランスの孤児院にたどりついたとき、わたしが最初に所望したのは読みかけたままだったタルムードと同じ巻でした。中断していた同じページの同じ行、同じ場所から学習を再開できるようにね。学びです、わたしを救ったのは」

彼はつづける。「おそらく、わたしが教育にこれほど深い思い入れがあるのはそのせいなのでしょう。人間が直面する諸問題に対する打開策があるとするなら、そこでは教育が中心的役割を担わなければならないのです。学習がわたしを救ったことは間違いありません。わたしたちみんなを救ってくれるものだと確信しています」

レイチェルたち学生はこの返答に満足しているようだったが、わたし自身はなかなか呑みこめずにいた。先生のように楽観的になれない自分がいた。もちろん教育の価値を信じはするけれど、それを万能薬と見なすのは難しい。世界をとりまく諸問題の打開策、とまでは。

ヴィーゼル教授が主張するように、学習は本当に我々を救ってくれるのだろうか? 今日わたしたちが直面している無数の、どうにも手のつけようのない難題、たとえば地球温暖化、ナショナリストやポピュリスト運動の再興、飢餓やホームレス、宗教上の憎みあいや狂信的行為を前に、教育が本当に解決策になるのだろうか?

わたしはこれまでの人生でほぼ常に、たてまえの価値表明と実際の行動、あるいは立派なこころざしと実生活上のふるまい、などを比較したときのやりきれないギャップに納得できずに苦しんできた。子どものころ、わたしにとって学習は喜びの源泉であり慰めであった。最初のころの学校体験はいまだに鮮明だ。そこは正統派ユダヤ教学校《イェシヴァ》で、あたたかな雰囲気に満ちていた。教師の大半は敬虔ユダヤ教徒《ハシッド》であり、学習を楽しいものにしてくれた。五歳のときわたしたちは、両親と教師らが見守る特別な儀式の場で、自分専用の祈禱書《シッドウリム》を授かった。祈禱用のショールをまとい、ボール紙ときらびやかな素材でこしらえた冠をかぶって椅子の上に立ち、朝の礼拝の数行を読みあげたことを覚えている。勤めが終わると、わたしの学校の校長——黒い顎髭と柔和な目をしたラビ〔律法学者〕——が角砂糖を一個くれた。古くからの伝統で、それは学習の喜びを象徴化したものなのだ。メッセージがすっきりと腹に染みわたる。学習は甘美なり、というわけだ。今日この日にいたっても、あのときの角砂糖の味が舌先によみがえり、そのとき感じた誇らしさと喜びが胸に舞いもどる。

学校の外では、寸暇を惜しんで神話や民話やおとぎ話を読み、鉛筆とマジックペンで想像上の生き物を描いたりした(わたしは絵を描くのが好きで、小さいころから芸術家になりたがっている自分を意識していた)。わたしの心のなかで、そうした空想世界と学校で学ぶ古代テクストの境界がだんだんとぼやけてきた。両者とも、世のなかで善良で高貴な人間になるにはどうあるべきか、いかにして不測の事態に対応するか、探究を完遂するためにはどうしたらよいか、ということがらにかんする教訓を含んでいた。わたしの教師たちは皆生徒に対して柔和に語りかけ、膝をすりむいた少年の涙をぬぐってくれたり、わたしたち一人ひとりの求めに対しひそやかに話しあってくれた。彼らは上品でつつましく親切だった。いわば、精神界の騎士の化身であった。

通っていた学校は超正統派《ウルトラオーソドックス》だったけれど、わたし自身は超正統派ではなかった。と同時に、わたしの家庭は複雑だった。両親はわたしが五歳のときに離婚。わたしと姉は、どういう養育の取り決めがいいか尋ねられた。毎日家を変え、週末は週ごとに家を変えるというルールに、わたしたちは賛成した。月曜の夜はパパのうち、火曜の夜はママのところ、というふうに〔月〜木は父母の家を往復し、金〜日はまとめてどちらかに滞在〕。わたしたちの望み通り両方と定期的に会えることになったものの、行ったり来たりの代償として、不安と帰属意識の喪失感が染みついてしまった。

わたしの両親は、見かけも気質も信じるものも違っていた。母はインテリで学習の重要性を尊重し、高邁なユダヤ的人生を送る基礎固めができるよう、わたしに超正統派の小学校へ通えと主張した。作曲家でかつてヒッピーだった父は、わたしを公立学校へ進ませたがった。現代のクリエイティブな世界の潮流に幅広く触れるためには、その方がいいと考えたのである。母の主張が通り、わたしは毎日タルムードを勉強することになる。複雑で難解な、ときとして精も根もつきはてるような議論や、規範と伝説と格闘して。しかしわたしはページの余白にいたずらがきを描いていた。宇宙人と怪物が聖句と聖句のあいだの狭いすきまで戦い、中世の学者が付した解釈と解釈のあいだの谷間を宇宙船が横断し、レーザー光線がページを突きぬける。

母の家にいるときには伝統に忠実な正統派の暮らしをした。チキンスープと焼きじゃがを添えたポットロースト（祖母直伝のレシピ）をかこむ静かな金曜の夕食時、母はわたしがその週に学校で学んだことを話すようにうながした。食後、わたしが読書にふけっているあいだ母と姉はユダヤの合唱曲を歌い、そのあとは就寝するまでみんなで本を読んだ。安息日《シャバット》の朝になると、母はわたしにシナゴーグへいくようけしかけた。七〇代の人々にかこまれて、子どもが一人ぽつねんとすわるだけのことなのだが。午後、わたしは友だちの家にいったが、徒歩だと結構遠いところだった。リスク〔世界征服を競うボードゲーム〕で遊び、ジャンクフードを食べて、漫画についておしゃべりをし、迫りくるタルムードの試験勉強をした。

父の家では宗教的規律はないがしろにされ、食べ物はホットドッグ、エッグロール、さまざまなテイクアウト料理と自由気まま。安息日には父は寝坊をし、わたしと姉にとっての昼食時である午後二時に朝食を取る始末。そうした形式張らない食事は、父の友人たちがやってきてそのままサロンめいた歓談となるようなとき、とりわけ楽しかった。父は、時間とはなんぞやとか、個人の自由の制限について（「もし友だちが自殺をしたがっているとき、ぼくたちにはそれをやめさせる権利、それとも義務があるのだろうか？」）などとても興味深い議論の口火を切った。わたしの新しい継母は、彼女のお気に入りのソープオペラ「ダラス」を録画するために、安息日の前にビデオのタイマーをセットし〔安息日は電気機器に触れる「労働」も禁止〕、わたしたちは食事中にデッキにスイッチが入り回転音を立て始めるのを耳にした。土曜の午後になるとみんなでリバーサイド・パークへ散歩に出かけ、わたしは、一五〇〇万年前ニューヨークが三〇〇メートルの厚さの氷におおわれていたころからの置きみやげである巨大な岩によじのぼったりした。

両親のライフスタイルがかけ離れていたために、きまりの悪い状況に陥ることもままあった。金曜の午後、それももうすぐ日没だという時間（ユダヤの伝統上、車の運転も含め、すべての仕事をやめなければならない時間）に、父が友人宅で遊んでいるわたしをようやく迎えにきたようなときだ。その友人の父親は、クラスメートの大半の両親がそうであるように正統派ユダヤ教徒だった。彼はわたしの父にこう尋ねた。「安息日になる前に、どうやって町へ戻るつもり？」

父はその質問を、肩をすくめて受けながした。だが、ケラーマン氏はあとに引かない。「町に戻る方法はもうないよ。クイーンズに泊まらないと」

このやりとりがどういう決着を見たかは覚えていないけれど、友人の家族と違ってわたしの父は戒律を守らぬユダヤ人なのだと「ばれて」しまった恥ずかしさだけは覚えている。そのときの気持ちはなかなかぬぐえず、自分が二重生活者であるということをまざまざと感じることになった。戒律遵守の要請とわたしの家族の実態とが矛盾なく両立することは不可能だったのである。

そしてわたしには姉がいた。生まれつき盲目で感受性が強く、とびぬけた音楽の才能があった。わたしたちは同じ部屋を共有していたが、電気を消してしまえばわたしは本が読めなくなるのに、暗がりのなかでも点字で読書ができる彼女に、幼いわたしは腹を立てたものだ。子どものころはいっしょに遊んだけれど、成長するにつれ、わたしは自分の友だちと過ごすことが多くなり、コーシャー〔ユダヤ教の食物規定に合致した〕のピザ屋や漫画本屋にたむろした。彼女は両親の離婚をわたし以上に深刻に受けとめた。ともかく、少なくとも彼女は両親の離婚について自分の痛みをはっきりと表明したけれど、わたしはというと、特に問題なしと平静をよそおっていたのである。

レストランへ食事をしにいったようなとき、近所の子どもたちが姉を見てひそひそ話をするのに気がついた。わたしは彼女を他人の視線からさえぎり、守ってやりたかった。特別な支援を必要とするきょうだいを持ったことで、わたしは社会力学に敏感になった。わたしはどんな場所にもアウトサイダーがいることに気がついた。ちょっとした集まりや誕生パーティーなど、いたるところでその存在に気づくたび、彼らに手を差しのべたいと思うのだった。でも、どうやったらいいのだろう、自分自身をアウトサイダーだと感じることの多いこのわたしが？

小学校卒業後、またしても両親はわたしの進路を左右逆方向へ引っ張ろうとした。母は、小学校と同系列の「黒帽」正統派ユダヤ教学校へ進学すべきだといい。父はまたしても公立学校を選んだ方が大きな自由にめぐまれるという。わたしは父母の提案を足して二で割り、近代的正統派《モダン・オーソドックス》ユダヤ教学校へ入学することに決めた。（近代的正統派ユダヤ教とは一九世紀中ごろから末期にかけて、ドイツのユダヤ人たちが、伝統的なユダヤ教信仰と近代的な暮らしや新しい科学的・歴史的展開を調和させようと進めてきたもの。その学校では午前中は伝統的ユダヤ教を学び、午後は非宗教科目を学ぶ。）毎日、長い時間を学校で過ごした。学校は六時二〇分に始まり、冬になると校舎を出たときに、外はこんなに暗くなっていたと驚くのだった。

学校をとりまく壁の内側にも暗闇が落ちることがままあった。その中高等学校に入って最初の何週目かに、入学式の日にわたしたちを出迎えたのと同じラビが、とつぜんある生徒を廊下でつかまえ首根っこをつかんで壁に押しつけ、校則違反をとがめて怒鳴りつけるのを見た。休み時間になると、校庭では暴力行為が頻発し、教師が割って入らないと危険なほどの喧嘩沙汰が起きた。わたしには行き場がなく、子宮から冷たい場所へ飛びだしてきた嬰児のようだった。

そこで使用された伝統的聖典は最初の学校で使っていたのと同じものだったけれど、そこに書かれた文章と実際の生活をつなぐ帯がすり切れているように感じられた。仲間うちの応対から判断する限り、明らかに級友たちは学習内容を血肉化しておらず、誰も彼らのふるまいを正そうとはしなかった。難解な法を記憶する能力ばかりが繰りかえし試され、法の根底にある目的よりも、枝葉末節の方が重要視されているようだった。原典の持つ道徳的なメッセージは失われていた。順応こそが大事な文化的価値であるとされ、みんなと違う子どもは――わたしのような芸術家気取りだった子も含め――仲間はずれにされるのだった。年長の生徒らがとびきり小柄な新入生をロッカーに閉じこめ、冗談に興じるあいだずっと体重をかけて開かないようにしているのを目撃した。みんな成績争いに汲々とし、ときには試験中にカンニングをする者もいた。

学習に使用した聖典には、個人の独自性を尊重し賞賛するコミュニティが描かれていた。しかし学校にそのようなコミュニティは存在しない。わたしたちの伝統と日常の行動原理のあいだのあからさまな乖離について、思いきってラビに問いただすと、そんな質問をする前にもっと勉強をしろといわれた。この宗教は実は道徳的に破綻していて、まじめなふりをしているだけなのではないかと思うこともあった。しかし、多くの級友たちが結局は宗教を見捨てたけれど、何かがわたしを思いとどまらせた。祖父母の家で集う安息日の食卓の美しさ、あるいは小学校の教師のおかげだったかもしれないが、わたしには宗教世界から贈り物を授かった実体験があったから、見切りをつけて捨て去ったりはできなかった。

四六時中わたしは問いつづけた。愚直なわたしはこう問うた。これほどゆたかな教えなのになぜ人々を善行を積む存在に変えることができないのか？　霊的共同体において順応ではなく、個性を大切に育てることは可能だろうか？　人々が、わたしの姉のように一風変わった人間をじろじろ眺めたりひそひそ話をしたりしないようにするためには、どうしたらいいのか？

ティーンエイジャーだったわたしは、自分の人生にかかわった人たち、両親や教師たちを点検してみて、全員が伝統と創造のいずれを重んじるかという選択をしてきていることに気がついた。すなわち過去に対する献身か、自分ならではの個人的ビジョンへの専心か。わたしはコミュニティと自己表現、宗教と芸術のあいだに架ける橋を求めていたのだが、それを十全に具体化した人は見いだせなかった。

その年の一一月、将来母の夫になるマティが、エリ・ヴィーゼルの講演に連れていってやろうかといった。マティは合唱指揮者をしており、そのつてでヴィーゼルを知っていたのだ。わたしは夢中になって頼んだ。講演が終わったあと、彼に紹介してやろうかというマティに、ためらいつつもぜひと頼んだ。ヴィーゼルの本は何冊か読んでいたし、彼がわたしの学校へきてホロコーストについて語ったのを聴いたこともあった（巨大な講堂の一番後ろの席からだけれど）。彼のことをユダヤのなかの高貴な人物と見なしていたわたしは、畏怖の念を抱いていた。

記憶をたどっても、講演後に交わしたつかのまの握手のことばかりが思いだされ、講演の中身はうろおぼえだ。実際に覚えているのは講演後の小さなレセプションルーム。

大変な混みようで、わいわいがやがやと熱気がたちこめ、講演者が入ってきた瞬間、興奮は頂点に達した。エリ・ヴィーゼルはやせ型で、チャコールグレーのスーツジャケットが狭い肩を包んでいた。左の襟には、フランスのレジオンドヌール勲章の小さな赤と金色の略綬ピンが留めてあった。非常な重しを背負ったような、それでいて優雅な足どりだった。まばらでぼさぼさの髪をときおり顔から払いのけるしぐさは、クールなティーンエイジャーのようだ。苦難を経た顔に深い皺がきざまれていた。世界というものが、傷だらけではあるがなんとか笑顔をたやさずにいる場であるならば、その世界地図のようだった。

行列らしきものができ、マティはわたしに前に出てくるよう手招きをした。ぽっかりとあいた空間。そこに彼がいた。ヴィーゼルがわたしに手を差しのべ、はっきりとした明るい声にかすかな抑揚を乗せてこういった。「エリ・ヴィーゼルです」

わたしは口がきけなかった。ここにいるのはおぞましい惨事を生き延び、各国の王や首相の相談相手になった人だ。ここにいるのは紛争地域を旅して証人となり、その功績を讃えられてノーベル平和賞を受けた人なのだ。

それから何年かが経過して初めて、わたしは一五歳のときの自分の身の上と居場所を考え、同じ年齢のときの彼はどうだったろうかと重ねあわせてみた。わたしの快適なアメリカ風の育ち方と彼がよく口にする「夜の王国」での体験、わたしの生活圏である新世界と彼が生きた戦前のユダヤ教信仰の世界、わたしの母語である英語と彼の母語イディッシュ語、一九八〇年代の漫画で育ったわたしと禁欲的な修行に耐えた若きヴィーゼル――そこには埋めることのできぬ隔たりがあった。にもかかわらず、なぜかはわからぬが最初にまみえたその瞬間に、生まれて初めてわたしを完全に理解してくれる人にめぐり会えたような気がしたのである。

知識の裏切り

年月の経過とともにわたしは彼の著作を次々と読むようになり、わたしが抱いてきた学習と生活のあいだの断絶にかんする疑念が、標準教育に対するヴィーゼルの批判と呼応していることに気がついた。彼は学習に情熱を燃やしていた――事実、学習は彼の命を救い、戦後の孤独を打ちやぶり、意味を与えてくれたが、何より重要なのは学習が意味の積極的探究を授けてくれたことである。だが、人類がそなえているはずの知恵と我々が生きているこの世界のあいだにある隔たりが彼を苦しめた。わたし自身の問題は、快適に暮らすアメリカ在住ユダヤ人少年のささやかな葛藤からめばえたものだけれど、彼の場合は、ホロコーストという価値基準崩壊の体験についての熟考から始まっている。

彼は痛々しい疑問を山ほど抱えていたが、おそらく彼を教師の道へみちびくことになった疑問は次の問いだ。なぜドイツ人の学習と知識は、彼らが憎悪へ駆りたてられたとき抑止効果を果たさなかったのか？　なんといってもドイツは地球上で最も「進んだ」国であり、文化的で洗練され、人文主義的価値をみずからのものと標榜していたにもかかわらず、ヴィーゼルの同胞たちを根絶しようと音頭取りをしたのだ。後日、授業で彼はわたしたちにこういった。「戦争が終わったあと、目の前が真っ暗になったのは、ナチスの高官であれ現場で直接手をくだした者であれ、殺人を犯した人々の多くが大学の学位取得者であると知ったときでした」。彼らの多くはゲーテやカントを学び、研究した人たちだったが、これら偉大な思想家は倫理と道徳の深奥をきわめた人物ではなかったのか。教会へ通い、子どもたちと遊び、ペットに愛情をそそぐような親衛隊の将校たちも、その種の「仕事」に馳せ参じたという証拠がある。医者たちも身の毛がよだつような人体実験に参加し、医業の約束事である「決して害を与えない」〔ヒポクラテスの誓い〕という宣言はいつからか棚上げにされた。二〇世紀にもなって、かくも乱暴に知識から倫理が引きはがされた事例が次から次に現れるとは、どうしたことだろう？　知識を獲得し、それを人々に危害を加えるために使用することが可能だという事態に、わたしたちはどう対処すべきだろう？　ヴィーゼルはこう問うた。「教育とは盾だとずっと信じてきました。教育を受ければある種の行為をするわけにはいかなくなる、と。なぜそれが間違いなのでしょう？」

　このようなさまざまな疑問に答えるために、ヴィーゼルは新しい種類の学習を作りだそうとした。偉大なる文学的概念も、堂々たる哲学の伝統も、狂信的行為の前に無力ならば、そして宗教もまたはかなく堕落しがちであるならば（歴史をふりかえれば、篤信の人々が熱情的な説教に感化され、礼拝の場を去って信仰の名のもと残虐行為に走った例は枚挙にいとまがない）、我々の明確な道徳律を守ることができるのは何だろう？　学習はエリ・ヴィーゼルを救ったかもしれないが、国々が狂気に走ることを妨げはしなかった。道徳的・倫理的腐敗に対する抗戦という本来教育が引き受けた役割を代わって遂行する秘訣がなければならない。ヴィーゼル教授の教師としての人生はこの秘訣の追究になった。知識が呪いではなく祝福になるような、知識の集積が思いやりに満ちた行為につながり、逆方向の残忍性には向かわぬような秘訣の追究である。彼は科学者のように実験をかさね——執筆を通し、沈思黙考し、何よりも教室のなかで——ついにこの新しい要諦を発見した。彼はこれを「記憶」と呼んだ。

　初めてヴィーゼルに出会った日から数か月のあいだ、わたしは何度か彼の講演に出かけた。当初は気恥ずかしさがまさって直接は彼に近づけなかったが、わたしは彼の言葉にしっかり耳をかたむけ、彼の口述メッセージと著作物のあいだのつながりを見いだそうとした。普遍的な倫理諸原則の重要性を理解させるためにユダヤ教の教えを援用するやり方に、わたしは感銘を受けた。わたしの高校でそのようなアプローチを試みた教師はまずいない。彼は現実世界のなかであれ文学のなかであれ、弱者や傷つきやすい人々、アウトサイダーや危険にさらされた人々を気遣った。人権、言論ならびに信教の自由、抑圧された人々や避難民の窮状、これらすべてが彼の関心の中心にあった。そしてまさにわたしが学校で習ったタルムードに出てくる説話、聖典の物語が、彼の解釈を経て、進むべき道を照らしてくれた。とつぜん、わたしが毎日何時間も勉強していたテクストが無意味なものとは思えなくなった。とつぜん、わたしが担う伝統がいっそう重要なものに見えてきた。とつぜん、預言者の詔命、すなわちユダヤ教の戒律における倫理的メッセージが切実で有益なものになった。わたしは前にもましてまじめな学生になり、テクストを読みかえすために学校に残って勉強するうちに、新しい道へいたる可能性がほの見えてきた。

　さらに、ヴィーゼルがわたしを覚醒させたのは、倫理的メッセージについてばかりではない。物語そのもの、ユダヤ教の核心にある伝説やおとぎ話の再発見にもつながった。「円を描くホニ」、「戦士バル・コクバ」、「バール・シェム・トーブ」、「学者、ルドミールの処女」などが、それ以前には灰色のガンダルフ〔ホビットの冒険の登場人物〕やヨーダ〔スターウォーズの登場人物〕がそうだったように、わたしの空想世界の住人になった。わたしはこうした物語をむさぼり読んだ。そうするうちにゆっくりと、数か月が過ぎるころ、わたしを神話や伝説に引きつけた要素である広漠たる荒野や神秘が、実はわたしたちの伝統のなかにもあると気づき始めた。エリ・ヴィーゼルはこうした遺産の扉を開く鍵を手にしているように思われた。わたしは、ギリシア神話を絵にしたり漫画本を模写したときに使ったのと同じマジックペンを使い、似たようなイメージを駆使して、ユダヤの伝説に出てくるさまざまなシーンを描き始めた。そうした絵のなかでは、学者たちが長い剣を握っていたり両目から怪光線を発したりしている。

その後数年間、わたしは手に入るユダヤ説話集をすべて読んだ。ヘブライ語でも英語でも、祖父母の蔵書からも学校の図書室からも。説話集のなかには、古風な言葉づかいで高圧的な説教をたれる古めかしくて時代遅れのものもあった。わたしが好んだのは結末がさまざまな解釈を許す不思議な、ときには超現実的ですらあるタイプの話だった。神がこの世界を創造する前に創った失敗作の世界、そこに住むのは双頭で腕が四本の人間だが二つの頭があるために言い争いばかりしていてうまくいかなかった、というラビ説話。地上の女性と結婚し、代々巨人と魔法使いをもうけた堕天使ネフィリムの伝説。レベ・ナハマン〔ブレスラフ派というハシディズムの一流派を創始。ユダヤ教の尊称「ラビ」はハシディズムの場合「レベ」となる〕（一七七二〜一八一〇年）と彼につきしたがった者たち、暗い森と魔法の城などが出てくる神秘的な物語。こうした物語のなかではジャングルの恐怖を大きな笑い声で吹きとばし、動物たちが月をあがめて歌を作り、ときには子どもたちが宝石ででキていたりする。読めば読むほど、また読むべきものが現れる——物語と注解が次から次へ層をかさね、注解にかんする注解が加えられ、論争が巻きおこり、数千年にわたってあちこちの大陸で騒がしくも熱心な問答がなされてきた。

ほとんどの正統派ユダヤ教徒の子たちと同じく、わたしもホロコーストを意識してきた。大人が期待するほどじっくりとは受けとめられなかったが、早くも小学三年生のときに教わった。五、六年生になると、戦後連合軍が発見した集団埋葬地の死体の映像を含むビデオを見せられた。子どもが見てはいけない深夜番組によくあるSF映画を見せられているような感じだった。どういうわけで教師たちがこれを見せてもいいと判断したのか、理解できなかった。学校で友だちとそのことについて話をしたかどうか覚えていない。ふりかえってみると、見せられたものを自分たちとは無関係だと切り離していたように思う。

一五歳のとき、エリ・ヴィーゼルはあの収容所で生き延びたということを知った。わたしは『夜』をすでに読んでおり、彼は生存者の重要な代弁者として有名な存在であることは承知していた。ホロコースト追憶の日〔一月二七日〕になると、学校や近所のシナゴーグに生きながらえた人たちがやってきて、体験談を語り、失われた家族について話をした。そうしながら、嗚咽をもらすこともあった。

こうしたすべてのことに関心を抱きつつも、わたしも友人も嫌悪感をぬぐえなかった。その恐ろしさは並大抵でなく、聞いた話をどう受けとめてよいかわからなかったのだ。それに加えて、教師らが伝えようとした、ホロコーストがユダヤ人の生き方を何かしら規定してしまったという暗黙のメッセージも受けいれがたかった。それが重大な出来事だったということはわかる。が、我々の宗教はもっと肯定的で堂々とした意味を持つはずだ、我々自身を語るために敵からこうむったことばかり持ちだしていてはいけない、と感じていたのだ。

ヴィーゼルに最初に出会ってから数か月後のある夕刻、わたしは生存者の談話を含むその日の出来事を反芻していた。すると彼のことが頭に浮かんだ。こんがらがったわたしの考えを解きほぐしてくれまいか、特にホロコーストについて学ぶときに感じる葛藤をすっきりさせてくれまいかと期待し始めたのである。わたしは、彼の著作の大半がユダヤの物語と伝説であり、講演の多くはユダヤ人の歴史と英雄たちを讃える内容であることに注目していた。彼はみずからの体験を、それが彼自身と我々が共有する伝統とのつながりをくもらせてしまうようなことなしに、尊きものとする方法を明確に見いだしたのだ。ホロコーストを生き抜いた彼だが、ライフワークはそこで終わったわけではない。彼の著作の大半はほかのテーマをあつかっている。文学の考察、人々の権利と尊厳を求める現代の闘争、ユダヤ人の伝説と特性の賛美など。彼はホロコーストを主要テーマにしなかった。彼にとってホロコーストは、すべてのものごとを見るときのレンズなのだった。その後わたしは気がついた。彼はそのレンズを学生に与え、文学と歴史、あるいは偉大なる書物とわたしたちの個人的な物語とのあいだにつながりがあることを気づかせようとした。読書中のテクストから倫理的意味をくみとるよう常にうながしていたのだ。

彼との出会いから一四年後、二〇〇四年の秋まで時間を早送りしよう。わたしはボストン大学でヴィーゼル教授のもとで教育助手になっており、「信仰と異端」と題する連続講義の初日を迎えた。学期の初日、わたしはいつも不安に駆られる――小学二年生になったばかりの子が、ランチボックスを忘れなかったろうか、自分の教室はすぐ見つかるだろうか、とそわそわするのに似ている。学生たちも不安げだ――あの有名な教授の最初の授業で、自分の周囲をほぼ初対面の六〇人以上の学生がとりかこんでいる。皆がお互いの存在に気おくれし、それぞれがどうなることやらと案じている。わたしはというと、学生たちにこれから始まろうとしている冒険を早く体験させたくてうずうずしている。

いつものようにヴィーゼル教授から、講義のテーマについて話しあうきっかけ作りのテクストを一ページにまとめてくれと頼まれていた。「信仰と異端」というテーマのために、わたしはハシディズムの師レベ・ナハマンが書いた短編『汚《けが》れた麦』を選び、数名の学生に大きな声で朗読してもらうことにした。

その昔、占星術にたけた王が星を観察し、次の収穫時にとれた麦を食べた者は気が狂うというメッセージを読みとった。彼は副王である友人を呼びよせて助言を求めた。
「陛下」と彼は答える。「陛下とわたしだけは汚れのない去年の麦を食べるようにしましょう。

そうすれば正気でいることができます」

だが王はこう答えた。「君の提案は受けいれられない。どうやって我々だけが民衆と違う存在でいられようか？　狂気の民衆だらけの国で、我々だけが正気でいる——そんなことをすれば、我々の方が狂っていると彼らは考える。そうではなく、君もわたしも汚れた麦を食べよう。そして民衆とともに狂気の世界に入っていこうじゃないか」

そのあと王はしばし考えてこういった。「しかし少なくとも我々自身は自分たちが正常ではないと認知できなければならない。そのために額にしるしをつけておこう。そうすれば、我々は顔を合わせるたびに、お互いが狂っていることを思いだす」


ヴィーゼル教授は学生たちを見わたしてこういった。「あなたたちがうらやましい。これからがスタートですからね。あるいは再スタートを切ろうとしている。さてこの物語、どう思ったかな？」長い沈黙がつづく。初日の教室ではめずらしくない光景で、天井の高い教室がすみずみまで静まりかえる。彼はその沈黙に臆することなく静かに待つ。さらに時間が経過したのち、二人の学生の手があがった。ヴィーゼル教授は最初に手をあげた学生に発言をうながした。

「もし世界が狂っていたら」と大きな赤いフレームのめがねをかけた若い女性が口を開く。

「まずはあなたの名前をどうぞ」とヴィーゼル教授がさえぎる。

「ああ失礼、カレンといいます。シカゴからきました」と、ほんの少しうろたえた彼女。「もしも世界が狂っていたならば、それがどんな狂い方であれ、たとえば人々の行動がおかしいとかものごとの判断が狂っているとかいろいろあるにしても、リーダーがすべきは民衆を助けるべく離れずにいることでしょう」

「いいね。もっと意見を聞きたい」とヴィーゼル教授はいい、手をあげていた別の学生を指す。

「わたしの考えは――ええと、スティーブンといいます、オールストンからきました、医学生です――民衆を助けるために王は正気でいる必要があるということ。人々を正気に戻してやろうとするときに、彼自身が狂気にやられていたらどうしますか？　伝染病が発生したときの医者とか看護師にもいえることでしょう。彼らが罹患したら一巻の終わり。誰のためにもなりません」

「わたしが興味を抱いたのは」と口を開いたのは、マージョリーと名乗る大学院の女性。「この物語を書いた人ですけど、収穫について語ることで彼は何をいいたかったのか、また、彼はどのような狂気をひしひしと感じていたのか？」

「そうですね」とヴィーゼル教授は話し始めた。「レベ・ナハマンはハシディズムの師の一人で、モダニズムの到来を予感していた人物として知られています。そして彼はモダニズムが世界におよぼす影響を不安視していました。しかし、ユダヤ宗教界のほかの師たちと違って、彼はユダヤ人社会のなかの近代主義推進派の人たちとまじわり、彼らと昵懇のあいだがらになって哲学談義にふけったり、ついにはチェスに打ち興じるまでになったのです！

ですから、その後到来するものにある程度感づいていた可能性はあります。産業革命とか大衆運動……いや、それだけでなくもっと知っていたのでしょうか？　今にいたる時代を形づくってゆく出来事を、察知していたでしょうか？　それを知るすべはありません。ですが、彼はこの世界に狂気が押しよせつつあるのを見た、それは確かです。そして彼は恐怖を感じた。二〇世紀に入ってから確かに世界は狂いました。狂気の最終的勝利を妨げる額のしるし……それは、記憶のことではないでしょうか？」

アフリカ・キリスト教を専攻する学生、ソレが自己紹介をしたあと発言した。「わたしはこれに似た状況を見たことがあります。深刻な狂気が国を席巻したとき、リーダーたちは防護壁の内側へ隠れてしまいました。そこから出てくることを拒否し、責任を取ることをせず、人々は傷ついていきます。しかし、リーダーが人々とともに歩み始めれば、状況が変化することもありました」

ヴィーゼル教授の目がかがやいた。

「あなたはどちらから？」と彼が問う。

「ジンバブエからきました」とソレが答える。

「だからこの話がわかるんですね」と彼がいう。「ならばぜひ、あなたのストーリーをみんなと分かちあってください」

その後ソレは、わたしと話をするためにオフィスアワー〔教員と学生の個別面談〕にやってきた。彼女の兄が反体制運動の最中、ムガベ政権に殺されたことをとつとつと話した。家族や子どものころの友だちのなかにエイズ患者が大勢いて、治療を受けるのに苦心惨憺したり、ときにはあきらめてしまうことなどを話してくれた。まさに二〇〇〇年代の初期、ジンバブエでは失業、疾病（特にコレラとエイズ）、食糧不足が蔓延し、何十年にもわたって権力の座にあったロバート・ムガベ政府に対する反対運動が拡大していたのである。彼の支持者は反対派に対し恫喝や、ときには過激な暴力で反撃した。その犠牲者の一人がソレの兄だった。

「むごい話だ。想像できない」とわたしは彼女にいい、しばらくしてからこういった。「ヴィーゼル教授がクラスの全員と個別面談してくれることはご存知でしょうが、先生はとりわけあなたとお話をしたがっているんです。あなたさえよければ来週にでもアポイントメントを取れるようにしますが」

彼女は承諾した。わたしはそのとき彼女が微笑むのを初めて見た。

後日、教授と一時間ほど話をしたと彼女から聞いた。ソレは自分の体験について彼と話し、彼は質問を投じ、その後二人は沈黙をはさんで数分間すわっていたという。面談が終了し、開け放たれたドアからソレが退出しようとしたとき、ヴィーゼル教授は彼女の手をやさしく取ってこういった。「あなたのストーリーを話してほしい、とクラスでいいましたね。その理由は、あなたの話を聞いた人たちのなかに、もっと人間的であるためにどうすべきかを学ぶ人がたった一人であっても出てくれば、あなたはあなた自身の記憶を天恵にできたことになるからです。ほかの人々の苦悩を多少でも軽くするために、わたしたちの苦悩を人と人の心をつなぐ架け橋にしなければなりません」

「すべてを書き残せ」——盾としての記憶

学生の個人的な物語に照準を合わせるのがヴィーゼル教授ならではのパターンである。トラウマを抱えていないかどうか、彼が常に気にかけるのはその点で、抽象的な観念よりも個人的な境遇の方に心をくだく。死者の霊につきまとわれた世代の一人であるヴィーゼルは、自分の記憶を他者の救済に役立てるべく探究することを生涯の仕事にした。現代文学における記憶をテーマに授業をしていたとき、ヴィーゼル教授がとつぜん自分の個人的体験を話し始めた。「我々世代の生き残りに突きつけられたのは、この記憶をどうしたらいいのか、ということでした。記憶とはわたしたちを絶望の奈落へ沈めるための重しなのか、それとも他者の苦悩を受けとめる力をなんらかの形で授けてくれるものなのか？」

王と友人が額につけたしるしとは記憶のことではないか、という彼の解釈にもまた納得がゆく。我々自身の狂気に気づくために、そもそもほかに有効なやり方があるだろうか？　現実が見えなくなりつつある仲間たちの異口同音の意見に反駁する、そのよりどころがほかにあるか？　我々を救う力のある教育と、モラルの欠如や堕落や邪悪とねんごろに肩をならべて平気な教育と、その二者を区別できるのは記憶だけだ。

ところで彼が記憶というとき、それは何を意味しているのだろう?

一九三九年、ドイツ軍によるポーランド侵攻の一週間前、アドルフ・ヒトラーが国防軍の指揮官たちを前に演説をしたとき、彼はこういったという。「アルメニア人のことを覚えている者などいるだろうか?」一九一五年から始まったアルメニア人虐殺事件のことだ。多くの歴史家はこれを近代における最初のジェノサイド——つまり、少数民族集団を破壊する計画的もくろみの嚆矢であると見なしている。ヒトラーの冷笑的なコメントは、彼の共犯者に向けた、自分たちのおぞましい暴力が非難されることはなく世界は新たなジェノサイドに抗議しないだろうから安心せよ、というメッセージなのだ。倫理的記憶喪失は殺戮への勧誘である。

ヴィーゼル教授はよくハシディズムのことわざを引用する。「健忘は流刑を招き、記憶は救済を招く」。彼はクラスで繰りかえし、わたしたちを守ってくれるのは記憶だけだと説いた。「わたしの目標はいつも同じです。未来を守るために過去を呼びおこしなさい、ということです」。彼はしばしば偉大なユダヤ人歴史家、シモン・ドゥブノフについて語る。ドゥブノフはリガのゲットーで差しせまった死を前に、仲間たちに向かってこう叫んだ。「ユダヤ人たちよ、すべてを書き残せ!」ヴィーゼルはしきりに、ナチスから逃れて掩蔽壕《バンカー》に隠れていた時期、壁に自分たちの名前を引っかき、見えないメッセージを尿で書き〔尿で紙に書いた文字は加熱すると浮きあがる〕、ゲットーでは通りの地中に手紙を入れたブリキ缶を埋め、自分たちの名前や言葉や生涯がいつの日か思いだされることを願ったホロコーストの犠牲者たちに注目せよといった。彼は、我々より前の時代を生きた人々が自分たちを思いだしてくれと叫んでいる、我々は過去を精査することで新しい未来を築くことができると信じていた。ノーベル賞受賞スピーチでも、ヴィーゼルは同じことを述べた。「人間性を救うものがあるとすれば、それは記憶にほかならない」

二〇一三年、作家でありホロコースト生存者の娘でもあるロンダ・フィンク＝ホイットマンは、アイビーリーグの各大学を訪れて、ホロコーストにかんする基本的質問を学生に投げかけた。彼らの返答が驚くべき無知を露呈していただけではなく、さらに問いただしたときのとんでもない憶測もまた驚きだった。ホロコーストはいつごろの出来事か質問したとき、答のなかには一八〇〇年というのがあった。殺されたユダヤ人の数を訊かれて、ある学生は三〇〇万人かなと答えたが、考えなおして三億人と訂正した。しかしこれはほんの一例であって、ホロコースト以降のことがらになるともっとひどい。そのほかの人道崩壊事件――一九七〇年代にカンボジアで起きたジェノサイド、一九九二年のユーゴスラヴィア崩壊後に起きた民族浄化、一九九四年にルワンダで起きたジェノサイド、それ以外の無数の虐殺、ジェノサイド、紛争――についての具体的内容は忘れ去られていた。

「忘れずにいるにはどうしたらいいのでしょう?」と、ある日の午後、ヴィーゼル教授のオフィスで尋ねたことがある。当時発表されたばかりの米国における白人優越主義グループとホロコースト否定論にかんするFBI報告書をめぐって話しあっていたときだ。

彼は、満足な回答はないと白状するような吐息をもらした。そしてこういった。「歴史というのは吊り橋のようなものです。記憶を恐れるのは当然で、特にそれがトラウマを呼びおこす記憶なら尚のこと。わたしたちは忘れてしまおうとし、実際、満足な生活を送るために、ときにはある部分を少しばかり忘れなければならないこともあります。とはいうものの……完全に忘れてもかまわないといってしまうと、歴史が舞いもどってくるかもしれません」

しばらく間を置いてから彼はいい足した。「わたしが教師をやっている理由はそれなんですよ。君が教師になるのもそのためだしね」

鏡が必要な理由

歴史を学ばぬ者は歴史を繰りかえす、という決まり文句がある。しかし、情報をもくもくと機械的に受けわたしてゆくだけでは、次の悲劇を防ぐためにはまったく役に立たない、ということを我々は承知している。記憶にモラル改善の効果があるとするなら、我々は記憶の内部に住まなければならないのだ。

授業で、ヴィーゼル教授は学生たちに別の物語を話して聞かせた。ハシディズムの伝統説話で、彼のお気に入りの一つだ。話し始めたときには浮かんでいた笑み、それが物語が進むにつれて消えてゆく。

昔あるところに物忘れの激しい男がいた。それは大変なもので、朝目を覚ますと、部屋にある奇妙な物体が何のためのものなのかわからない。毎朝、身につける物のいちいちの正体を見きわめるべく矯《た》めつ眇《すが》めつし、参考図書にあたってみて、ようやく正しく着装するにいたる。これに要すること数時間、かくして職場では遅刻の常習犯。

ある日彼は一念発起し、家のなかの物全部にラベルを貼ることにした。作業を終えた彼は翌日起床後、周囲を見わたす。ラベルに記した指示にしたがって彼は衣服を身につける——すみやかに。説明書きのおかげで彼は椅子を椅子であると認知し腰かける——すみやかに。靴下につけておいた説明書きにしたがって靴下を履く――すみやかに。

さて家を出ようとしたとき、彼は戸口脇の鏡に目を向けた。鏡をのぞきこんだ彼は固まってしまった。うろたえた彼はかぼそい声でいう。「わたしはいったい誰なんだ?」

「事実を知るだけでは足りないのです」とヴィーゼル教授は学生たちに念を押す。「歴史にしても時事問題にしても、ものごとを自分の身に引きつけて考えなければなりません。我々は鏡のなかをのぞきこまないといけないのです。そして偉大な文学は、鏡の役割を果たしてくれることがあるのです」

すぐれた本は、鏡と同じように自己認識をうながす道具になりうる。文学を通して我々自身のこと、我々の精神的・倫理的特性を学ぶことができる。中等学校のほとんどの生徒が読んでいる『アンネの日記』をあつかったクラスで、ヴィーゼル教授は授業開始時にまずこういった。「ふつうはわたしたちがテクストに対して問うわけですが、今日は違います、テクストがわたしたちに問いかけてきます」。この意味は、本に対する自分たちの感じ方と反応について、頭にこびりついた疑問について、想像力を刺激した登場人物について、細心の注意を払えということだ。そうすることによって、本の方が学生を読みにかかる。学生の学び方とか思いこみに光を当てて自己認識を高めさせるのだ。一学期の講義を通して、学生はテクストの内容と倫理性の矛盾をつくことを学ぶ。つまり登場人物の言動に、あるいは著者自身に我々が納得できない個所の見きわめである。学生たちは、ドストエフスキーの『大審問官』〔『カラマーゾフの兄弟』のなかで次男イワンが語る物語〕、アーサー・ケストラーが『真昼の暗黒』のなかで描いたソビエトのイデオロギーまみれの堕落した裁判所、カフカの『審判』に出てくる顔のない裁判官などを理解するのに骨を折った。彼らはまた、一九七五年から七九年にかけてのカンボジア、一九九四年のルワンダ、そして二〇〇〇年代初期にダルフールで起きた出来事を学びながら、自分たちに突きつけられた責任に取り組んだ。

テクストと倫理性に立ち向かう

このような取り組み方を各クラスの授業で定型化するにあたり、ヴィーゼル教授は文学の読解に際し執拗に、ときには挑発的な態度で倫理的視点をあてはめた。彼の読み方は、ほかのクラスルームで教わる通常のアカデミックな講義における読解とは違っていた。彼は、著者がこれでもかと苦難を背負わす登場人物に同情し、この同情を解釈の軸にした。彼はよく、この人がとても好きなんです、と登場人物の一人をあげて微笑み、その理由を説明した。最初わたしは、彼のそんなふるまいにびっくりした。著者の狙いや意図、作品が置かれた歴史的文脈、作品が諾否を問うている見解と信念、などに重きを置く教授たちに慣れていたのだ。登場人物に同情することもあろうが、それがどうした？　なぜそんなことが重要なのか？　ほかのクラスだったら、教師の好き嫌いとか学生が何に共鳴するかしないかなどは無視される。

ジーナという名の学生のおかげで、教授がやっていることの意味をよく理解することができた。「ちょっと恥ずかしい話なんですが」と、彼女は授業のあとわたしにこういった。「物語の登場人物たちに対するヴィーゼル教授のやさしさですけど、わたしは周囲にいる人たちに対してあんなにやさしくしたことがありません。でも今、わたしは家族とか友だちにもう少しやさしくしようと努力しています」。ジーナは、文学の読解と人生の読解は密接にからみあった行為であることに気づき始めていた。その認識はわたしも同じだった。

ヘブライ語聖書に現れる暴力について議論していたとき、ヴィーゼル教授は、イスラエル人がカナンの地を征服しカナン人を刃《やいば》にかける物語を綴ったヨシュア記には、詩歌が含まれていない点を指摘した。彼いわく、「暴力が描かれた場所に詩歌は同席しえない」。神聖な経典であっても倫理的批判をまぬがれるわけにはいかない。

こうした姿勢は、彼がユダヤ教の伝統を受けついでいることを示している。それは、テクストや他者を相手に、さらには神すらも相手にしていどみかかることをよしとする伝統である（ヘブライ語で「イスラエル」の逐語的意味は「神と組みうつ者」）。彼の講義概要を見ると、道徳的判断が問われる典型例を取りあげる傾向が強かった。コソボにかんする小説の講義をしたとき、彼は学生たちに次のような基本原則をいいわたした。「何を学ぶときでも、これだけは忘れないように。学習によってあなた方はより人間的にならなければならない。その逆ではありません」

ある日「信仰と異端」のクラスで、ナディアという名前の学生が手をあげてはそろそろとおろす、そんな動作を繰りかえしているのに気がついた。ドイツで生まれ育った彼女は、かつてのナチス親衛隊幹部の孫娘だったから、重苦しい家族史を背負ってその講座を受けにきていた。クラスでの彼女は極端な恥ずかしがり屋で、目立つ発言をしたことがなかった。だが明らかに今、彼女には抑えきれぬ質問があるらしい。わたしは彼女の目をとらえ、励ますようにうなずいてみせた。思いきって、とわたしは心のなかでつぶやいた。彼女は手をあげ、今度はそのままおろさない。ヴィーゼル教授は笑みを浮かべて彼女を指した。

「悪から善が生じる、または善から悪が生じる、ということはありうるでしょうか?」その日の講義の前半にもうけられた議論の時間帯では強制収容所内でおこなわれた人体実験について話しあっていた。なかには医学的躍進に寄与したものもあったという。しかしそのような実験が生みだした恩恵に浴することはモラルに反するか否か、学生の意見は二つに分かれた。ナディアの頭のなかにずっと祖父のイメージがあったことは想像にかたくない。

ヴィーゼル教授は、悪党の意図せぬ善行と悪の償いにかんする新旧の文献を紹介しつつ答え始めた。そのうちとつぜん、有無をいわせぬ、ほとんど烈火のような口調でこういった。「ですがそこに共通する要点はこれです。あなたがいる場所で、誰であれ屈辱を受けるような目に遭わせてはならない。過去に何があったかとは無関係に、我々は今ここにいる人たちとつきあわなければならない」

数か月後ナディアは、この簡潔なヒューマニズム宣言をよりどころにし、祖父の職務が引きずっていた暗影に対する自分なりの対応を考え始めた、とわたしに語ることになる。

文学を読むときには倫理的視点をあてはめ、歴史を読むときには文学的視点をあてはめるヴィーゼル教授は、世界とテクストは相互に相手を解説する関係にあるとするハシディズムの教育法の支持者なのである。

一九〇〇年代初期に書かれたイディッシュ語戯曲『ディブック』〔シュロイメ・アンスキー著〕は悪魔にとりつかれた若い娘の物語。これを講義に使ったヴィーゼル教授は、同作品を現代の狂信的行為に結びつけた。「悪魔は一個人にだけでなく、国民全体に憑依することもあるのでは？」と学生に問いかける。「わたしが体験したドイツ国民やほかの国民の変化、あれがそうだったのではないでしょうか？」

分厚いめがねをかけた創作科の学生、エリカが別の方向から追いうちをかけた。「一九四五年以降、ドイツでは本当に悪魔払いが済んだのでしょうか、反ユダヤ主義の新たな勃興がありますが？」

「済みました、大方は」とヴィーゼル教授がいう。「その仕事を担ったのは若い人たちでした。ドイツ国内でふたたび極右の狂信者が現れているのも事実です。しかし同時に、狂信的言動と戦う若者も大勢います。究極的には、わたしは若者を信頼しています。彼らは希望を与えてくれます」

授業のあと、ナディアがわたしのオフィスのドアを叩いた。明らかに立腹のようすだ。「どうしてヴィーゼル教授は、わたしの国の人たちを、悪魔にとりつかれたドイツ国民だなんて呼んだのでしょう?」と彼女は話し始めた。彼女の国全体をひっくるめての批判だったから彼女は立腹しているんだろう、と即座にわたしは考えた。だが、彼女の言い分は違った。

「ドイツ人に起きたこと、それをなぜ憑依だなんて表現したんでしょう? そんなことをいったら、ドイツ人の責任を赦免してしまうことになります。彼らには責任がありました。自分たちで選択した行為です、恐ろしい選択でした。何か超自然的な力に操られたわけではありません!」

「いい疑問ですね」とわたしは慎重に返した。「彼がどういう意味でいったのか、わたしにもわかりかねるところがあるし。議論で使ったテクスト、『ディブック』に戻ってみようか」。わたしは少し頭を整理した。「記憶が正しければ、あの芝居のなかで、悪魔は招かれて初めて人間にとりつくことができた。先生はドイツ人たちを責任から免除してはいないと思いますよ——なんのかのいっても、やはり彼らは悪魔を招きよせてしまった。けれども、いったん悪魔に入りこまれたが最後、当初思いもよらなかったずっと深いところまで侵されるい

わたしたちはいっしょにページを繰《く》って、悪魔が最初に登場する場面を探した。ここだ——主人公の娘が、死んだ愛人に切々と呼びかけている——つまりは招きだ。ナディアはこの解答に満足し、わたしはヴィーゼル教授に質問をぶつけてみたらどうかと彼女を励ました。母国の暗い過去と対峙する彼女の誠実さと努力に、わたしは感動した。学究肌にありがちな評論家的な距離を置いた読み方ではない。彼女は道徳的行為者《モラルアクター》としての読み方をしていた。

「目撃したもののせいで、眠ることができない」――リアルタイムで歴史を目撃する

クラスルームを超えたところで活躍する教師にめぐまれると、わたしたちの学習に活気がもたらされる。学生たちは世界の時事問題についてヴィーゼル教授によく質問したが、特に学期最後の授業ではそれが目立った。「イラン国内の反体制派の人々にはいったい何が起きているのですか?」「中東和平交渉の再開可能性についてのニュースを耳にしますが、真実は?」「なぜ合衆国政府はダルフール紛争にもっと積極的に介入しないのでしょうか?」 彼の答は、各国の指導者、外務大臣、友人の政治活動家との会話を通じて得た情報によることが多かった。

ルワンダのジェノサイドについて学んだとき、彼は国際社会と合衆国政府が何もしなかったことに対する失望をクラスで露わにした。講演会や個人的な対話を通じ、合衆国政府に対して、ツチ族のために介入し殺害をくいとめるべく動いてもらおうとしたと彼はいった。だが、うまくいかなかった。数年後、クリントン大統領は何もしなかったことを謝罪した――それ自体は前例のない象徴的ふるまいではあった――が、八〇万人以上という死者の数は、弁舌の限界を露呈した。世界の指導者たちに渡りをつけようとした努力をくわしく物語るヴィーゼル教授からは、深い悲しみが手にとるように感じられた。抑圧、ジェノサイド、人道的介入というテーマについて、さらに将来の悲劇を避けるために生存者や目撃者はどのような責任を引き受けるべきか、わたしたちは数週間にわたって意見を交わした。持続可能なモラルの変化をもたらそうとして教授が取り組んできた数々の努力に耳をかたむけるうちに、歴史というものがもはやぼんやりとしたよその出来事ではなくなるのだった。

アーロンという名の学生が質問する。「どの大統領でもいいですが、先生が働きかけて合衆国の外

交政策を変えさせることができた例はありますか？」

ヴィーゼル教授は答える前に少し間を置いた。「一度だけ」。一九九三年四月、ワシントンDCでおこなわれたアメリカ合衆国ホロコースト記念博物館の開館式のあいさつで、彼が檄をとばした件に触れているのだ。式は雨に見舞われ、ヴィーゼルのスピーチ原稿は濡れそぼち読めなくなってしまったので、彼は仕方なく即興で演説した。その最後に彼はこういった。

さて大統領、あることについていわないでおくわけにはまいりません。昨年の秋、わたしは旧ユーゴスラヴィアにおりました。そこで目撃したもののせいで眠れずにいます！　わたしはユダヤ人として申しあげる、あの国で起きている殺戮をとめるために手を打たなければならない！　人々は殺しあい子どもたちは死んでゆくのです。なぜこんなことが？　どんなことでもいい、何か実行しなければなりません。

のちにクリントン大統領は、ヴィーゼルによる叱責が旧ユーゴスラヴィアでの平和維持活動支援を始める大きな理由になった、と述懐している。「あのていねいな口調で、ボスニアについてケツをあげて何かやらなければいかん、といわれたんです」

ヴィーゼル教授は、あの会場でユーゴスラヴィアのことを話す予定はなかった、といった。雨のせいで原稿に頼ることができなくなり、心のままに話すうちに、あの批判的なメッセージが口からほとばしり出たという。この話から、ヴィーゼルの門下生たちは心強い教訓を得た。歴史とヒューマニティが交錯する場においてこそ、既定路線から未知への飛躍によって、大きな変化を生むことができるのだ。

それで充分だった

ある日の授業で、コミュニケーション学専攻三年生のアニカが質問した。「なんの苦労もない生活をしているわたしたち学生が、先生の体験を本当に理解することなどできるでしょうか、ましてやそれを他者へ伝えるだなんて？」

記憶は、学習の際に道徳的変容をうながす秘密の成分であるから、その点からするとこの質問はきわめて重要だ。記憶を養成するためにどのような教育が可能だろうか？　学生はどうやって、自分のものではない記憶の保管人になることができるだろうか？

ヴィーゼル教授はかすかな笑みを浮かべて答えた。「その通り、まさにそれこそが問題中の問題なのです。わたしたちはもう承知していますが、単なる情報の伝達ではありません。わたしたちの仕事は他者の苦しみに対する感受性を目覚めさせること。でも簡単な仕事ではありませんよ」。そういったあと、彼はある物語を紹介した。

ハシディズムの創始者、レベ・イスラエル・バール・シェム・トーブ〔一六九八〜一七六〇年〕は、ユダヤ人が災難に見舞われそうになったとき、森のなかの特別な場所へ出かけていって火を熾《おこ》し、特別な祈りを捧げた。すると奇跡が成就し、災難は回避された。

しばらくして、バール・シェム・トーブの弟子、メズリックの巡回説教師〔メズリックのドヴベル（推定一七〇四〜七二年）の別称〕も同じ理由で天の助けを乞わざるを得なくなった。彼も同じ森の同じ場所へゆき、火の熾し方は知らなかったが祈りを捧げることはでき、ふたたび奇跡が成就した。

さらにその後、メズリックの巡回説教師の弟子、サソヴのレベ・モーシェ・ライブ〔一七四五〜一八〇七年〕も、人々を助けるために森へいった。「どうやって火を熾すのか、わたしはわかりません」と彼は神に告げた。「それに、祈りの文句もわかりません。ただ、この場所を見つけることはできました。これで充分のはずです」。再度、奇跡は成就した。

メズリックの巡回説教師の曾《ひ》孫、リズィンのレベ・イスラエル〔一七九六〜一八五〇年〕はバール・シェム・トーブにちなんだ名を授かった人物だが、彼も災難を避けようと椅子に腰かけ、頭を両手で抱えて神にいった。「わたしは火を熾すことも、祈りを唱えることも、森のなかの肝心の場所を見つけることもできません。わたしにできるのはこの物語を語ることだけです。これで充分のはずです」。その通り、それで充分だった。

ヴィーゼル教授は教室全体を見わたしながらいった。「リズィンのレベのように、わたしたちだって火の熾し方も、祈りの文句も、森のなかのその場所も知らないかもしれません。過去と我々のつながりはかぼそいのです。遠い昔、遠いところなのです。我々にできるのは物語を語ること、語らなければならない。ですが、語るためにはまず物語を聞く必要があります」

教師エリ・ヴィーゼルの任務の中心には、学生たちが何度も何度も耳にしたフレーズがある。「証人の話を聞いたあとは、あなたも証人になる」。道徳的教育には、その悪しき双子であるプロパガンダに似て、伝染性がある。もちろん効果的であるためには、伝染性を帯びなければならない。しかし、民衆が聞きたいことを耳に吹きこみ民衆のなかにすでにあった恐怖をあおりたてるプロパガンダと違って、道徳的教育は、たとえ耳障りであっても、聞く必要のあることを告げる。「にせの預言者と本物の見分け方はこれです」と、彼は教室で繰りかえした。「にせは心地よく、本物は不安にさせる」

道徳的教育がうまくゆくと、学生たちは新しい考え方を模索して自分のものとし、疑問を投じる習慣を新たに身につけ、人間らしさは共通するということのより深い意味を見いだすようになる。こうしたことを経験した学生は苦しみに対して敏感になる。ニュースの読み方が違ってくる。路上でホームレスの人々を見かければ、少なくとも微笑みかけ、完全に無視して通りすぎたりはしなくなる。偏見に凝りかたまった言葉を耳にしたりいじめを目撃すれば、はっきりとものをいうようになる。何もしない、という選択はもはやありえない。

変化するためには道徳的教育が、単なる情報の交換を超えたところをめざさなければならない。教えられたことの中身――歴史とかデータとか――だけではなく全体の脈絡があってこそ、衝撃の度合いがわかる。学生と教師とテーマが感情的につながりあってこそなのだ。学習の中核には断固たる「なぜ?」がある。人間は認知処理による情報把握よりも、はらわたに染みいるような体験をするとき道徳的に奮い立つ。知性よりも感性で燃える。鳥肌が立つ瞬間、背筋を走る寒気、こみあげる涙。道徳的教育が一般的な大学環境でおさまりが悪いのはこのせいであり、それは多くの宗教的コミュニティにおいてすら同じだ。しかし、学生が証人になりうる道はこれしかない。

それは二〇〇七年最後のクラスだった。最後の授業がいつもそうであるように、学生たちは何でも好きなことを質問していい。それまでの数か月に学習したテーマや本のことでも、時事問題や地政学的な力関係について、はたまたヴィーゼル教授の人生について尋ねてもかまわない。学生たちはいつもは控えめだけれど、幅広い範囲の質問、特に学期中ずっと頭に引っかかっていた疑問を次々と投げかけてくる。

その日は、イランの核開発プログラム、さまざまな政治問題、地域活動や全国レベルでの活動における学生の役割などを取りあげたあと、しばし質問がとぎれた。最前列にすわっていた学生が静寂をやぶって、おだやかな声で遠慮がちに尋ねた。「先生の番号を見せてもらえますか?」

これに対しヴィーゼル教授がどう反応するか、わたしには見当がつかなかった。目を通したことのあるいくつかのホロコースト否認サイトが頭をよぎった。胸が悪くなるようなサイトとか、ヴィーゼルには本当はタトゥー〔強制収容所の囚人の前腕には囚人番号の刺青が刻まれた〕がないと主張するサイト、彼の物語というのは創作だというサイト。その学生の大胆さ《フツパー》にわたしは驚いたが、彼自身も顔を真っ赤にし、厚かましいリクエストをしたことを後悔しているようだった。

何もいわずにヴィーゼル教授は上着を脱ぎ、シャツのカフスボタンをはずして袖をまくりあげた。彼は挑発するようなぐあいに顔の前で腕をあげ、前腕に彫られた数字をクラスの全員が見ることができるよう、身体をぐるりとまわした。

全員が息を呑み、そのあと長い沈黙が教室を制した。

絶望が人から人へ広がるものならば記憶も同じだ。過去の記憶、大切にしていたものの記憶、さらには、ハシディズムの教えによれば、わたしたちが切望する未来にかんする記憶すらあるという。そして、証人の話を聞く人は証人になるのだから、ここに綴られた言葉を読む読者よ、あなたもまた証人なのである。

第2章

他者性

他者の、自分とは違う点がわたしを魅了する。

エリ・ヴィーゼル

時は一九九四年、大学二年生のわたしは、ボストン大学でのヴィーゼル教授の授業を初めて体験すべく着席している。学期最初の日で、講義には「ユダヤ人女性の声」というタイトルがついていた。ヴィーゼル教授はアダムとイブの聖書物語から始める。

「まず最初から創世記は、共生してこそ人間という意味を教えてくれます。この男女の物語を読むときにわたしたちが最初に注目することの一つは、イブが創られた理由です。その一節で彼女の務めは **ezer k'negdo**――逐語的に訳すと『彼に対立する助け手』だといっている。**ezer** とは『助ける人』を意味し、**k'negdo** は『彼に対立して』という意味です。なぜ彼に対立なんかするのでしょうか？　ラビ教義の注解によるとこの部分は、友好的対立のひな形を呈示しています。つまり、あなたを助けるためにわたしはあなたに挑戦するという。その意図はわたしたちの友情のため、二人が対話をするときにあなたの思考が明晰で考えが精緻であるようにあなたを助けましょうということ。人類史上最初のこのカップルは最初の友人であり、最初の他人であり、最初の出会いをなした人々でした。相手のためを思って異議を唱える、とはどういうことでしょう？　相手に打ち勝つためとか口を封じるため、ならわかりますが」

我々は自分が語るストーリーによって自分を定義するが、そのストーリーのなかで凝りかたまってしまうと対立を招くと彼はいう。過去の一時期、宇宙論で意見の折りあわぬ相手を火あぶりの刑に処すことはめずらしくなかった。テクストの解釈をめぐっての激論が戦争に発展したこともある。いまだにわたしたちの相違——皮膚の色、言語、アクセント、衣服の違い——が殺人を招くことがある。

我々は対立するように設計されているのだろうか？ 戦争は人類史と人間社会にとって不可欠な側面なのだろうか？ そうではなく、他者と組みあう別の方法があるのだろうか？ 敬意をもって彼や彼女を傾聴する？ 人間にとって平和のうちに暮らすことは可能なのか？ こうした問いが、今後このコースで取り組んでゆく疑問の一部です、とヴィーゼル教授はわたしたちにいう。

居場所を求めて

その一年前、わたしはいくつかの大学に入学願書を提出していた。ボストン地区から二校を選べることが判明し、エリ・ヴィーゼルが教授をやっている方に決めた。

きまじめな一八歳だったわたしは、人間による意味探究の歴史を学びたかった。だが意味学という専攻科目はなかったので、それに一番近そうな課題を選択した。宗教である。両親の信念体系の相違からくる張りつめた空気がわたしにとって長いあいだ不安の原因だったが、同時にそれが、わたし自身の判断を理解したいという欲求に拍車をかけた。最初に登録した講義は、わたしの恩師、年老いたラビたちが最大限の不快感を示しそうな講義だった。旧約聖書一〇一というコース名で、アカデミックな観点から聖書を検討しようというのだ。わたしはそれまでずっと、宗教的観点から聖書を学んでいたが、今度はほかの人たちの信念を知ることによって、新しい観点から学習したかったし、自分のなかに堅固に根づいていた信念に挑戦してみたかった。

大学に身を置くというのは、不思議な未知の国で移民になるようなものである。いろいろな意味でわたしは典型的アメリカンキッドだったけれど、ほかの人の目には敬虔なユダヤ教徒で、ユダヤ教を学習し信仰する旧世界出身者と映る。寮で相部屋になった演劇専攻の学生や同じフロアのもっぱらスポーツに夢中な学生たちは、わたしにしてみればまるでエイリアンだ。やかましいパーティーや男女共用のバスルームは不愉快だった。わたしは身の置きどころを失い、大学生活に引きつけられる一方で嫌悪感を抱いた。

午前・午後と全日制のユダヤ人学校で二元制課程《デュアルカリキュラム》（午前中にヘブライ語、午後に非宗教科目を学習して六時二〇分に放課）をこなしてきたあとでは、大学での新しい時間割は楽だった。勉強をしレポートを書き、それでもたっぷり時間が余った。何人か友だちができて、夜になれば本のこと、社会正義の問題、将来の夢などを語りあった。とはいうものの、努力はしたのだけれど、クラブや学生グループのなかに自分にぴったりの場所を見つけることはできなかった。わたしが登録した旧約聖書のクラスは、ヴィーゼル教授のオフィスがある建物で開かれることを知っていたけれど、わたしは物怖じして彼に会いにゆくどころではなかった。そうこうするうちに、わたしの大学生活二か月目に義父経由で、教授は君があいさつにくるのを待っている、という伝言を受けとった。

わたしはヴィーゼル教授のもとで長らくアシスタントを務めていたマーサを通して、面会予約を取った。彼女は親切な人だが厳格な門番で、たくさんの学生、教職員、ヴィーゼルをひとめ見たがるボストンの住民が彼を閉口させぬよう、きびしくコントロールしていた。

数週間後、彼に会いにいった。本がずらりとならんだオフィスにすわり、わたしは革装の大型書籍の列に圧倒されていた。「さてと、元気かな？」とヴィーゼル教授があたたかく微笑んだ。

おおむね順調だけれども、まだ自分の居場所が見つからないと返事をした。学内のユダヤ人コミュニティのなかにいても、ほかの人たちにくらべて信仰心がより深いような浅いような気がするのだった。瞑想の池のなかへ消えてしまいたかった、自分がわからなくなるまで祈りつづけたかった、自意識を手放してしまいたかった。その一方で、わたしはモーリス・センダック〔絵本作家〕、ザ・ヴェルヴェット・アンダーグラウンド〔ロックバンド〕、アレン・ギンズバーグ〔詩人〕を愛していた。わたしはこの自分をそっくり受けいれてくれる場所、わたしの心を迎えいれてくれるコミュニティを求めていた。大学にいるときよりも、ハシディズム系の小さな礼拝所で、控えめな装飾と旧世界の雰囲気に包まれている方がずっとくつろげる、とヴィーゼル教授にいった。ニューヨークでこの種の教会《シュール》へいったとき、わたしはある老人のとなりにすわった。彼が身体を前後に揺らしつづけるのを見、特徴のある東欧なまりのヘブライ語で祈るのを聞き、わたしは心のなかでつぶやいた。ユダヤの爺さん、あなたにはどんな物語があるの？　昨今書かれがちな都会的な自意識過剰の物語とくらべたら、彼の物語はずいぶん違うのだろうとわたしは思った。

「わかるよ、君のいわんとすることは」とヴィーゼル教授がいう。彼が通常通うシナゴーグはアッパーイーストサイドにある高級で近代的な教会だが、可能であればハシディズム系の小ぶりな教会を選んで祈りを捧げるという。わたしたちはタルムードの韻律やイディッシュ語のユーモアに対する愛着を、古いテクストを始終引き合いに出したり中世の注解者を引用しながら語りあい、対話のあいだじゅうわたしの頭のなかでは無言歌が響いていた。彼とわたしの出自はまったく違うのに、二人とも同じ波長に共鳴するようだった。わたしは彼を旧世界と新世界の両方に深く根ざした人のように見ていたので、彼みずから「とにかくわたしたちは、異なる世界のあいだに橋を架けるためにここにいる」といったとき、ほっとした。

どんな授業を受講しているのかと訊かれた。旧約聖書、比較宗教学入門、芸術史、そして大学が必修科目と呼ぶ、複数年にわたって世界の名著を読むコース。そのコースで今読んでいるのは何の本か、と訊かれ、わたしは『道徳経』だと答えた。

「ああ、老子だね。君は、人間は完璧な道徳的存在として生まれたと考える彼に同意しますか、それとも生まれたときは粗野だから人間らしくなるために道徳教育が必要だとする孔子の方が正しいと思いますか?」

わたしは言葉につまった。最初の面談でいきなりこんな質問をされてびっくりしたのだ。老子の考えを支持すると答えたのは、おそらく父親が聴いていた六〇年代の音楽、素朴な昔に戻るあこがれを託したメッセージに影響されていたのだと思う（"We've got to get ourselves back to the garden"）〔クロスビー・スティルス・ナッシュ・アンド・ヤングの曲「ウッドストック」から〕。ヴィーゼルは厳粛に耳をかたむけ、わたしはまぬけな話をしているような気がしてきた。

しばらくの沈黙のあと、彼の授業のどれかに出てみたいとわたしはいった。「ふつうは新入生は取らないんです。来年まで待ってみたら?」と彼は答えた。おそらく、質問に対するわたしの答が浅はかだと思ったのだろう。たぶんその通り、浅はかだった。

ということでわたしは待った。わたしはその年を、ハシディズム運動の初期に書かれた説話集に読みふけって過ごした。いくつかの物語の奥深さに感銘し、お気に入りの話も何編か見つけた。ポーランドの指導者、シムハ・ブニム〔一七六五〜一八二七年〕はモダンな服を着て木こりとして働き、後年は薬剤師になった反骨の人。彼の言葉は深く心に沁みた。彼のメッセージは「本物になれ、どんな犠牲を払ってでも」。東欧ユダヤの精神的伝統のなかで語られたユダヤ版啓蒙主義というものの存在にわたしは気づき、そのなかに没頭してみたかった。

ハシディズムにおけるレベ（rebbe）の役割を説明するのは難しい。レベという単語は「教師」「聖人」「グル」などとさまざまに訳されるが、それでは真意が伝わらない。レベは伝統的であると同時に創造的な存在だ。ユダヤの伝統的なテクストと慣習に根ざしているけれど、奔放で因習にとらわれない。学校にラビはいた。彼らの主要な仕事は、わたしたちに情報を伝達し、宗教的生活と実践の規則性に順応させることだった。しかしレベはラビと違って単に権威のある人物というだけにとどまらず、友人であり、みちびき役であり、学生一人ひとりの精神的旅路を支援してくれる存在なのだ。ラビはコミュニティを構築し守るべき規範を重視するが、レベは魂を育て個性を養う。わたしは胸中にそれまで知らなかった感覚が小さくめばえるのを感じ、それから数週間後その正体を悟った。レベに対する憧憬だった。

ハシディズムの伝説によれば、レベはあなたの過去、「あなたの魂の出自」、道に迷う前のあなたの本質を見通し、あなたをその本質へ戻し、あなたが歩むべき道へいざなってくれる。エリ・ヴィーゼルは自分のことをレベだなどと決していわなかったし、わたしも神秘的な体験を求めていたわけではなかったけれど、わたしが彼のクラスへやってきたのは、知性と魂の根城を求めてのことだった。

「わたしたちもまた語り部である」

翌年、わたしはヴィーゼル教授担当講座のなかから一コースを選んだ。初日、教室に足を踏みいれた瞬間から、それまでに受講したどのコースとも違う印象を受けた。セミナーとしては大人数だけれど、小ぶりのグループ討論のような雰囲気があった。教室が小さく感じられ、後日ほかの学生の多くも同じ印象を持ったと聞いたが、実際にはかなり大きなサイズだった。学生たちは座席を埋め、通路に腰をおろし、窓枠に腰かける者もいた。ほかの大規模セミナーならば授業中にいたずらがきをしたり、いびきをかかない限り居眠りをしてもばれない。だがここでは全員が目をかがやかせ、以前ヴィーゼル教授のコースを取っていた再受講生たちは旧交をあたためている。さらに、わたしがそれまでに参加したどのクラスとも違うのは、学生たちが複数世代にまたがっている点だ。退職した人々の姿も見え、何やら家族の集まりのような雰囲気もある。

ヴィーゼル教授は授業の前に次のようなことを語った。「これから二〇年が経過したある日、あなた方がこの教室にいる誰かと再会し、『いっしょにカフカを勉強しなかった?』、『キルケゴールについてみんなで議論したね?』と言葉を交わす日がくるのを楽しみにしています。ここで友情をはぐくみその友情をかみしめることになればと期待します」。しばらくののち、彼はこういった。「友情はわたしの宗教です。それも、すごく良い宗教。狂信的な友情信者になってもいいじゃないですか、何か問題でもありますか? 過激派になってしまうって? ということは、すばらしい友人になるだけのことでしょう!」

彼はこんなふうにもいった。「あなたたちがわたしから学ぶのと同じだけ、わたしはあなたたちから学びます」。こうした言葉を聞いたわたしは、受けいれられた喜びと果たし状を突きつけられた緊張を同時に感じたことを思いだす。あとになってこの単純な声明は、学生を単なる受け手に留めおかず貢献者へ位置づけるもの——積極的かつ参加型の学習空間を創りだすための基本理念なのだと悟った。「仔牛が乳を求めるのと同じだけ、牝牛は乳を与えたがる」というタルムードの教えに沿っていたのである。学生が質問を投じず、好奇心を示さず、あるいは頭をひねってみせなければ、教師は何もできないだろう。教師と学生はお互い相手を必要とする。共存することでいきいきとした生態系が形づくられる。

すべての学生、すべての個人は、ひとえに人間であるという事実により独自の声を持つ——それすなわち各個人特有の真理《まこと》である、とヴィーゼル教授は確信していた。ハシディズムのルネサンスにかんする講義のなかで、ヴィーゼル教授はある物語を話してくれた。

ある日、若い女性が子どもを授かるための祈りを乞いに賢者のもとへやってきた。

「夫とわたしが結婚してもう何年も経つのに、わたしたちの家はうつろです」と彼女はいった。賢者が答えていうには「わたしの母も同じ問題を抱えていたのだよ。そこで母は祈りを乞いに聖者ベシュトさま［ハシディズム運動の創始者〔既出のバール・シェム・トーブ〕］のところへいった。手製の上着を持参してな。母が自分の手で何週間もかけて縫いあげた上着だ。それを献上して彼から祈りを授かった。その一年後、わたしが生まれたというわけさ」

「ありがとうございます、先生」と女性は感きわまった声をあげた。「すぐ家に帰って先生のために上着を縫い始めましょう。すてきな上着になりますよ、極上のウールと最高の色合いで。できるだけ早く戻ってまいります！」

「おまえさん」と賢者がいった。「わからんようだな。いいかい、わたしの母は上着の話など事前には知らなかったのだよ」

「過去の物語を繰りかえすだけでは足りません。それだけではなく、新たな物語を書く必要があるのです」。その意味をヴィーゼル教授は説く。「書物のページから飛びだして、わたしたち自身が置かれた状況へ向かわなければいけません。そこは未知未踏の領域なのです」

彼は語りつづけた。「とはいうものの、賢者にはこう尋ねてみたいですね。若い女性に彼女なりの答を見つけることを期待したならば、あなたはそもそもなぜあの物語を話して聞かせたのですか、と。皮肉なやり方ですが、賢者は過去の物語を使って、我々自身の答、我々固有の表現、我々に特有の真理を見つけなければならないと教えてくれたのです。古い物語がなければ、今日《こんにち》の挑戦に対する有効な回答を見いだす能力が我々にもあるという確信を持つことができません。過去は我々自身もまた語り部であることを思いおこさせてくれるためにあるのです」

ともかく、わたしたちが語った物語はそれぞれに異なった。学生たちの多様性のおかげでクラスでの議論に緊張が生まれた。ホロコースト生存者の子どもとナチス親衛隊幹部の孫娘との出会いは、二人の原点のはなはだしい相違ゆえに実りあるものとなった。基本的なルール――よく聞き、対話を尊重し、個人攻撃をしない――が守られる限り、学生たちはお互いが「対立する助け手」の役目を果たす。

この約束事がきちんと機能するのを見たのは、ロシア生まれのアレックスという学生がホロコーストについて質問したときだった。「ロシア市民だってナチスの犠牲者でしたよね、ユダヤ人だけではなく？」この質問はソ連共産党のホロコーストに対する公式見解を忠実に反映している。近年まで、ソ連邦内におけるホロコースト犠牲者公式記念碑に、ユダヤ人という言葉は決して記されなかった。それが変わったのはヴィーゼルなどの努力によるところが大きいが、ホロコーストの歴史を学ぶ学生は、この種の質問を侮辱と受けとめるのがふつうだ。

これはまずい、とわたしは思った。

だがヴィーゼル教授は平然としている。彼はアレックスが言葉にしなかった部分、あるいは意識さえしていない部分に耳を澄ませていた。

彼はアレックスに尋ねた。「という見解をどこかで習ったわけですね？　どこで？」

「はい、学校で。ロシアで育てばよく耳にすることです」

「君がいったことがソ連邦の公式見解なのは知っていますか？　政府方針として、特定の民族や宗教的アイデンティティを軽視したものですよ」

「いいえ、知りませんでした。ですがほかにも犠牲者がいたことは事実でしょう？」

「もちろんです、犠牲者のすべてがユダヤ人だったわけではありません。しかしユダヤ人のすべてが犠牲者でした。ユダヤ人だというだけで国籍や政治的立場、社会的役割などとは無関係に攻撃目標にされたのです」

アレックスは最初の質問とは異なる、より踏みこんだ問い方をしてきた。「そうですか。でも犠牲者が複数のアイデンティティを持っていた場合――たとえばユダヤ人であると同時にソ連市民だったとき――どちらのアイデンティティを記憶にとどめるべきでしょう？」

この時点では、もうアレックスに困惑する気持ちは消え、わたしはむしろ彼の質問に好奇心を刺激され、感心さえしていた。アレックスが最初に投じた質問の水面下には、何か有益なものが秘められていたことに気がついた。

ヴィーゼル教授は、できの悪い学生とかくだらない質問などというものがあるとは思っていなかった。水面下には発見に値する有益なものが常にひそんでいる、と彼は確信していた。このときの対話は四分程度だったが、ずっと長く感じられた。どれほど多くの教師が、アレックスの質問をさえぎり、気まずさを避けるためにすみやかに話題を変えたり、できの悪い学生としてアレックスを無視するだろう？

魂はいつもささやいている

「ノーベル賞の受諾スピーチで、ウィリアム・フォークナーは真に書く価値のあるものは人間の心の葛藤だといいました。自己受容と他者受容は鏡像の関係にあります。自分自身の多様な側面を――たとえそれらが相互に矛盾するとしても――たくさん受けいれることができればできるほど、他者をより容易に受けいれることができます。その人物が抱える矛盾した側面もひっくるめて」

この発言は、ヴィーゼル教授がウォルト・ホイットマンの詩『私自身の歌』（「私が矛盾してるって？／まあいい、それなら矛盾してやろうじゃないか／私は巨大だ、ここに山ほど抱えている」）について講義をしている最中にしたものだが、わたしはこれを聞いたときに、自分自身の物語について考えた。おだやかならぬ内面を抱えたまま全体性《ホウルネス》と平静を求めていたわたしは、自分のなかの矛盾らしきものを無条件に受けいれてみようかという気になった。しかしそれまで、自分の内面的葛藤が、相手を判断するときの駆動力になっているとは思いもしなかった。が、わたしはたちまち次のように理解した。自分自身をどこまで受容できるか、その範囲がすなわち他者を真に受容できる可能域となる。

「あなたたちもまた、巨大なのです。あなたたち一人ひとりが山ほどの何かを抱えている。このクラスに入るときには、ドアの前に何かを置いていこうなんて思わないでください」とヴィーゼル教授はみんなに向かっていった。「あなたたちの物語がこのクラスをいきいきとしたものにするのです」

彼は言葉をつづけた。「あなたたち一人ひとりの本質がこのクラスで見えてくるのを心待ちにしています。そうすることで、ほかの場所では何が学べないのかわかってくるでしょう」。そうして彼は、ハシディズムの本に記録された、ある教師と弟子のあいだの会話をわたしたちに教えてくれた。

「魂はいつもわたしたちに教えをささやいている」とコレッツ〔ウクライナ北西の町〕のラビ・ピンカスがいった。

「なのに、なぜわたしたちは変わらないのでしょう?」と彼の弟子、ベルシャド〔ウクライナ南西の町〕のレブ・ラファエルが訊いた。

「それは」とラビ・ピンカスがいう。「魂は同じことを二度繰りかえさないからです」

「わたしたち一人ひとりが不可分の神聖なる自己を持っています」とヴィーゼル教授がいい添えた。「この本質的な部分への侵入は道徳的な犯罪です」

わたしが二年生だったとき、第一学期の中ごろに、ついにヴィーゼル教授のクラスで一〇分間のプレゼンテーションをする番がまわってきた。初日のクラス登録のときには、プレゼンテーションの日にどれほど緊張するか想像もしていなかった。初期のハシディズム指導者について論じることになっていて、哲学者マルティン・ブーバーの著作やほかの読書に基づいて、当時の状況を話すことができればと考えていた。自分を魅了してやまぬテーマについて人前で話すことに興奮はしていたけれど、不安に襲われてもいた。プレゼンテーションの前夜、わたしはほとんど眠ることができず、翌日声がふるえたりしないよう原稿を何度も読みかえした。クラスに着いてみると、いつもはヴィーゼルがいるはずの教室前方にマーサが立っていて、学期を通じてこの日だけ教授がやむなく欠席することになったという——会議のためにパリへ出張中なので教育助手が担当することになったと。ほっとするやらがっかりするやらのなかで、ともかくわたしはプレゼンテーションを始めた。
クラスにいるときのわたしは、いつもひどい恥ずかしがり屋だった。教室の最後部の席にすわり、集中して黙りこくったままのわたしは、ヴィーゼル教授の声と言葉によって、瞑想的でリラックスした状態へみちびかれるままにまかせていた。学期の全期間を通してわたしが発言したのは一つの単語だけで、それも質問を投じたあとの彼の目に射すくめられたあげくの話だ。どんな質問だったかは忘れたが、回答だけは決して忘れない。彼を待たせていることに気づいたわたしは、思案していた答を大声でいった。その単語とはauthenticity（真正性）である。

彼はわたしにうなずいていった。「まさにその通り」

ときに、ただの一語が新しい世界を開く鍵になる。その学期が終わるころマーサが近づいてきて、ヴィーゼル教授がわたしに翌年から教育助手になることを考えてみてほしいといっている、と告げた。

今もって、なぜ彼がわたしをそのポストに招こうとしたのかはわからない。ふりかえってみれば、そこにいたのは一人の若者、まじめさと真剣さがわたしの指導者になる人物の琴線に触れたのかもしれないが、所詮はまだ方向の定まらぬひどく未熟な若者だった。ひょっとすると彼は、わたしの内気なところとか伝統的ユダヤ教育を受けた背景に共感したのかもしれない。長いあいだわたしは、彼がある種の間違いを犯したのではないかといぶかっていた。だがそれも興味本位の疑問にすぎない。というのも、わたしは彼の招きを断ったのだから。

わたしはすでに、イスラエルへ一年間留学することに決めていた。大学に入る前から、高校の教師たちからそうするよう仕向けられていた――わたしの正統派ユダヤ教高校の卒業生は大学へいく前に一年間《ギャップイヤー》の休みを取り、イェシヴァ（上級レベルの聖典学習をする伝統的学校）へ通うのがふつうだった。わたしが大学進学を先にしたのは、経験の幅を広げたかった、自分が育ったコミュニティの狭い空間から抜けだして新たなスタートを切りたかったからだ。だが、二年間の大学生活を経たあと、わたしは聖典学習に専念する必要性を感じ、少なくともいくつかの現代的な学問に触れたおかげで精神が補強された実感もあった。

こうした事情があったので、ヴィーゼル教授から教育助手のポストを打診されたときに葛藤が生じた。わたしは彼にジレンマを打ちあけた。機会を与えてもらったことは名誉だけれど、イスラエルと伝統学習に強い魅力を感じるのだと告げた。

そのあとすぐ、とっぴな解決策が浮かんだ。わたしは無邪気にもヴィーゼル教授に、わたしに対するラビの叙任を検討してみてくれまいかと頼んだのだ。叙任に向けて数年間、教授のもとで勉学をつづけられればという目算だ。そうすればアカデミックな科目よりも宗教的科目に専念しつつ、彼のもとで勉強することができる。ひょっとすると、イスラエルからでも電話を通して彼と勉強できるかもしれない。

「それはできません」と彼はいった。「そもそもわたし自身が叙任を受けていないんですから!」彼の師、ソール・リーバーマンはエリにラビになってほしいと望んだが、彼はそれを拒否したという。自分の進むべき道は著述業であって聖職者ではないと感じたからだ。(彼は古いユダヤジョークを聞かせてくれた。ヘブライ語の言葉遊びである——大祭日の礼拝でわたしたちは「V'salachta l'avonenu ki rav hu」といいます。その意味は「わたしたちの罪をお許しください、あまりに多すぎるのです」。ここで「多い」という意味の rav は「ラビ」と訳すこともできます。するとこの文章は「わたしたちの罪をお許しください、ラビのせいなのです!」となります。)

最終的に、教育助手への招きを面と向かっては断ることができず、わたしは彼に長い手紙を送った。書いた内容は、わたしの大きな夢。両方の世界を知ること。アカデミックな学びとイェシヴァでの学び。異宗教間の伝統比較で得られる幅広い見識と、わたしの出自集団へ専念することによって得られるであろう深み。その翌日、わたしは彼に電話をした。

彼はすでに手紙を読んでいて、わたしの決断に理解を示してくれた。

わたしは彼にこう尋ねた。「ところで、先生といっしょに勉強をつづける方法はないでしょうか?」

彼は答えた。「イスラエルは遠いよ。でもイスラエルへいくときには連絡するから、向こうで会えるでしょう」

そのあと彼はこうつづけた。「君を待ってる。君の方で準備が整ったら戻ってきなさい。そしてわたしと勉強しよう」

社交辞令なのか? 気まずい雰囲気を避けようとしたのか? それとも、一種の約束と見なしてもいいのだろうか? 真意は数年後になるまでわからなかった。

他者なればこその他者性

数年が経過し、二〇〇三年になった。わたしはヴィーゼル教授の教育助手として、すべてのコースのシラバス草案を準備する責任を負っていた。わたしは草案をヴィーゼル教授のもとへ届け、彼はニューヨークの自宅へ持ちかえって修正する。参考図書を追加したり削除したり、その後わたしにメモを送ってよこし、追加論文を加えるよう指示がくる。彼は年ごとにコース内容を変えて反復を避けるようにするが、あるテーマは繰りかえし現れた。差異、多様性、他者性というテーマがその一つだ。

我々の文化における差異とか多様性について議論している人たちを注視していて気づくのは、隠れた偏見と偏向である。現在わたしが住んでいるニューイングランドでは、我々を結びつけるものの方が我々の差異よりも大きいといって、何かにつけて結びつきを大切にする。こうした態度は良いけれども、同一性礼賛の微妙な圧力につながる恐れがある。自分と同じ考えを共有する人たちにかこまれて反響室《エコーチェンバー》にこもる人々を増やす可能性がある。往々にしてソーシャルメディアはこの問題を悪化させる。

こうした傾向にいどむために、ヴィーゼル教授は違いを強調する。「わたしは他者の、自分とは違う点に魅力を感じるのです……彼から何を学べるだろう？　わたしには見えないこと、見ることができないものを彼はどう見ているのだろう？」著作や教育の現場で彼は、狂人、謀反者、アウトサイダー、負け犬――すなわち文学において、実人生においての他者――を賛美する。

我々は誰もが盲点を持っている。すべてのロウソクが影を落とすのと同じだ。二本目のロウソクを一本目のロウソクに近づけたとき、初めて影が消える、他者の明かりに照らされるからだ。我々もお互いに相手に対して同じ効果をもたらすことができるという了解が対話の始まりなのだ。

疎外にかんする大家、カフカについてヴィーゼル教授が語る講義の一幕。「カフカは『自分は鳥を探している鳥籠』だと書きました。どういう意味でしょう？　自分を他人に押しつけ、他人をこうだと決めつけたがるという人間的な欲求が自分にもあることを自覚していたのです。さらにはキルケゴールがこう書いたことを思いだします。『君がわたしにレッテル貼りをしたとたん、君はわたしを無きものにする』。カフカは、他者を籠のなかに閉じこめたくなる衝動に屈してはいけないと諭すために、『審判』やほかの作品を書きました。わたしたちとしては、他者なればこその他者性を尊重しなければなりません」

合衆国南部で育ち、自分の家族のなかにはびこる人種差別について語ったことのあるタミーが、こう質問した。「ですが、ある人の信条がわたしたちのとは根本的に対立するような場合、どうしたら許容できるでしょう?」

ヴィーゼル教授がいう。「許容(tolerate)という言葉はいやですね。あなたを許容する、などとうそぶくわたしは何様でしょうか? 尊重(respect)の方がいい言葉です。あなたに同意はしないけれどあなたのことは尊重する。実際のところ、あなたに同意しないという態度は、あなたを尊重していることの表明でありうる。わたしが本当にあなたを尊重していればこそ、あなたに対して正直であるべきではないでしょうか?」

「しかし、根っから邪悪な人々の場合にはどうします?」とタミーは訊く。

「わたしとしては、そういう人たちにも彼らの人間性を認めないわけにはいきません。邪悪な行為をするような者は人間ではないという見方は、彼を安易に許すことにつながります。動物は大量虐殺をおこないません。それだけではなく動物は約束もしません。わたしたちは敵のした約束を本気にする必要があります。というのは、何をいったにせよ、いずれ彼はそれを実行しますから。彼をただ単に動物だとか狂人だとかたづけてしまえば、いとも簡単に彼の発言を忘れてしまえます。殺人者はわたしたちと同じ人間ですが、彼は自分の人間性にそむく選択をしました。であるからこそ、わたしは彼と対峙しなければならないのです、できるところで彼を阻止しなければなりません、それが不可能ならば抗議行動に出なければならないのです」

タミーはこの回答に満足しない。彼女の差別主義者のおじたちは「他者」なのか? それとも彼らの受けた教育が生みだした結果なのか、誤ってみちびかれただけであって、依然として彼女の愛情を受けるに値する人々なのか？

「わたしは」とヴィーゼル教授が話し始める。「長いあいだジャーナリストをやっていて、エルサレムでのアイヒマン裁判のときには取材陣の一人でした。あれは一九六一年、アイヒマンがイスラエル人たちの手によってアルゼンチンで逮捕された直後です。一九四四年の五月、わたしは故郷の町で彼を一度見ています。そのときは彼が誰なのかわかりませんでしたが。彼は五〇人のハンガリー人兵士を連れてきて、わたしの町から一万五〇〇〇人のユダヤ人を強制移送させました。そういう事実はあとになって知りました。ということで、わたしは彼が人間なのかどうか見るために、裁判へ出かけたのです。目は二つ、耳は二つあるか、話せるのか、微笑むことはできるのか？　あれだけの殺人を犯したのだから、彼という人間にその痕跡が残っているに違いない。裁判がおこなわれているあいだ、わたしはくる日もくる日も彼を見据え、どうにかして彼の非人道的な側面を見きわめよう、彼が人間ではないいないなんらかのしるし――カインの刻印――を見さだめようと躍起になっていました。そのようなしるしを見つけることができたなら、大いにほっとしただろうと思います。しかしわたしが見たのは一人の人間、官僚であり、会計士のような風采の男にすぎませんでした。それが意味するのは、物理的には一つの、この時間この場所にいる一人の人間が、二つの異なった道徳世界に生息しうるということです」

彼はさらにつづける。「実をいうと、アイヒマンには息子がいましたが、息子は父親の血塗られた過去を知らなかった。それを知ったあとでも、彼は父親に対する愛と尊敬の念を失わなかった。殺人者の息子が、父親の贖罪不可能な罪をあがなおうとカトリックの神父になった例もありました。こういったことは何を意味するのでしょうか？　それは、非人間性の極みにいる者でもやはり人間であり、相応の審判がくだされるということです。究極の他者とは人間性を放棄した人間であり、わたしたちは彼を裁判にかけて処罰しなければなりません。しかしそれは最終的な、極端な場合です。暮らしのなかで多くの場合、わたしたちはあたりまえのように他者に出会います。信ずるところが自分とは大きく違う他人です。そして彼を理解し、彼から何かしら学ぶためには全力をつくさなければならない。わたしたちを隔てる距離は必要ですが、それがあるから背を向けるということではいけません」

ジェフが尋ねる。「日常のなかでそれが具体的にどんなふうなのか、例をあげてくれませんか?」

ヴィーゼル教授が説明する。「あなたたちにはこのクラスで、異なった信条、価値観、世界観を持つ他者と出会ってもらいたい。そのあとに選択がくる。その人に耳をかたむけるか否か。ぜひ耳をかたむけてほしいと思います。心をかたむけて聞く、欠点を探そうとするのではなく、長所を見いだすつもりで聞いてほしい。意見が合わないとか議論を戦わせるというのと、耳をふさぐというのは違うのです。また逆に、意見が一致したからといって、その人と一体化するわけでもありません。わたしたちは皆違う。それぞれ自分自身の歴史を持ち、それぞれ進むべき道があります」

「でも」とタミーがいう。「ぜんぜん意見が合わないときには、他者である彼なり彼女なりを、間違っているよと説得する義務があるのでは?」

「それはそれでよろしいけれども、問題はそれをどうやってやるか。ヘーゲルはこういいました。真の悲劇は正しいか正しくないかの対立ではなく、二つの正しさの対立であると。そして、すばらしいハシディズムの教えもあります。二人の意見が一致しないとき、二人はそれぞれ自分の側へ、自分の意見の方へ引きこもろうとし、すると二人のあいだに空間が生まれる。二人の敵対者がこの空間を過剰な言葉で埋めない限り、そこにはさまざまな世界が生まれうる。二人の人間が意見を異にしたからこそ、そのような空間が生じた。二人がまったく同じ立場を取っていたなら革新の余地はなかっただろう。換言するなら対立は良いことなのです——うまく対処することができる場合には」

「しかし、なぜみんなと意見を合わせようとしないのですか、わたしたちを結びつけるものを見つけようとしないのでしょう？」

「もちろん結びつけるものを探さなければいけません」とヴィーゼル教授がいう。「ですが、それを探す過程で彼我の相違をつぶしてしまってはなりません。中世の教会で異端審問官が人々を拷問にかけ火あぶりにしたのは、犠牲者の魂を救うためでした。わたしたちの手もとに残された記録によれば、そうした感情は真心から出た誠実なものだったことがわかります。こうしてみると、思いやりだけでは不足だということ、いや実際には、それが他者の他者性をつぶすことにつながる場合、危険ですらあることがわかります。他者がわたし自身と同一だと信じることができた場合、そのときわたしは痛みの程度や救済の妥当性にかんする自分の物差しを、彼にあてはめることもできましょう。しかし、彼の価値観、優先順位がわたしのものとは違うと認め、その相違を尊重した場合には、そんなふうにあてはめたくなる気持ちを抑えることができます。

宗教に帰依した人ですと、ここに神学的要素も加わります。わたしはあなたの他者性を尊重しなければならない、なぜならその他者性は絶対的な他者である神に由来したものだから。わたしたち一人ひとりは、神が孤立しているのと同様、孤立しているのです。とすると、あなたを裁こうとするわたしは誰なのか？　わたしは目撃者であって裁き人ではありません。ご存知でしょうが、ダンテの『神曲・地獄篇』のなかで神は名指しされません。つまり『神』という言葉は現れないのです。その代わりに『他者』という言葉が使われます。同じことが旧約聖書のエステル記についてもいえます――神の名は現れません。ただしこの二つの本における神の名の脱落は、まったく違う理由によるものです。『地獄篇』では、登場人物たちが地獄にいるので神の名を口にすることが禁じられていたから。エステル記では、この書が歴史における神の隠蔽性を探ったもの、すなわち神は顕現することなく自然現象や政治の進行過程を通じて影響をおよぼしたことの探究だったから。という違いはあれ、どちらの本においても神は他者であります。わたしたちはお互い他人であると真に理解することができて初めて、お互いを真心から尊重することができるのです。こうした尊重が起点にあって、友情ははぐくまれてゆくのです」

我々のあいだに横たわる距離、世界観や意見の相違を消すのではなく、その隔たりを維持すべきだと彼はいう。そうすることによって、我々は「対立する助け手」、友好的な反対者、お互いの考えを明瞭にしあうパートナーになることができる。我々の多くは、つながりを祭りあげることにあまりにも精力をついやし、相違をありのままに評価することを忘れがちだ。我々は、すべての人間と打ち解けることができるようなふりをする。自分とは違う人々、宗教、民族、言葉、肌の色、顔立ちの違う人たちともまったく問題なく、もはやそうした相違は気づかないとうそぶく。こうした寛容にはある種のなまくらな感じがつきまとう。もはや驚くようなことは何も見えないというのだ。見えないものを尊重しろといっても難しい。

ユダヤ教神秘家の長い系譜につらなるヴィーゼルだったが、彼はそれとは正反対のアプローチを教えてくれた。他者を身近な存在ととらえるのではなく、身近な存在こそが他者だという見方を取るのだった。その身近な人物とまるで初対面であるかのような態度を取るアプローチである。彼は一度こんなことをいった。友情の最高段階とは、お互いに相手のことを完全に知るにはいたらず、顔を合わせるたびに、なんらかの発見に驚き、勝手知ったる相手と思いこむことなく、毎回が新鮮な邂逅であるような状態である。

「わたしたちがここにいるのは、ともに学ぶため」──異宗教間の対話

お互いを新鮮な視点で見る手助けをしてくれたように、ヴィーゼル教授は読みなれた文献を新たに見なおす手引きをしてくれた。キリスト教の教会やシナゴーグで創世記を読み育ってきた学生を前にしての難題は、彼らが理解しているつもりの内容を忘れさせることだ。何人かの学生は、イサクの燔祭《はんさい》の物語〔イサクが生贄として縛られる個所〕のときのイサクは少年だったと確信していた。それはレンブラントがイサクを年若い子どもとして描いたところからくる認識だが、テクストはそのときの彼の年齢を明確にしていない──実際には、その宿命的な出来事の渦中にあった彼は三〇代だった可能性が高い。この小さな細部は、慣れ親しみが盲目を生みだすさまを赤裸々に見せてくれる。教育者としての仕事の一つが、学生たちにテクストのニュアンスに敏感でいてもらうため、彼らが知っていることを忘れさせることだ。

ヴィーゼル教授は、さまざまな時代背景と文化背景を持つ複数の文学のあいだに対話を成りたたせようとした。そこで、一つの伝統が別の伝統に向けて解明の光線を投射するように仕組むのだ。イサクの燔祭を検討する際に、彼はエウリピデスの悲劇から〔『アウリスのイピゲネイア』を選び〕イピゲネイアの性格に注目した。聖書のなかのヨゼフをよく理解するために、彼はクルアーンのなかで描かれているヨゼフの人物像を検討するように命じた。ヨブ記の学習過程で、とつぜん神が現れる場面にきたとき、教授はバガヴァッドギーター〔ヒンドゥー教の聖典〕を読ませた。文学が神の顕現をどのようにあつかってきたか、もっとよく理解させようとしたのだ。ソフォクレス理解の一助として、彼はブレヒト、カフカ、カミュを読ませた。そして、より良き学習をめざしてのこの比較手法は、学生たちにも適用されるのだった。

ある日のクラスで、わたしたちは革命をテーマに議論し、急進的な運動が硬直的体制へ変質してゆくさまについて話しあっていた。ヴィーゼル教授は一八世紀のハシディズム運動の起源について、その基盤となった東欧のユダヤ神秘主義について、ハシディズム開祖たちの生きざまについてくわしく語った。わたしは、その後の会話が白熱したものになるとは思いもしなかった。

低い声で話す彼は、遠い世界に思いを集中しているようだった。「ハシディズムは変化に気づいていたでしょうか？　イエス――そしてノーでした。運動自体が変化したのです。最初は革命的だった。しかしモダニティに直面した結果、大変保守的になりました。モダニティに対する反動として、神秘思想を共有していたコミュニティが閉鎖的になり、外部世界を恐れ始め、古い文献に載っていないことがらすべてに対して警戒心を抱き始めたのです。その創始期から後期指導者の時代までにハシディズムはまったく違うものになってしまいました。なぜでしょう？　それは世界が変化したからです。たとえば今日、神秘主義者であることはなかなか難しい」

このあと彼はクラスのメンバーに目を向けた。「わたしたちはユダヤ教の宗教運動について議論しているわけですが、キリスト教徒の方々、どうですか？　こうした説話を読み歴史を学んで、どのように感じますか？」

ポーランドからきた大学院生で、あらゆる神秘的な事物にすでに魅了されていたオリビアが、ため息をつきながらこういった。「ずっと探してきた真実を見つけたような気がします、ごほうびをもらったような」

神学生のマットがいう。「レベたちや彼らの教えなど、そうしたことのほぼすべてにイエスに似たものを感じます――カリスマ性のあるリーダーだとか、他者のために負う苦難とか――」

正統派ユダヤ教の女性信者チャヤは不機嫌だった。「そういう比較は気に入りません。わたしはハシディズム派の家族の出身です。イエスはそうした考えをどこから得たと思っているんですか？　ユダヤ教からですよ！」

ある宗教、ある真実を述べるとき、他宗教の用語を使うことは正しいかどうか、このあと激しい議論が巻きおこる。たとえば、近代以前の受難体験を述べるときに、近代的な心理学の概念を使ったりする知的枠組みの気ままな適用は恣意的ではないか？　逆に、こうした近代的な科学的範疇を用いることで、そのような体験を明らかにし、わたしたちにとって身近なものにしてくれるという効果はないだろうか？　わたしたちは諸教混淆《シンクレティズム》についても話しあった――異なる宗教的伝統・習慣の諸要素を結合してみる努力で、たとえば仏教を実践するユダヤ教徒など。ヴィーゼル教授はわたしたちに、言葉づかいのずさんさについて警告し、思考はこのうえなく明確であれときつく警告した。

「忘れないでください」と彼はいう。「ユダヤ教は世界中をユダヤ教にしようなどと主張してはいません。世界が良い場所であるよう、個々人がそれぞれの道を歩むよう、それだけを力説しているのです。聖者ベシュト――一八世紀にハシディズム運動を興したレベ・イスラエル・バール・シェム・トーブ――は弟子の一人にこういいました。『あなたの馭者に気をつけなさい。十字を切らずに教会の前を横切るのを見ましたよ！』彼は良きクリスチャンは善良で信頼に足る人間だと信じていたのです」

「本当ですか？」と韓国人の牧師見習いパクが訊いた。「ユダヤ人というのは自分たち第一なのではありませんか？　選民という考え方が意味するのはそういうことでしょう？」

しばしの沈黙ののち、チャヤが立ちあがっていう。「よくもまぁそんなことがいえたわね。もうとんでもないステレオタイプ！」

「ちょっと待って」とヴィーゼル教授がなだめる。「わたしたちがここにいるのは、ともに学ぶため。だからお互いの言い分を聞かなければ。それができずに、どうやったら他者の心とか自分の心を変えることができますか？」こういったあと、彼はパクの方を向いた。

「選民思想のせいで、確かに一部のユダヤ人は独善的態度のわなに絡めとられました。しかし、一度だけつかのまの例外をのぞいて、ユダヤ人は布教をしたことがなく、他者に改宗を強いたこともありません。むしろその逆で、ユダヤ教に入ることを思いとどまらせようとします。ユダヤ人になりたいという人がくれば、『どうしてそんなことを望むんです？　わたしたちは地上で一番迫害されていることを、攻撃を受けなかった世代が皆無だったということをご存知ないんですか？』というでしょう。ユダヤ人にとっては、ユダヤ人であることが人間であることなのです。わたしの人間性はユダヤ人としてのわたしの物語、ルーツ、伝統を通じて表現されます。キリスト教徒にとってはキリスト教徒であることが人間だということです。イスラム教徒にとってはイスラム教徒であることが人間だということです。仏教徒にとっては仏教徒であることが人間だということです。ある信仰がほかの信仰よりもすぐれているという主張は、他者に対する侮辱であり、避けることのできない結果をもたらします。人間性の抹殺です」

「それでは選民とはどう意味ですか？」とパクが尋ねる。

「それをヘブライ語でいうと『セグラー』となりますが、必ずしも『選ばれた』という意味ではありません。それが意味するのは『特別だけれども独占的ではない役割のために選りわけられた』ということです。言い方を変えると、享受ではなく奉仕するため、報われるのではなく受難のため、ほかの人々が運命を実現するのを手助けするために選ばれることがある、という意味です。多くのユダヤ教の教義でこうした解釈がなされています。いずれにせよ、最初のユダヤ人、アブラハムに出会ったとき神はこういっているのですよ。『あなたの子孫を通じて、地上のすべての家族が祝福を受けるだろう』。ユダヤ教のビジョンは最初から全人類を包含していて、特別主義もこの全人類包含ビジョンに資するためのものでした。そして、ハシディズムの世界において聖者ベシュトは、自分たちの民の子のみならず『すべての母親の子どもたち』のために祈りました。そして何よりも、これだけは覚えておいてください。ユダヤの大義のために戦ったソビエト・ユダヤ人――鉄のカーテンに囚われて移民もできず独特の信仰生活のせいで差別やときには投獄されたユダヤ人――がカンボジアやユーゴスラヴィアやルワンダの犠牲者のために戦いつづけたことを。より明確にユダヤ人であるとき、自分はより人間的であり、より深く自分のアイデンティティに根ざしたとき、自分は他者のための存在となりうるのです」

コネチカットの教会でメソジスト派の牧師をしているルイスが、この会話のそもそものトピックに戻る。「しかし、ユダヤ人たちが祝福の言葉やアドバイスを求めるときには大概レベのところへいったでしょう？　ハシディズムは所詮、教区活動だったのではないでしょうか？」

ヴィーゼル教授はおだやかに答える。「まったく違います。師の多くは非ユダヤ世界においても人気があることで有名でした。コジェニツェ〔ワルシャワ南東の町〕の偉大なる師、聖者ベシュトやその他の指導者たちを訪れる者は多く、小作人、宿泊所経営者、農場主など一般民衆の支持者はこぞって祝福と代禱を願いにやってきました。その後、いうまでもありませんが、ハシディズムはずっと閉鎖的になってゆきます――驚くべきことでもなんでもない、当時殺されたユダヤ人の半分がポーランドのユダヤ人であり、ポーランドのユダヤ人の九〇パーセントがハシッド〔ハシディズムのメンバー〕だったのですから。でも最初のころは、万人に門戸を開いたとても人情のあるコミュニティでした。わたしがハシディズムを愛する理由の一つです」と、この最後の部分を彼は微笑みを浮かべていい、パクもまた微笑んでいるのをわたしは見た。

ヴィーゼル教授は次の質問に移る。「ところでこのクラスがあべこべだったらどんな感じでしょう？ つまり、ユダヤ人の学生たちが新約聖書の講義に参加している、という状況だったら？」

チャヤがいう。「キリスト教の聖書を学んだことは一度もありません。で、正直にいいますが、あんまり学びたいとは思わないんです。ユダヤ人に対する憎悪を延々と掻きたててきた本を読むというのは、気分のいいものじゃありません。新約聖書という名前からしてがまんできません。ユダヤ教のトーラー〔ユダヤ教で律法のこと。狭義にはモーセ五書を指す〕はもはや時代遅れ、ということをほのめかしているみたいじゃないですか」

わたしは、この発言にキリスト教学生のうち数人が気色ばむのを見た。そして彼らは、ヴィーゼル教授がどういう反応を示すか視線を向ける。

「わたしもね、若いころは同じように感じたものです。わたしが育った小さな町で、わたしたちはキリスト教徒を恐れました。キリスト教徒の学友とわたしとのあいだに接点はなく、そこには壁がありました。そして復活祭の時期になると、反ユダヤの暴力が爆発しがちな時期なので、わたしたちは家にこもったものです。表に出るのが怖かった！ そしてわたしたちは、その多くは、彼らの教会のなかで起きていることはすべて、何やら得体のしれない脅威だと感じていました。ですからあなたの感じ方は理解できます。しかしながら、それから時が経ち、学習をつづけ、教会の指導者たち、多くの善きキリスト教徒たちに会ってからは、誤解が両方向にゆき違っていることに気づきました。和解されるべきものの和解を望むのであれば、わたしたちは学ばなければならない、お互い言葉を交わさなければいけないと考えています」

年配の女性、大学院で宗教を学ぶキャシーが手をあげる。「先生、わたしは長いあいだカトリック教会の反ユダヤ主義に取り組んできました。イエスの教えのどこからそんな考えが出てくるのか、まったく理解できません。彼は生き方の模範だと教えられました。わたしのように現代社会に生きる献身的なクリスチャンで、ほかの宗教的伝統を尊重することを大切にする人間に対して、先生ならどうアドバイスしますか？」

「そうですね、わたしが本当にあなたを尊重するということは、わたしに欠けている知恵や感受性をあなたから学ぶことができるということを意味します。それからあなたはイエスの名をあげました。わたしはインタビューで何度もこう尋ねられた。『もし今イエスが生きていたら、彼は何というでしょう？』もしイエスがわたしと同時期、同じ場所に生きていたら強制収容所で死んでいた可能性が高い。彼はユダヤ人居住区に住んでいたユダヤ人だった、それをわたしたちは忘れることができましょうか？　彼の物語はユダヤ人の物語であり、彼の家族はユダヤ人一家だったということを？あなたとわたしの距離はわたしたちが考えているほど離れていないのです」

キャシーは質問をつづける。「しかしその距離は依然としてかなり隔たっているとはお考えになりませんか？　異宗教間の対話は第二バチカン公会議のあと膠着してしまい、今では少なくともある程度の『文明の衝突』が生じているのでは？」

これに答える前に、ヴィーゼル教授はキャシーをうながし、第二バチカン公会議とは一九六〇年代にカトリック教会が全世界のキリスト教各派の対話を呼びかけたものであると、クラスの前で説明させた。

「対話はいろいろな意味で進展してきていると思います」と彼はいう。「ですが、第二バチカン公会議ではキリスト教信仰のさまざまな側面の再評価、特にユダヤ教との関係の再考がなされましたが、その会議自体に欠けていたものがあります。まず、対話をキリスト教とユダヤ教のあいだに限定すべきではなかった。イスラム教徒をも含めるべきでした。我々は彼らを含めた対話の必要性を感じています。あのときイスラム教の代表者を招いていたならば、新たな友情と新たな理解が育っていたかもしれないでしょう？　仏教徒、ヒンドゥー教徒など、ほかの宗教も含めるべきだったことはいうまでもありません。しかしもちろん、あのときの努力は実際に変化をもたらし、次の新たな努力のための基盤となっている。新たな努力、それが我々に必要なものなのです」

彼は口を閉じ、自分の説明がみんなの心に染みこむのを待った。そして言葉を継ぐ。「文明の衝突にかんしてですが、その言葉が意味しようとしているコンセプトには同意できません。わたしたちの歴史全体をふりかえると、狂信は人間につきまとってきました。それはいつでもどこでもどの信仰にもしのびよる害毒です。狂信者は混沌を恐れます。ほかの人々はそれを多様性と呼びます。いずれの宗教も伝統的に聖典の狂信的な解釈を駆逐するための対処法をそなえていて、この対処法が宗教的コミュニティの運命を定めることになるのです」

キャシーが平易な説明を求める。

「どの宗教の聖典も、警戒心を掻きたてたり物騒だったりする詩や思想や物語を含んでいます。ヘブライ語の聖書には『目には目を』とあり、新約聖書には『わたしは剣をもたらすためにきた』とあり、クルアーンにはユダヤ人差別の詩があります。わたしが属する伝統では、共通暦〔西暦と同等〕一世紀と二世紀のラビたちが、危険をはらむ詩を抑制したり、ときには否定してしまう方法を練りあげました。たとえば『目には目を、歯には歯を』というのは金銭的な補償についてのみあてはまると解釈したのです〔目を失わせたらそこから生じる損失を補償せよ、という解釈〕。この解釈はテクストに忠実な解釈といえるでしょうか？　いえません。しかしラビたちはテクストが含む脅威を無力化するためならば、このような解釈を躊躇しませんでした。ユダヤ教ではこれを口頭伝承といい、記述伝承、すなわち聖典とバランスを取るために使われます。他宗教の伝承でも同種の問題との取り組みがあり、おおむね成功してきています。聖典の解釈に対するこのような対処法、それは宗教的コミュニティの未来を左右することになります。つまり、狂信と戦争へ向かうのか、それとも尊重と平和へ向かうのか」

異宗教間平和創造の活動家、アンドレアが手をあげる。「先生、わたしはここボストンで一二宗教の代表者を一つのグループにまとめるコーディネートをしています。大変にすばらしい対話の機会ではあるのですが、何か具体的なものへ結実してゆくという実感がないのです。ひょっとすると、互いにお行儀がよすぎるのかもしれません。実際の行動と結果につながるような会話をうながすためにはどうしたらいいのでしょうか？ そして、どうやればわたしたちの対話が礼儀正しさの敷居を越えられるのでしょう？」

「あなたはどう思います？」とヴィーゼル教授が微笑みを浮かべていう。

アンドレアはまごつきながら答える。「ほんとによくわからないんです。議論に火をつけるようなトピックを選ぼうとはするんですが……」

ヴィーゼル教授がいう。「それでいいと思いますよ。そういう対話はどんな形であれ本当に大事だし、そもそも機会すらないのがふつうですから。それはそれとして、会議室を出ていっしょに見学に出かけるのもいいことだと思います。実際に何が起きているのか——グループのメンバーに異存がなければお互いの宗教活動を見にいくといった他宗教の現場見学、それよりもいいのは外の社会を見にいくこと。みんなでホームレスの現場を訪れてみる、老人ホームや末期医療施設《ホスピス》を訪れてみる。そこでは同じ人間がひたすらやさしさとぬくもり、あるいはスープを求めている、そうした現実に接することになります。このような体験からあらゆる高邁な思想が生まれ、それがより現実的で人間的なものになるのです」

以上の議論が終わったあと、わたしの胸は希望に満ちていた。この多様な学生からなるグループは、何人かはぬきさしならぬ問題について明快かつ強烈に異議を唱えたけれど、誠実な情と敬意をもってお互い別れのあいさつをしていた。そういうことがここで起きるなら、ほかの場所でも可能ではあるまいか？

思いやりとせめぎあい

あなたは森のなかを歩いている。だが方角を失い、あたりは暗くなり、不気味な物音が聞こえ、パニックに陥る。とつぜん、あなたは下生えを踏みつける足音を聞く。あなたの前の小道に飛びだす人がいる。

「おい！」とあなたは声をかける。「この森から抜けだすにはどうしたらいい？」

男はあなたを見つめ、激しい息をしながらこういう。「出口はわからん。だが一つだけいえる。おれがきたあの道だけは選ぶなよ！」

ヴィーゼル教授はこの話をしてから笑った。そして言葉を継ぐ。「これはヒューマニティについての話なんです。子どもにはこう警告しなければなりません。そこにはいくんじゃないよ——だってわたしたちはそこからやってきたばかりなんだから。ベケットはこう書いています。『わたしの間違いはわたしの人生だ』。真実を探そうとするとき、わたしたちは回答を期待していません。しかしわたしたちは助けあうことによって、窮地に陥る危険を回避することができます。わたしたちが仲間を必要とするのはこのためです」

わたしたちは皆違っていて、それぞれに経験済みの道を知っているからこそお互いを必要とすると彼はいう。こうした違いが対立を生むこともあるが、その対立は破壊的な場合と建設的な場合がある。

学部生のジェイコブが質問する。「建設的な対立へもっていくために必要なことは何ですか?」

ヴィーゼル教授が答える。「まず第一に勇気。わたしたちは生まれながらにいざこざを避けようとする傾向があり、それが慇懃な態度につながりますが、学び第一でいくならばそういう態度は考えなおさなければいけません。わたしを問いつめろ、お互い質問をぶつけあえ、質問の形で自分の仮説を試せ、とあなたたちの尻を叩いている理由がここにあります」。確かに、クラス全体が礼儀をたもちつつも熱気に満ちた論争の場と化したとき、彼がより満足そうな笑みを浮かべていたことを思いだす。

ヴィーゼル教授が考える論争の場では、我々は身につけたよろいを防御用に着つづけるのではなく、むしろ脱ぎすてることを求められた。聖書のなかのダビデの物語について学んでいたとき、彼はテクスト中の目のさめるような個所を示してくれた。

「ゴリアテとの戦いに向かう途中、ダビデは王のよろいを与えられました。優劣が明らかな生きるか死ぬかの戦いにあって、よろいの着用は道理にかなっています。しかし、そのよろいはダビデの身体に合わず彼はそれを脱いでしまいます。このイメージがわたしのなかで、ある重要概念のシンボルとなりました。つまり、もろさはそれを利用する勇気があれば最強の武器になるという考えです」

ホロコーストの経験にもかかわらず、エリ・ヴィーゼルは毎日よろいを脱ぎすてて学生たちに自分をさらけだす。初対面の学生であっても胸襟を開き、彼らが語る夢と希望に耳をかたむけ、信仰と友情について論じることをやめない。彼はいう。「愛はかないます。希望はかないます」。さらに、「わたしはいつも心を開いて教えることにしています。道徳的な理由だけからそうするのではなく、実利的な理由から——教師が心を開けば学生も心を開いてくれることがあるからです」

クラスのなかで他者に対し、今流れる時間のなかで、自分を開放したままにしておく彼の自発性の前に、学生は同じ態度を取りやすくなる。ブレヒトの戯曲『肝っ玉おっ母とその子どもたち』について学生たちがプレゼンテーションをしたとき、役者のダニエルがスタニスラフスキーのメソッド演技法について解説した。

「わたし自身の過去のなかからつらい記憶を呼びおこし、芝居のせりふを繰りかえします」とダニエルが説明する。「感情のたかぶりを見いだし、それに乗って演じるのです。これからブレヒト劇のせりふとわたしが体験したとても個人的な記憶を使って、実演してみましょう」

彼は、その劇のなかでおそらく一番ドラマチックな場面を再現した。劇の最終場面で「肝っ玉おっ母」が自分の娘の死体を見つける。現実を否認したい気持ちと、厭世的なひねくれと絶望のなか、彼女は白昼夢を歌う、娘の死という現実に屈するまで。

ひょっとしたら寝かしつけられるかもしれないよ。
ねんねんよう、おころりよ
藁《わら》の中でガサガサいってるのは何だ?
隣の餓鬼《がき》は泣き虫だが
うちの子はいつもニッコニコ。
隣の奴はボロ着てるが
おまえは絹物、お蚕《かいこ》ぐるみ
天使様の衣《ころも》の
仕立て直しだ。
隣の奴らにゃパンのかけらもないが

おまえにゃ上等ケーキをやろう
口にお湿り欲しけりゃ
すぐに言えばいいんだよ。
ねんねんよう、おころりよ
藁の中でガサガサいってるのは何だ？
一人の息子はポーランドの墓の中
も一人はどこで何してることやら。

〔ブレヒト『肝っ玉おっ母とその子どもたち』岩淵達治訳（岩波文庫）より〕

ダニエルは最後の数行を何回も何回も、しまいには人目もはばからずに泣いてしまうまで繰りかえした。（そのあと彼は、朗読にかさねたのはおじの死を思う悲しみだった、とクラスに説明した。）朗読のあいだ彼は涙をぬぐわず、涙は頬を伝った。それは痛々しくも大いに勇敢な姿であり、わたしたちもこうしたもろさを隠さずに生きることができればよいのだが、と考えた。教室は静まりかえった。すると、教室の端によせた椅子で聞き入っていたヴィーゼル教授がダニエルに近づき、彼の肩に手を乗せ、小声でひとこと「ありがとう」といった。

敵対する相手に直面した場合にはそうしたもろさを見せるのはずっと難しいけれど、もろさの露呈が状況を沈静化するか、はたまたその逆か、分かれ目になることがある。ジェフがクラスの皆に次のような話を披露した。

若い母親が赤ん坊を抱いて暗い町の通りを歩いていると、足音が聞こえてきて、彼女はあとをつけられていることに気がついた。彼女は歩みを速めたが、足音も速度を増す。彼女は目の端に自分の方へすばやくかつ襲いかかるように近づく男の姿をとらえた。男が彼女に追いついた瞬間、彼女は何も考えず、赤ん坊を彼の方へ差しだした。男は思わず赤ん坊を受けとめ、ていねいに抱くという行動に出た。荒々しさはあとかたもなく消え、男は赤ん坊を揺すり始め、きまり悪そうな笑みを浮かべた。

この話について、ヴィーゼル教授は次のように感想を述べた。「悪が弱者を威嚇するとき、わたしたちは反撃しなければなりません。ですが、威嚇を無害化するための唯一の方途が、他者のなかの人間性を呼びおこせるかもしれないという望みをかけつつ、もろさをさらけだし、共通の人間性を通いあわせようとすることしか有効でないときがあるのも事実です」

対立が激しくなって、暴力的になったり無礼を顧みなくなったりすることを避けるために、ほかにすべきことはあるだろうか、とジェイコブが質問する。「世界中の異なる集団、国家、宗教のあいだであまりにも多くの暴力が発生しています。平和をみちびくためにわたしたちに何ができるでしょう、何をすべきなのでしょう？　そもそも平和などありうるのでしょうか？」

ヴィーゼル教授はため息をつく。「昔からある疑問ですね、残念ながら。ご存知のように、わたしは対話を成りたたせようという多くの試みに参加してきました。会議を組成しました。リーダーたちを一堂に集めたりもしました。しかし、スポットライトを当てても無駄なのです。リーダーとしては彼自身よりも過激な支持者の期待にこたえなければならぬとき、和平のための一歩を踏みだすのは難しい。戦争の方がずっと大向こう受けします。しかし、私的な場所で人間的なつながり、人間的な出会いが実現することがあります。一九九〇年、わたしはネルソン・マンデラとデクラーク政権の大臣一名が出席する会議を開催しました。会議のオープニングで、その大臣はマンデラの方へ顔を向けてこういったのです。『ネルソン、わたしはアパルトヘイトのなかで育ってきた。今わたしの切なる願いは、その葬儀に参列することなんだ』。このささやかな人間味あふれるやりとりが、南アフリカのアパルトヘイトを終わらせ、新しい現実に扉を開くための対話のきっかけとなりました。世界のほかの虐げられた土地で、どうしたら平和が生まれるでしょう？　やはり、このようにささやかでつつましい、個人と個人の出会いを通してなのです」

「わたしたちの日常というもっと矮小な世界で」と別の学生が発言する。「自分にとって大切な人なのだけれど、間違った判断をしているようなのでその人に反対するというような場面。先生だったらどうしますか？」

大学の教室で口にするには場違いに感じられる個人的な質問だ。質問を投じたのは、離婚後に神学の学位を取ろうと大学に戻ってきた中年女性、ローラである。彼女は議論の時間帯に、麻薬中毒で苦しむ息子がいて、彼は大学を卒業してから安定した仕事についていないことを披瀝していた。

ヴィーゼル教授はしばらく彼女を見つめたあと、こういった。「愛する人々、かけがえのない人々、そういう人たちと袂を分かつのはとても難しい。彼らにはわたしたちとは異なる道があるから、と割り切ってまかせきるのは難しいことです。コック〔ポーランド東部の町〕のレベが重要なことをいっています。『わたしはわたしである、なぜならあなたはあなただから、そしてあなたはあなたである、なぜならわたしはわたしだから、ということになるならば、わたしはわたしではない、そしてあなたもあなたではない。そうではなく、わたしはわたしである、なぜならわたしはわたしだから、また、あなたはあなたである、なぜならあなたはあなただから、というならば、わたしはわたしでありあなたはあなたである』。愛する者を自在にしてやる、あるがままにしてやる、間違いを許してやる、自分なりの行く末を築かせる、すべてが容易なことではありません。そうではあるけれど、わたしたちは——」

「彼らが間違っていると、わたしたちが確信している場合は？」とローラはくいさがる。

「何週間か前にこういう話を読みましたよね。イスラムの聖人アル・ハッラージュが生前最後の面会の一つで弟子に語ったこと。彼は『あなたの道はあなたのもの。わたしの道を真似てはいけない。あなたは自分の道を探しなさい』といいました。いかなる教師もいかなる親もこういいきることは難しいでしょうが、これこそが教師が教え子に対し、親が子に対し与えることのできる最良の贈り物なのです」

スーフィズム〔イスラム教の神秘主義〕の聖人であり、当時の保守的なムスリム教団を当惑させた、神に陶酔した男の殉教を物語る『アル・ハッラージュの死』をあつかった別の講義で、ヴィーゼル教授はこういった。「わたしはアル・ハッラージュが好きです。他者に対する愛がとても深かったからです」。彼は学生に、獄中のアル・ハッラージュを訪れた昵懇の弟子と師のあいだに交わされた会話を読むように頼んだ。二人の学生が名乗りでて、弟子と師の役を読んだ。

〈弟子のイブン・アタ〉
なぜこんなことになったのでしょう?
なぜ神はあんな悪党に世のなかを支配させるのでしょう?
世界と天は彼〔神のこと〕のものであると
彼の永遠の言葉によって、わたしたちは知っています
すぐれた法律家ですが嫉妬深く腐敗した高官と
怠惰なカリフがあなたの教えと（声を低くして）命をなきものにしてしまおうと画策しているのです
彼らの見せかけの勝利を、どのように説明なさいますか?

〈師のアル・ハッラージュ〉
君が「見せかけ」という言葉を使ったように
悪党どもは小さなゴールしか達成しない
なのに彼らは人生をかけて大きな賭けに出た
わたしの死などはゴールにしてはとるに足りない
だが彼らの権力維持のためにはそれが必要なのだ
彼らの勝利は長くつづくまい
わたしが死んだあと、その勝利はずっと色あせるだろう
だが悪党は決して先読みをすることができない
寿命が長くても意味はない、機敏でなければならないのだ
常にそそのかされる者がいて、そそのかす者がいる
悪党はその二人から成りたっている
だから自分のなかでは自分が悪いことに気がつかない
同じように聖人も二人から成りたっている
二人の友人だが、神は愛を通じて二人を一人にしてしまう
たった一人では聖人になれない。独善的な者を除いては

ヴィーゼル教授は繰りかえした。「聖人は『二人の友人だが、神は愛を通じて二人を一人にしてしまう』。わたしたちは自分自身の高潔さやなんらかの達成を求めるあまり、目の前の他者に気づかぬ

ことが多すぎます。アルベール・カミュは自作の小説のなかで、人は神に頼らずして聖人になれるかと問いかけています。わたしは問いかけます。他者に頼らずして聖人になれるか。わたしの答は否です。通勤途上にいるホームレスの人やバスのなかで席がなくて立ったままの老女に気づかない人が、どうしたら聖人になれるでしょうか？」彼はクラスを見まわした。若者と高齢者、さまざまな国の出身者、さまざまな過去を持つ人々。「何か善いことを達成したいと願っても」と彼はいった。「一人ではできません」

第3章

信仰と疑い

もしわたしに信仰がなかったら、人生はずっと楽だったろう。

エリ・ヴィーゼル

一九九六年、エルサレムのホテルのロビーでわたしはヴィーゼル教授を見つめてこう質問した。

「疑いの上に宗教的な生活を築くことは可能でしょうか？」

それからさかのぼること数か月前、わたしは一年間大学を休学し、イェシヴァで学ぶためにイスラエルへくる決断をした。決断の過程でわたしは、精神的な師の指導のもと、おのおのが独自の潜在能力の発揮をめざす求道者の共同体の一員となる自分の姿を思いえがいていた。わたし自身の内面的格闘の対象であった怠け癖、物怖じ、欲望などは消えうせ、あたかも蛹《さなぎ》から羽化するように、真新しく完全無欠で世界のために身を捧げんとする自分が羽ばたき出る。

海外渡航の荷造りをしていると、いつになくかたくるしい感じの父がわたしを自分の部屋に招きいれた。

「さてと、しばらく遠くにいってしまうわけだが、旅のあいだにはいろいろなことが起きる」といって、彼はコンドーム一箱をくれた。「聖人君子ぶる必要はないからな」

わたしのなかで何かが切れた。「ぶらないさ。なりにいくんだ」と答えて、わたしは荷造りに戻った。

この会話は、留学決断にいたるまでの複雑な事情を浮き彫りにした。母は決めごとを大切にする。父は思いつきを大切にする。母はわたしに知ることを求めた。父は感じることを求めた。母はわたしを学者にしたかった。父はやりたいことをやればいいと考えていた。わたし自身はというと、胸を焦がす渇望――レベに出会いたいという願いから始まり、神聖なるものへの憧憬へと、ゆっくりと、しかし否応なくふくらんでいった渇望を無視することはできなかった。人生で最初に出会った教師たちは、学習と宗教生活に対する深い愛を教えてくれ、その後引きつづきおこなった他宗教の学習もますますその愛を堅固なものにした。有徳の人になろうと努めること以外に、彼の地へおもむく理由などあるだろうか？　自分の存在が神聖さの本質へと変質してゆくような人間になるために。この世界に光をみちびく役割を担う澄みきったレンズになるために。わたしは、血のにじむような学習と熱心な実践によって、より良い自分を作りだせると信じていた。

一一時間のフライトのあいだ、日記を書いたりピーター・ガブリエルの愛聴盤を聴いて過ごしたあと、わたしはイスラエルに到着した。空港から貸し切りのライトバンで向かったイェシヴァまでの道を思いだす。すがすがしいジャスミンの香り、大気中に感じる焼けたアスファルトの匂い。そして野原に、果樹林に、ブドウ畑に降りそそぐ強烈な中東の陽光。

イェシヴァはエルサレム南方の、ところどころに生えるオリーブの木と低木がしげる丘の上にあった。たえず風が吹き、夜の星空は見たこともない明るさでかがやいていた。すべての建物は鉄製の箱で――それを示すヘブライ語は「キャラバン」という意味になる――より広範なスペースを確保するために、それを積みかさねたり横につないだりしていた。赤毛でまばらな髭を生やしたドヴという名の年嵩の学生が迎えに出てくれた。彼はここですでに七年勉強をつづけ、今後一生いるつもりだという。

ユダヤ教において僧院的生活を望むならイェシヴァが最も適している。学生の大半はわたしのようなアメリカ人の若者で、一九か二〇歳くらいだが、ラビの叙任をめざして学ぶドヴのような年長の学生も何人かいた。自習室のある丘をのぼるとき、わたしは近隣の町からきた若い母親がかぶり物をつけてベビーカーを押してゆくのをよく見かけた。アラブ人労働者も。そして、ときには大型ラジカセから大音量でテクノミュージックを鳴らしながらゆく、ロバに乗った長い白髭の年老いたユダヤ人。九月になると天候が急変した。沿岸から灰色の雲が流れこみ、大気のなかに中東の冬を告げる冷気を感じる。何と名づけてよいのやら、体験したことのない季節だった。

最初の数か月は、新たな考えごと、新しい友人、長時間の学習などで無我夢中だった。伝統的なタルムードの学習法にしたがって、わたしたちは二人一組となり、タルムードの一行一行を読みあげ、また繰りかえし読みあげて学習した。異なる大陸と異なる世代にまたがるラビによる注解も、同様のあつかいを受けたのはいうまでもない。昼食前の一時間半の授業で、アラム語・英語辞書を引きひき、一回に数語だけゆっくり根気強く翻訳するが、しょっちゅう間違えては教師に直してもらう。余計な単語、余計な文字があれば気づくように訓練された――どんなにこまかい点でもテクストの意味をそこなう可能性があるのだ。それまでの自分がユダヤ教学習の一階にいたとしたなら、今わたしは地下一階にいた、そして次は地下二階へと――学習がますます深度をふかめてゆく。

友人たちはわたしと同じ求道者だった。伝統へ立ち返ろうとする者たちで、ゆるぎなき誠実さをそなえ、伝統的知識には欠けていたけれど、それはすぐに挽回した。だいたいが大卒者だが、何人かは活動家や芸術家で、彼らはユダヤ的生き方に真価を見いだし、アメリカに同化しながら育ってきた過程で失ったものを取りもどそうとイェシヴァにやってきていた。彼らの意気込みには伝染性があり、これほど誠実で求道心にあふれたコミュニティの一部になれたことが嬉しくてならなかった。

しかし同時に、イェシヴァの実態というものが想像していたよりもはるかに複雑であることもわかってきた。教師たちはテクストに踏みいるための必要な技術的方法を教えてくれたけれど、ことが哲学的だったり神学的になってくると、どうもお粗末で説得力に欠ける紋切り型の説明しかしない。ある日、わたしが非常に難解な質問をしたとき、教師の一人が同僚に「あの小僧の羽は地べたにはりつけてやらないと」というのを耳にした。

いらだちは次第に増した。自分を変えよう成長しようと努めるほど、わたしはその場に閉じこめられ、自分自身と自分のありとあらゆる弱点にがんじがらめにされるように思われた。最初の数週間、わたしはある教師のすすめにしたがって、学習時間を最大限に取るための日程表と、改善したい性格的特徴をチャートにしたものを作成した。この二枚の表を遵守して暮らすわたしには、自発的行為の余地とか息抜きのスペースがほとんどなくなった。厳格なインテリだった母方の祖父がわたしにいったことを思いだした。「幸福はユダヤ的価値ではない」。一日の目標、一週間の目標に未達だったとき、わたしは自分を責めた。友だちからの手紙に返事を書くことをやめ、家への電話もとぎれがちになっていった。

わたしは引きつづき教師が定めてくれた道程、わたしが幼いころに祖父が価値づけた針路に身をゆだねたが、しばしば身体に拒絶反応が現れた——とつぜん風邪やインフルエンザにかかり、疲労が何日も抜けず、御しがたい怒りがこみあげる。わたしは自分をあざむいているのだろうか？　超越という観念にたぶらかされているのだろうか？

イスラエルに着いてから数か月後、ヴィーゼル教授のニューヨーク事務所の人が電話で教授がイスラエルへくることを伝えてくれ、わたしは面会の約束を取りつけた。

その翌週、わたしは彼に会うためにキング・デイビッド・ホテルへ向かうバスに乗った。わたしたちは陽の光に照らされたロビーに腰をおろした。アロハシャツを着た旅行客でいっぱいだった。ヴィーゼル教授は半袖シャツを着ていたが、完璧にプレスのきいたチャコールグレーのスーツ以外を身につけた彼の姿を見るのは初めてだった。

何と呼びかけていいか迷った。大学でヴィーゼル教授と呼ぶのは道理にかなっていた。しかしここはイスラエルだ。わたしは口ごもった。彼はラビではないからそう呼ぶわけにはいかない。ヘブライ語のほかの敬称を使おうかと考えた。「わたしの先生」という意味の「モリ」。だが少しかたくるしい。結局わたしは状況が曖昧なときに皆がやる手法にうったえた。呼びかけなければいけないような状況を、ぎこちなく避けまくったのである。それはともかく、彼とはざっくばらんに話せる感じがした。

自分が抱いている疑問について、どのように表現するのがベストなのか、わたしは何週間も考えをめぐらせた。「迷いにまよっていることがあるんです」とわたしはいった。

「もちろん――だからこそ君はここにきたんでしょう?」

不意に胸をつかれた。「そうだと思います」

こうして、わたしは自分の質問を投じた。「疑いの上に宗教的な生活を築くことは可能でしょうか?」もしも自分の宗教的生活のどこかに疑いを残しておければ、母が求める知識の追求と父が求める自由の追求を両立できるのではないか、と考えた。わたしの仮説はこうだ。疑いとは、自分を見失ってしまわないための防衛機能ではないか。ラビが与えてくれる回答を、一歩しりぞいてわたし自身の倫理基準に照らしあわせて吟味する方法なのではないか。しかしこんな考え方は、これまで教わった教師の口から聞いたことはない。

ヴィーゼル教授はしばし考えこみ、そして口を開いた。「信仰をともなった疑いならばいいでしょう。信仰をより深めることができるだろうし、信仰を本物にする。実際にそなえている信仰心よりも、自分にはもっと強い信仰心がある、と自分をいつわるのは簡単だ。疑いは、そういうことに対する一種の予防注射ですね」

「お訊きしたいことが山ほどあるんです」とわたしはいった。「たとえば、イェシヴァのラビたちは何でもよく答えてくれますが、彼らの答を聞くたびに、わたしの疑問は前にもまして重たくなるのです」

彼は何もいわず、わたしの顔を長いあいだ見つめていた。それからこういった。「君は誠実だね。わたしにはわかる。そういう質問は君の誠実さゆえでしょう、君が真剣だからだ。誰でも質問をする、いや、質問しなければならない。質問しないようになったらずっと危険です。でもたぶん君は回答を求めているわけではない。君は自分の質問、自分の生き方に対する反応を、あるいは信奉するための思想を手に入れるよりも、どのように生きるかを求めているのでしょう。回答は得ればそこで終止符だけれど、反応は得たあと、それからが勝負だからね」

その日以降、わたしの昔ながらの信仰が、日焼けのあとの皮膚のようにはがれてゆくのを感じた。信仰と疑いは対立するという考えは正しくなかったのかもしれない。わたしの疑問とは、実のところ信仰ゆえの所産であり、まんべんなく意味づけをしようとしていた無意識空間の広大さを知らせるシグナルだったのかもしれない。毎日を過ごしてゆくうち、抱いていた疑問群がまるで彗星の尾のように光芒を引き、前方にひかえる交差点をくっきりと示し、今後の道程が暗がりに沈むどころか照りかがやいて見える、そんなふうに感じられた。

その一年後、わたしはエルサレムの同じホテルの同じ場所にすわってヴィーゼル教授と会話を交わしていた。わたしはラビになる件について彼に尋ねた。もともとラビになろうとしてここの学習課程に登録したわけではなかったけれども、常々わたしの祖父は「ラビの叙任を受けて引き出しにしまっておくんだな」といっていた――つまり、ラビの資格は取っておけ、だがそれを職業にはするなという意味である。わたしが通うイェシヴァの校長からは、考えを変えるよう説得されていた。「良いラビが必要なのです」と彼はいう。「それに、ラビになる学位を取るために勉強しているといえば、大学の方の卒業が遅れたとしても、ご両親も安心するでしょうから！」

自分自身、ラビになるのを断ったことがあるヴィーゼル教授は、これについてどう思うだろう？

「まず、君が本当に仕えたい大義に仕えているか、違うものを選んでしまってはいないか確かめなさい。職業につくこと、人のために働くことにはプレッシャーがあるだろうけれど、勤めにはいろいろな形があります。君にとって正しいことをやっているかどうか、それを知る必要があります。だから聞きなさい、よく耳を澄ましなさい。君には時間があるんだから、聞きなさい。そうすれば決断できる」

「ラビであって同時に芸術家でもある、ということは可能だと思いますか？」

「もちろん。だって君は芸術家なんだから創造行為を避けるわけにはいかない。君がラビならば、やっぱり何かを創りだす。この二つを組みあわせることは可能でしょう。ただ、君が属するコミュニティが、君のそうした活動をサポートしてくれるかどうか？　それはわたしにはわかりません」

「それが理由だったんですか、ラビにならなかった？」

「教師からの招きを断ったのは、ただ単に語ることと書くことがわたしの『シュリフト』（ヘブライ語で「使命」という意味）だと感じたからなんです。そしてわたしがなんらかの影響力を持つことができるとしたら、それはひとえにわたしの言葉が生みだしたものであって、学位ゆえではありません」

「学位を取れ、一つだけでなく何個か、それもすぐに、というプレッシャーみたいなものを受けているんです。しかしわたしはここで勉強をつづけたいんです」

「迷うことの価値を忘れないで。今やっていることは快適だからやっているのかどうか自問してごらん。大事なのは、本質的なものとどうでもいいものを見きわめることだよ。これをいつも念頭において、何が真に本質的なのかを識別できるようにする……そして次の段階は、どうでもいいことが本質的なものの一部になりすましていると気づくこと。さもないと、どうでもいいことがじわじわと侵食し始め、君はそれに気づかないままになる」

彼はため息をついた。「いいかい、君が今やっているのは良いことだ。そして、そののちも君は良いことをつづけるだろう。気をつけてほしいのは、深みと誠実と情熱を忘れないこと。わたしたちが住むこの世のなかは、簡単な答と簡単に取れる学位、そして金もうけが目的のキャリア、そんなものばかりだ」といって彼は微笑み、ひとこと付けくわえた。「浅薄さはあらゆるものの敵だから」

夜と信仰

二〇〇六年秋、ボストンのヴィーゼル教授のクラスルーム。

「こういうことが起きたあと、どうすれば信仰を維持できるでしょうか、とりわけ神を信じることが？」と、エリ・ヴィーゼルの最初の本『夜』をあつかったクラスで、フィリップという聖職をこころざす学生が質問する。同書は、一九四四年に故郷の町から強制移送させられたヴィーゼル一家の記録である。家族との別離、死の収容所での体験、父親との死別を描いた『夜』は、ホロコースト文学の古典だ。世界中の学校で必読図書となっており、一九五八年に（一七の出版社から拒絶されたあと）フランスで出版され、英語版で一九六〇年に出版されると、同書は巷で語られるホロコースト、神学、苦難についての会話を変えた。しかしこの本をヴィーゼル教授は授業ではめったに使わなかった。ソフォクレス、シェイクスピア、カミュ、カフカ、あるいは聖書やハシディズムについて議論する方を好んだのである。だが、ホロコーストの影は常に背後にあった。彼はそれを直接論じなかっただけだ。とはいうものの、学生たちから毎週のように急《せ》かされたので、とうとう彼は『夜』について講義をすることになった。

フィリップはがっしりとした体格と鋭い目つきの若者で、アカデミックな日々と聖職者の使命に専念するイエズス会員だ。最近彼は、自分の母親が実はユダヤ人で、子ども時代にホロコーストを生き延び、それを長いあいだ家族には内緒にしていたことを知った。この発見によって、母親を見る目と自分の宗教的アイデンティティに対する信念が明らかに揺らいだ。これについて彼とわたしは、オフィスアワーで一度ならず話しこんだことがある。彼がクラスで投じた質問は、ホロコーストの殺伐としたむなしさに直面した学生の大半が心に宿した疑問だ。「信仰なしでどのように生きていくのか、しかしどのように信仰を受けいれたらよいのか？」窓の外では雪が降っている。教室の照明に、深まりゆく夕闇とそれがもたらす寂しさを払いのける力はなく、ただ弱々しい光を投じていた。ここにいる学生は、自分たちの信仰を肯定するために、または無神論を支持するためのよりどころを見つけるために、あるいは神学的疑問に対する答を得るためにやってきた。ところが、彼らを待っていたのはさらなる疑問、彼らの信仰をおびやかすような、あるいは信仰のなさにいどみかかるような疑問なのだった。

「神がいようといまいと、あの時代を理解することはできません」と、ヴィーゼル教授は教室を眺めて話し始める。彼はフィリップを見つめた。「正直な話、わたしに信仰がなかったら人生はずっと楽だったと思います。わたしの疑問は、信仰があるがゆえの疑問なのです。わたしが神と議論するのも信仰があればこそ。ときには信仰を捨てることができればと思ったこともありますが、できませんでした」

この告白はエリ・ヴィーゼルの謎、矛盾する信仰を要約している。信仰と疑いは幾度となくヴィーゼルの心をよぎる。長年にわたる彼の講義のタイトルをざっと見ても、このテーマに焦点を当てたものが多いことがわかる。たとえば、信仰と異端、信仰と権力、信仰と悲劇、信仰と破壊、というふうに。彼は信仰心の篤い人物で、人間のことも深く信頼していたけれど、神と人間性の両者に対する信仰を放棄してもおかしくない理由がある。人間の苦しみに対する神の役割は何か、という疑問が彼を突き動かす。人間の苦しみを前になぜ神は拱手傍観していたのか？　ホロコーストのあと、人は信仰を保持することができるだろうか？　信仰に過剰な期待は禁物なのか？　信仰と希望、信仰と絶望、信仰と権力、それぞれの関係とは？

ヴィーゼル教授はつづける。「傷ついた信仰、というものがあってもいいと思っています。あのような出来事のあとでは傷ついた信仰しかありえないでしょう。傷ついた信仰のみが無言の神にふさわしいのです」。傷ついた信仰とは何だろう？　ヴィーゼルにとってそれはハンガリーの小さな町でめばえた信仰だった。彼が子ども時代を過ごしたその町はシゲット〔現在はルーマニア領〕という。

子どもの信仰心

子どものころ、エリエゼル〔エリはこの短縮形〕・ヴィーゼルは信心深かった。熱心に、そして子どもらしい素直な信仰心を抱き、毎日聖典の学習に励んだ。神のことは、はるかに遠くにいる一番の親友のように思い焦がれ、そしてメシアの到来を祈った。ほかの子と同じように、彼は遊びにふけり夢にふける。ほかの子と違うのは、彼の夢はユダヤの伝説に出てくる登場人物でひしめいていたことだ。彼はエルサレムを夢見た。「自分が住んでいる町の名前よりも先にエルサレムという名前を知りました。母が歌ってくれた最初の子守歌はエルサレムにかんするもの。わたしが初めて暗誦した祈りはエルサレムについて」と彼はいう。そうした幼少期を反映して、ヴィーゼル著『夜』の原本となるイディッシュ語版は、こういう文章で始まる。「はじめに信仰があった、幼稚ながら。そして信頼があった、空虚ながら。そして幻想があった、危険ながら」

彼の切なる願いは偉大なユダヤ学者になることだった。おそらくは、昼夜を問わずトーラーを学ぶ学生の朗唱がすみずみまで響きわたる小規模な学校の校長になること。彼の両親はこうした夢の実現を励まし、母方の祖父は——後年ヴィーゼルはこの祖父について書くことになる——彼が生涯いつくしむことになるハシディズム説話の世界を教えてくれた。

彼が属するコミュニティの精神的生活は、ユダヤ暦、シナゴーグ、自習室、そして近所に住むハシディズムのレベの周囲をまわっていた。毎日エリエゼルは早起きし、自習室まで歩いてゆき、聖句箱《テフィリン》(伝統的な革製の小箱で聖なる巻物が入っており上腕部と額に一個ずつ結わえつける)を装着し、そして祈った。祈りのあとは勉強。聖書とその注解集、タルムード、ミドラッシュ〔ユダヤ教聖典の注解書〕、そしてマイモニデス〔スペインのユダヤ教ラビ。一一三五～一二〇四年〕の著作を読んだ。ヴィーゼル教授はクラスでこういった。「言葉は高貴でした、神聖でした。自習室で祈りを捧げる前には手を洗います。本を落としてしまった場合、わたしはそれを拾いあげてキスをしました」

エリエゼルの祖父は、人類愛で知られるヴィジュニッツ派のレベを信奉していて、エリエゼル少年はこの師に会いにゆくために、母親か祖父と出かけることがあった。

ある日の授業で、ハシディズムにかんする講義をしているとき、彼はある訪問について話してくれた。

「わたしがまだ小さかったとき、母がヴィジュニッツ派のレベに会いに連れていってくれました。いつもは祖父が同道したのですが、そのときは母といっしょにいったのです。レベはわたしに微笑みかけ、勉強について、タルムードについて、わたしが学習していた注解書について尋ねました。しばらく言葉を交わしたあと、彼はわたしに外で待つようにいい、母と話し始めました。三〇分ほど待っていると母が出てきました。彼女は泣いていました。『なぜ泣いてるの、ママ?』とわたしは訊きました。でも彼女は答えてくれません。わたしは、自分がレベを失望させたのだろうかといぶかりました。何か間違ったことをしてしまったのだろうか? もう一度母に尋ねましたが、説明してくれませんでした。答を知ったのはそれからだいぶあとのことです。でも、ここではいいませんよ。時期尚早」

何人かの学生が教えてくれと抗議する。

「だめだめ――待たないと。わたしだって待たされたんですから。学期最後のクラスでお話しします」

ヴィーゼル教授は一度、こんなことをわたしに話した。子どものころ、学習と祈りに励めば、メシアを連れてくることができる、世界の完全かつ最終的救済が実現できると信じていた。その信念は彼が毎日勉強していた、平和と完全無欠の未来世界を予言するユダヤの聖句からみちびかれた。彼の生まれつきの激しさと真剣さが生みだした信念だった。ともかく彼は真剣な少年だった。それをより強固にしたのは、生まれ育った小さな町の宗教文化と教師の存在だった。教師たちは中世の偉大な学者マイモニデスを引用し、生徒たちに「全世界が君たちの双肩にかかっていると思って行為せよ」と訓戒をたれるのだった。若きエリエゼルは、メシアが出現し、シゲットの町の人たちを栄光の雲に乗せてエルサレムへ連れてゆく場面に、万全の準備ができていた。日々の祈りと学習は驚嘆そのものと驚嘆を待ちのぞむ気持ちで満ちていた。

さて、場面を教室に戻し、ヴィーゼル教授の話のつづきを聞こう。「子どものころ、わたしはヘデル（伝統的なユダヤ教の小学校）で勉強しました。ある日、帰宅したわたしは大いに興奮して母にこう告げました。『ママ、ニュース聞いた？　サラが赤ん坊を産むんだって！』

『サラ？　どのサラ？』と母は尋ねました。

『あのサラだよ、アブラハムの奥さんの！　彼女は一〇〇歳なんだけど、それでも妊娠したんだ！』」

彼は相好をくずし、笑顔で話をつづけた。「心がときめいて幸せだったことを覚えています。聖書の登場人物にほれこんでいました。とても身近に感じられる存在でした。わたしと同じ時代に息づく人々であるかのように感じていたのです。後日、ヨゼフとその兄弟の物語まで読み進め、父ヤコブがヨゼフの兄たちが無事かどうか確かめてこいと、ヨゼフをシェケム（現在のナーブルス）の町へ送る場面を読みました。兄たちはヨゼフに気づかれぬよう待ち伏せをし、彼を奴隷として売ってしまうか、場合によっては殺してしまおうとしたのです。そこでわたしは叫びました。『ヨゼフ、そこにいっちゃだめだ！』と警告を発し、必死になって彼の運命、そしてユダヤ人の歴史を変えようとしたのです。小さいころのわたしがどのように聖書を学んだか、これでわかるでしょう。聖書の物語がまるで現実の話であり、目前で今まさに展開しているように思っていたのです」

ティーンエイジャーになってから、彼は教師一人と友人二人で神秘主義のテクストを学び始めた。「わたしの父はそれを禁じました。というのは神秘主義のテクストは危険なものと見なされていたからですが、わたしたちは秘密の知識に飢えていたのです」。特に彼らは天使たちの名前を学んだ。天使はそれぞれが異なったパワーを持つ。適切な意図をもって天使の名前を唱えれば、その天使は呼びよせた人を助けるために馳せ参じる。適切な言葉は運命を変えることができる。（二〇〇六年、彼はわたしを内々に呼び、彼の甥が母親――つまりエリの姉――の遺産整理をしているときに見つけたというノートを見せてくれた。そのノートは、エリの父親が経営していた雑貨商店でツケで買い物をした顧客の借用証で埋まっていた。ノートの最後には天使の名前が列挙してあった。「このうちの一つの名前を唱えればわたしは透明人間になる、と信じていたんだ。アウシュヴィッツでその名前の効果を使おうとしたけど、うまくいかなかったよ」〔若きエリがノートの白紙部分を見つけてそこに天使の名を書きこんでいたということ〕）

若きエリエゼルが学んでいた神秘主義、それは伝統的立場からすれば四〇歳未満の者には禁じられた学問だったが、意図せぬ結果を引きおこした。「数週間が過ぎたころ、友人の一人が精神に異常をきたしました。無表情になって誰とも口をきかなくなったのです。施設に入るざるを得なくなりました。わたしは残った友人と学習をつづけました。数か月ののち、今度は彼が正気を失い、彼もまた話せなくなりました。でもわたしはつづけました。こんなことをいうのは奇妙ですが、ナチスがわたしたちの小さな町を襲わなかったら、間違いなくわたしも正気を失っていたでしょう」

神はどこにいる？

少年からひたむきな信仰を取りあげ、毎日何万という人間を焼く焼却炉のレンガの壁にぶつけたら、その信仰はどうなるだろう。

世のなかの人たちが、ヴィーゼルの打ちくだかれた信仰に初めて相対したのは『夜』のなか、子どもの絞首刑という特に注目すべきシーンである。ヴィーゼルはある男がこう問うのを耳にした。「神はどこにいる？　なんたること、神はどこにいるんだ？」彼は次のように書いている。

そしてわたしは、自分の心が答を返すのを聞いた。

「彼がどこにいるかって？　ここだよ——そこの絞首台で吊されているじゃないか」

おそらく『夜』のなかの一番有名なくだりで、彼はこう書いている。

この夜のことを、私の人生をば、七重に閂をかけた長い一夜に変えてしまった、収容所での第一夜のことを、けっして私は忘れないであろう。

この煙のことを、けっして私は忘れないであろう。

子どもたちのからだが、押し黙った蒼穹のもとで、渦巻きに転形して立ちのぼってゆくのを私は見たのであったが、その子どもたちのいくつもの小さな顔のことを、けっして私は忘れないであろう。

私の信仰を永久に焼き尽くしてしまったこれらの炎のことを、けっして私は忘れないであろう。

生への欲求を永久に私から奪ってしまった、この夜の静けさのことを、けっして私は忘れないであろう。

私の〈神〉と私の魂とを殺害したこれらの瞬間のことを、また砂漠の相貌を帯びた夜ごとの私の夢のことを、けっして私は忘れないであろう。

たとえ私が〈神〉ご自身と同じく永久に生き長らえるべき刑に処せられようとも、そのことを、けっして私は忘れないであろう。けっして。

〔エリ・ヴィーゼル『夜』村上光彦訳（みすず書房）より〕

だが一一月のある曇天の日、ヴィーゼル教授はクラスでこう語った。「あそこにいたときでさえ、わたしは祈りました。ある日、誰かがカポ〔監視役を担わされた囚人〕をパンとマーガリンで釣って、なんとか聖句箱《テフィリン》を持ちこんだのを覚えています。父とわたしは早起きをし、聖句箱を身につけようとする人たちの長い列にならびました……収容所のなかでは聖句箱の装着は義務づけられていませんでした——ユダヤの法によれば、そうした状況下では義務ではない。にもかかわらず、ユダヤ人たちは命を危険にさらしてまで、その戒律〔申命記第六章〕を守ろうとしたのです。そしてわたしは祈りました。あそこで祈ることができるなら、いかなる状況下でも祈ることは可能です。それで、わたしの祈りはかなえられたのか？　かなえられませんでした。もちろん無理です。父は死にました。多くの人が死にました。しかし祈りが祈りであることに変わりはありません。かなわぬ祈りだって祈りです」

フィリップが尋ねる。「どうしてそんなことが可能だったんですか？　よくもまあ祈ろうなどという気持ちになれましたね？」

ヴィーゼル教授が答える。「いい質問です。朝の礼拝でわたしたちは『大いなる愛をもってあなたはわたしたちを愛してくれた』と唱えますが、わたしはあそこでもこの文句を唱えました。ともかく礼拝の一部でしたから。しかし、わたしは考えこんだ。おいおい本当か？　大いなる愛だって？　アウシュヴィッツで？　ありえない。前にもいったように、神がいようといまいと、あの場所を思いえがくことはできません。祈りが不可能なのです。だが、わたしは祈りました。あの文句を唱えました。なぜならばわたしの父もそれを唱えたからです。そして父の父親も、父の祖父も。わたしで終わらせしまうことなどできましょうか？」

盤石の伝統的な定型文も、無辜《むこ》の民六〇〇万人の殺害を前に雲散霧消してしまい、そんな状況下では祈りなどとてもできそうになかった。それでもヴィーゼルは祈った。わたしたちは彼の祈りのなかに、信仰の核心にある引きつるような不安を聞きとる。その信仰は不条理だがやむにやまれぬものだった。

力強い信仰

しかし、これまで通りの信仰を継続したいという願望もゆきづまる。戦後、両親も国も失ったエリ・ヴィーゼルがフランスで孤児院に入ったとき、彼は少年時代からの外面的な宗教的実践へ戻っていった。「ともかくもわたしは人生の一段落を閉じ、子どものころに唱えていたのと同じ祈りを捧げました」。だが、彼の祈りは変質していた。

子どものころと同じ信仰をたもつことは不可能だったが、信仰を完全に捨て去ることもできず、ヴィーゼルは新しい種類の信仰を求めた。時間とともに、それは別のものになった。怒りの信仰、活動家の信仰、力強い信仰である。

クラスで、ヴィーゼル教授はお気に入りの物語を一つ披露した。

「ユダヤ人がスペインから追放された時期に、ある家族がモロッコの砂漠へ逃れました。燃えるような太陽と飢え、そして病に打ちのめされます。最初に死んだのは母親でした。父親は墓を掘り、二人の子どもとともにカディッシュ（死に直面してもなお神の偉大さを讃える祈り）を唱えました。次に年上の子が死にました。父親は墓を掘り、カディッシュを唱えました。そして下の子も死にました。父親はもう一つ墓を掘り、神に話しかけます。彼はこういいました。『神よ、あなたがわたしを試したいのはわかります。わたしが信仰を失うかどうか見たいのでしょう。わたしが絶望するかどうか。そんなことは断じてありません！　あなたにはお気の毒ですが、あなたを思うがゆえに、絶望などいたしません！』そして彼はカディッシュを唱えました」

ヴィーゼルは、その父親が感じたであろう沈黙をわたしたちにも感じとらせるためにしばらく間を置いたのち、解説を加えた。「神の沈黙というのは昔からの問題です。しかし、この物語のなかの父親は、新しい反応を見せました。異議申し立てとしての信仰、反抗的行為としての忠誠です。わたしが、傷ついた信仰と呼ぶのはこのことです」

彼はつづけた。「キルケゴールは、信仰は一度失うべし、その後再発見されるべし、と書きました。わたしは『失う』という言葉を『傷つく』に置きかえます。信ずるものが本物になるためには、人生のある時点でそれが傷つく経験をしなければなりません。ハシディズムのある指導者がいいました。『傷ついた心ほど完全な心はない』。傷ついた信仰ほど完全な信仰はない、とわたしは確信しています」

傷ついた信仰と異議申し立て、それは聖書のなかでヴィーゼル教授が一番好きなヨブ記の中心テーマである。その物語は、ヨブという正直な男の人生を、神と悪魔が賭けの対象にするところから始まる。ヨブが幸せを失うことになれば彼は神を呪うだろうと賭ける悪魔に対し、神は、ヨブの道徳観念はゆるがないと確信する。ヨブはすべてを失う。財産、健康、子どもたちさえも。だが彼は神を呪ったりしない。ヨブの友人たちが彼を慰めようとしてやってきたとき、賭けの規模が吊りあがる。彼らの「慰め」は、ヨブの苦難を神学的に正当化しようとする形をとった。それは、人間は善行をすれば報われ、悪行をすれば罰せられるという聖書の教え（とりわけ申命記の）に基づくものだった。「こんなひどい目に遭うのは、何か悪いことをしたからに違いない」と彼らはいう。だがヨブは同意せず、身の潔白を主張し、神に対して姿を現してこの境遇を説明してくれと乞う。

最終的に、神は嵐のなかに現れるが何も説明してくれない。神は宇宙の神秘と人類の小ささを説き、宇宙のことも自分の人生も理解できないヨブの無力を説く。同書の最終章で神はヨブにいう〔ヨブ記第四二章七～八節の意訳。原典では神はヨブの友人の一人エリファズに語りかけており、ヨブに直接語りかけてはいない〕。「わたしについて正しいことをいわなかった友人たちのために祈れ」〔神の怒りを買った者の苦しみは自業自得、という俗流解釈を当てはめて神の真意を曲げた友人たちは叱責に値する。しかしヨブが友人のために祈るならば神は彼らを許してやろうという意味〕。明らかに神は他者の苦難を、聖書解釈などを持ちだして正当化することを認めていない。

わたしはヴィーゼル教授とこの最後の点について何週間も議論をし、わたしがそれを「神の冒瀆」といったとき彼は微笑んだ。「君に同意します」と彼はいった。「結局のところ、ヨブ記は聖書の一部であり教会法に含まれているわけで、報いと罰則にかんする初期教理を鵜呑みにしすぎないよう、それで人を攻撃したりしないように仕込まれた安全弁のようなものです。自分が受けている苦難を理解しようとするときには使ってもいいですが、他者の苦難をそれであげつらうことはできません」

ヨブ記は聖書のなかでもヴィーゼル教授お気に入りの書だった。それが彼自身の経験に深く共鳴したからだ――ヨブの不可解な受難はヴィーゼルの世代が体験することになる受難の前兆だったし、ヨブが正義を求める声はヴィーゼルが神と論争する際に援用することができた。神の勝利も自分の罪も認めなかったヨブの前に、神は姿を現すことを余儀なくされた。フランスに着いたあと、ヴィーゼルは自分と同じ境遇の孤児たちにヨブ記を教え始めた。戦後すぐさま若者たちとこの難解なテクストに取り組んだ体験は、教師として成長してゆくうえで決定的だった、と後日彼はわたしにいった。

神との論争

ヴィーゼルの言葉として有名になった、愛の反対語は憎しみではなく無関心である、という主張に沿うならば、悲劇を回避することが不可能な場合でも、少なくともわたしたちはそれに対し抗議しなければならない。もし苦悩の原因が圧制者や顔の見えない政府にあるならば、わたしたちは政治的抗議に取り組まなければならない。苦悩の原因が神にあるならば、わたしたちは神に抗議しなければならない。だがこのような抗議が、なぜ信仰の表現といえるのか？

こうした形の抗議の起源は聖書そのものにある。わたしたちはクラスで聖書のなかのアブラハムとソドムの物語を検討した。神は不道徳な都市国家を破壊するつもりだとアブラハムに知らせる。ラビの注解によれば、そこでは拷問が日常茶飯事で、歓待は犯罪とされていた。アブラハムはソドムの住民のために神ととことん交渉を始める。

「あなたは善人を悪人といっしょに滅ぼしてしまうのですか？　町に五〇人の善人がいたらどうします？　本気で町を破壊するつもりでおられ、その五〇人の善人のための場所を残しておこうとはしないのですね？　あなたがそんなことをなさるとは――善人を悪人といっしょくたに殺してしまうとは、善人と悪人を同じにあつかうとは。とんでもないことだ！　全世界を裁くあなたは正しいことをすべきではありませんか？」

アブラハムは、善人の数が四五人であっても町を救う価値があると議論をつづけた。いや四〇人でも、三〇人でもと。ヴィーゼル教授がコメントを付した。「はるか昔の神聖なテクスト——ギルガメシュ〔古代メソポタミアの人類最古の物語〕やエヌマ・エリシュ〔古代バビロニア神話の創世記叙事詩〕——では、神々は人間に対する慈愛も関心も持たずに行動します。誰かをえこひいきし、英雄は生き残って征服するけれど、ほかの人々は溺死します。聖書のなかでもノアは生き残り、彼の家族も生き残りますが、世界は水没します。ノアは神と人間との仲介はしません。しかしここにいるのは血肉をそなえた男、追放者、流浪の身の上ですが、彼は神をつかまえてその不正を難詰するのです。

そうした次第ではありますが、神はこうした役割を果たさせるためにアブラハムを呼びだしたことを忘れないでください。あたかも神が、未来の読者である我々の方を向いていってこういっているようなものです。『わたしは、ソドムの町に対してするであろうことをアブラハムに告げ、彼がわたしと論争するように仕向ける。わたしはその論争で負けたいと思う』。人間と論争する神、そして神は負かされることを期待する。気合いをいれて論争せよ、公然と声高に異議を唱えよ、とわたしたちは求められたのです。ここから得られる教訓は、神か人間のどちらかを選ばねばならぬときには人間を選ぶべしということです——神は一人でもやっていけますから」

ヴィーゼル教授はつづける。「アブラハムはプロメテウスを思いおこさせます。ギリシア神話（とアイスキュロスの戯曲）に出てくる巨人で、ゼウスにそむいて人類に火を与えてくれた。ただし、この巨人が受けた処罰——永遠の責め苦——は、非常に異なる理念を呈示しています。神々のなかには服従を要求する者がいます。聖書の神も服従を要求しますが、実はひそかに服従以上のものを要求しています——彼は人間に自主性を期待しているのです。彼と結びつくことのできるパートナーを欲しがっているのです」

わたしたちの多くにとって、煙たがられる意見をディナーパーティーで開陳するだけでも難しいのに、まして神にそむくような態度を示すなど問題外だ。そういうことをするためには、ハシディズムのレベがいう「恐ろしき鉄面皮《フツパー》」でなければならないが、アブラハムにはそういう一面があった。モーゼもそうで、ユダヤ人を滅ぼすと脅しにかかる神に抗議し、「あなたがそうするというなら、あなたが書いた書物からわたしの名前を消してください」といった。何世紀かが経過してからも、何人かのユダヤ人指導者は、引きつづきこの価値観を広めていた。特にハシディズムの指導者、ベルディチェフ〔ウクライナ中西部の町〕のレベ・レヴィ・イツァーク〔一七四〇～一八〇九年〕が有名で、彼はモーゼの時代から二〇〇〇年以上が経ったのちも、公然と神を審判にかけた。ヴィーゼル教授は彼にかんする物語を学生に紹介した。

「その日はヨム・キッパー、ユダヤ暦のうえで最も神聖なる日でした。ベルディチェフのレベ・レヴィ・イツァークは儀式を司っていましたが、礼拝を途中で止めました。彼は天を仰ぎ見てこう叫んだのです。『神よ！　今日あなたはすべての創造物、偉大なものから矮小なものまでを裁く。しかしわたくし、レヴィ・イツァーク、サラ・サーシャの息子は、今日裁かれるのはあなただと宣言する！　あなたの子どもたちは苦難にあえいでいるが、それを引きおこしたのはあなただ！　彼らは腹を空かせ、病を抱え、迫害され、殺されてもいる。それなのに、あなたは口をつぐんで見ているだけだ！』この感情のほとばしりのあと、彼は昔ながらの祈りに戻りました。仲間の人間のためならば、人は神に対する反抗も許されるのです」

　アウシュヴィッツでは三人のラビが神を裁きにかけた。彼らは神を告発する立場と弁護する立場の両方から弁論し、神は有罪であると判決をくだしたあと、そのうちの一人がこういった。「本裁判は終了しました。さあ、夕べの祈りの時間です」。そして彼らは祈った。ヴィーゼルはこの場面を目撃しており、この瞬間を彼の戯曲『The Trial of God（神の裁判）』のなかで劇化している。

「神と議論し、神に抗議し、神に叫ぶことは可能です、すべて神のために」とヴィーゼル教授は学生たちにいう。「憤慨は一番まじりけのない信仰の表現といってもいいかもしれません。どれだけ本気で神は正しいと信じているか――見てしまったことにかかわらず――の証明なのですから。そしてもし神が正しくなかったとしても、わたしたちは依然として神に正義を求めればいいのです」

神と議論するという習慣はユダヤ的伝統の古層なのだけれど、わたしがこれを特に意識するようになったのは、ヴィーゼル教授の講義にきていた多くのキリスト教聖職候補生たちの見方に触れたからだ。彼らは授業のあとクラスに残って、わたしにこういうのだった。この考え方はとても急進的で勇気づけられる。おかげで宗教に対する考え方――そして自身の将来の職務である聖職者についての考え方――が根本的に変わってしまった、と。

黒い炎の上の白い炎――畏怖と批判

学生たちが体験した変化のなかで最も重要なものは、聖典とのかかわりあいの変化だった。ヴィーゼル教授が語った子どものころの聖書体験(「サラが赤ん坊を産むんだって!」)は、単に想像力が躍々とした瞬間というだけでなく、彼が人生を通じて、いかにテクストに心を通わせていたか、大変重要な基本姿勢を示している。なんとか畏怖心と批判精神のバランスを取りながら、信仰心ゆえに神との口論をせざるを得なかったのと同様、聖典に対しても厳格に接した彼は、テクストに正義が内在することを要求した。

聖典は、無数の信者から額面通りに信じられているわけだが、ヴィーゼル教授の言葉をかりると「神学的プルトニウム」ということになる。危険でもろく、聖典の勝手な解釈を原因として信者を暴走させ、戦争を引きおこす潜在力を秘めている。聖典は米国建国の父たち、そしてマーティン・ルーサー・キング・ジュニアに影響を与えた。しかしまた、人種差別主義者やジェノサイドを引きおこした圧制者に、正当化のための典拠を与えたのである。

ヴィーゼル教授は授業で創世記第九章を論じた。洪水を生き延びたあとブドウ畑を作り酔いつぶれたノアを語る章である。ヴィーゼル教授はふつう何もかぶらずに講義をする。だが、このような聖なるテクストを引用しようとするとき、彼は上着のポケットからヤムルカ〔男性ユダヤ教徒がかぶる浅い縁無し帽。頭蓋帽〕を取りだして頭に載せる。そして、引用が終わればそれを脱ぐ。聖典と世俗的なテクストのあいだを往復するたびに、何度もこのしぐさを繰りかえすこともある。（「どうせなら、ずっとかぶったままか脱いだままにしておけばいいのでは？」と、わたしは学生に尋ねられたことがある。「どちらか一方の状態だけでは彼の全体の人となりを表すことにはならないのです」とわたしは答えた。）

ノアの末息子ハムが父親のテントに入り、酔っ払ったノアが裸で寝転んでいるのを目撃する。彼は兄たちに、見てしまったことを語り、兄のセムとヤペテは後ろ向きにテントに入り、裸の父親の身体をおおう。目覚めたノアはハムを呪い（実際にはハムの息子カナンを呪い）「奴隷のなかの奴隷になれ」という。聖書注解書ではハムとカナンはエチオピアに結びつけられているため、この物語は奴隷制を擁護する根拠に使われた。一八六〇年代の米国南部一帯で、この個所が日曜礼拝の説教で引用されることもあっただろう。

この講義にわたしは動揺した。しかしその数週間後、「抑圧に対する文学的反応」という題でおこなわれたヴィーゼル教授の別の講義で、わたしは肝をつぶした。ハムの物語が、わたしたちの時代にまで尾を引いていることを知ったからだ。わたしたちはフィリップ・ゴーレイヴィッチの『We Wish to Inform You That Tomorrow We Will Be Killed with Our Families〔柳下毅一郎訳『ジェノサイドの丘——ルワンダ虐殺の隠された真実』WAVE出版〕』について議論していた。一九九四年のルワンダでのジェノサイドを描いた本だ。ゴーレイヴィッチは同書の一章を、人種差別が染みこんだ文化を作りあげたキリスト教宣教師の役割に割いている。その文化がジェノサイドの温床となったのだ。彼は具体的に、ハムにかんする神話〔ハムの子孫がアフリカ人になったという〕とハムの子孫に対するノアの呪詛を指摘している。聖書のこの個所は、ベルギー人宣教師たちによって、ツチ族とフツ族を反目させることになる人種理論の根拠として使われ、間接的に一九九四年のジェノサイドを引きおこすことになる。フツ族が隣人のツチ族に襲いかかり、一〇〇日間に八〇万人以上を殺戮したのである。

月曜の朝、ヴィーゼル教授のクラスで、わたしたちは創世記を読み、いくつかのテーマを分析し、注解を読みこんだ。火曜日には、そのまったく同じテクストが、言語に絶するおぞましい事件の原動力になっていたことを知る。聖典が、わたしたちが暮らしたいと思う世界を築くために使用されることを確実にするために、わたしたちはどうしたらいいのだろう？

週一度の面談のたびにわたしはヴィーゼル教授に、創世記について、ルワンダについて、そして聖書の倫理的解釈法を見いだしてゆく難題について尋ねた。「それは大昔のラビも認識していた問題なんです」と彼はいう。「トーラー自体は活用次第で生命の霊薬にもなれば毒にもなる、と説いていました。もし武器に仕立てられたら、世のなかで最悪の武器になるとも」

「しかし、倫理的にも正しいと考えてある解釈を選択したとしても、それが必ずしも正当な解釈であるという保証はありませんよね？　その解釈が、テクストを素直に読んだときの解釈と矛盾した場合にはどうでしょう？　あるいは、テクストに忠実な解釈だけれども倫理的に正しくない、そういうときにはどうすればいいんでしょう？」

「最も権威のある教えでも、最も神聖なテクストでも、それらが人間性の抹殺とか、屈辱や加害をみちびくことになるのなら、わたしたちは拒否しなければなりません。そのやり方は、聖書自体が教えていたでしょう。ソドムを守ろうとしてアブラハムは神と口論した。モーゼは律法の石版を割った――そうです、法すらもそれが人間性をおびやかすときには破壊されるのです。ヨブは、彼を不当に罪人に仕立てあげるような、神を復讐心にあふれた神にしてしまうような容易な答は拒否しました。聖典を読むときには勇気が必要です、勇気と思いやりが。それが、多くの伝説を教えるときや多くの解釈をほどこすとき、ラビたちが適用した方法だったということも忘れないでください。彼らは、テクストを自分自身の道徳理解に一致させようと取り組んだのです。そういう取り組み方をした彼らは、わたしたちに許可してくれた――いや、強制したのですよ。同じようにやりなさいと」

何年も前にエルサレムで交わした会話を思いだす。「誰でも質問をする、いや、質問しなければならない。質問しないようになったらずっと危険です」。今になって理解した。彼はわたしに準備させていたのだ、イェシヴァへ、信仰と学習と実践へ飛びこめるように、だが、わたし自身の善悪の観念を打ち捨てないようにと。腕の掻き方を教わらなかった泳ぎ手が巨大なプールの深い側へ飛びこむような形で、わたしはイェシヴァでの学習を始めていた。エルサレムでヴィーゼル教授に会い、信仰と疑いについて話しあうまで、わたしは溺れまいともがいていた。そのときは気づかなかったが、彼は泳ぎ方を教えてくれていたのだ。

さて、創世記とルワンダにかんする議論はつづき、わたしは彼のアプローチを理解し始める。テクストの難しい部分に直面したときや、ページ上の言葉と自分の心の奥底にある道徳的直感に乖離があると感じたときには、テクストがわたしたちを問いただすようにする。おそらく我々の直感の方を研ぎ澄ます必要があるのだ。それと同時に、わたしたちはテクストに挑戦する、テクストに対して我々の倫理的直感にそむかぬよう要請する。反人間的メッセージを含んだテクストに失望したとしても、早々と許してしまったり、安直に葬ってしまうことは避けよう。聖書の一節には憎悪を大目に見ているような個所があるが？「まあそうかもしれない。いずれにしても古い本だしね、今とは違う時代のものだから」といってしまいたくもなる。しかし聖典を読むときの我々の任務は、二つの問いかけをすることだ。「テクストは何をいおうとしているか？」と「このテクストで傷つく者は誰か？」テクストに忠実で、かつ我々の生き方にもそむかないきちんとした解釈をしようとするとき、忠節と道義心のバランスが必要になる。

ある日の授業で、キルケゴールの有名な著作『おそれとおののき』について議論したとき彼は、アブラハムが息子イサクを生贄として捧げようとした自発性が信仰の表現として描かれていると説明した。「わたしはキルケゴールの『倫理的なものの停止〔息子を殺さないという普遍的な倫理が神の命令を優先するために停止された状態〕』という語句を受けいれることはとうていできません」とヴィーゼルはいった。「信仰が人類に対する武器として使われてはならないのです……ですが、神に対する武器として使用することは可能です。神のために」

「神に対する武器？」と、フィリップが怪訝そうにしている。

これに対する返事として、ヴィーゼル教授はユダヤ神秘思想に由来するある発想を紹介した。聖典とは白い炎の上に書かれた黒い炎であるという。白い炎とは道徳的直感が支配する領域を表し、そこにわたしたちの深い正義感が根を張っている。学生たちは往々にしてその領域は学習上価値などないと決めてかかり、ページ上の言葉の方が重要で、自分たちの反応もどうでもいいと考える。ヴィーゼル教授はそれは間違いだと断言する。「わたしたちの仕事は、わたしたちの疑問を、わたしたちの意見を白い炎で黒い炎の上に書くことなのです」

議論の時間になった。フィリップのみならずほかの学生たちも、この点は助け船なしには理解できないのは明らかだった。ありがたいことに、ヴィーゼル教授自身の著作が役に立った。わたしは学生たちに、彼の『Messengers of God（神の使者）』のなかから、イサクの燔祭にかんする革新的な再解釈を綴った部分のコピーを配った。ヴィーゼルによれば、アブラハムが神の命令に対して黙従したのは、実は抗議表明であり、皮肉な服従であるという。

あたかもアブラハムはこういっているかのようだ。主よ、わたしはあなたに挑戦します。あなたの意志に服従しますが、あなたが一歩も引かぬつもりなのかどうか、拝見しましょう。わたしの息子——すなわちあなたの息子でもある彼——が死に瀕する瞬間も、あなたが見て見ぬふりし、沈黙をたもったままでいるかどうか、拝見させていただきましょう！

これは聖書の素直な解釈からみちびかれる言葉ではない。反抗する者の言葉である。信仰心の篤い男が、神を相手に度胸《チキンレース》くらべをいどみ、どちらが先に尻込みするか見てやろうという構えである。

こうして神は考えを変え、態度を軟化させた。アブラハムの勝利である。それがゆえに、神は命令を撤回しアブラハムを言祝《ことほ》ぐために天使を遣わしたのだ［最初の命令時には神がアブラハムに直接語りかけたのとは対照的に］。神自身もきまりが悪かったのである。

ヴィーゼル流の解釈によれば、信仰心の篤い人間の役目は、倫理性をかけた戦いにおいては、何度でも何度でも神を打ち負かすことにほかならない。

疑わしき神

ソ連時代の見せしめ裁判を描いたアーサー・ケストラーの小説『真昼の暗黒』についての講義で、ヴィーゼル教授は信仰の異なった一面を探った。「わたしたち人間は信仰を必要とします。食料や水が必要なのと同じです。信仰の対象としての神を取りのぞいた場合、わたしたちは自動的に、あるいは無意識に、いなくなった神を代替物で置きかえます。まさに、二〇世紀の強力な二つの社会運動の発生とともに起きたのがこれです。ファシズムは神を独裁者で置きかえ、共産主義は神を歴史観で置きかえました。行き過ぎた共産主義を描いたこの小説のなかで、共産主義は『独断的な宗派《カルト》』であり、そこで使われる『教理問答』では、独裁的指導者が、神格化された歴史に仕える大司祭なのだと述べられています」

「でも、神の代わりとして置くものは、どんな理念でも主義でもかまわないんじゃないですか？」とイレーヌという名の学生が尋ねる。「どんな理念であれ、ある社会で人々を引きつける一点として、つまりみちびきの北極星として、役立つのではありませんか？」

「その通り、どのような信仰も狂信につながる可能性はあります。しかし、聖書の考えには一つの強みがあります。それは、神の名前が決して発音されないこと。そこには、真の自由とは究極の存在に、言語に絶する存在に身を捧げることである、という含意があります。それ以外のもの、何であれ限界のあるものに身を捧げることは、それにいくら威厳があっても、隷属することを意味します。そして隷属は狂信へ、狂信は異端、殉教、死へとつながってゆくのです。このことを歴史は繰りかえし示しています。最も崇高なる原則に基づいた社会運動であっても、そこから出てくる現実の結果によって判断されなければなりません。正義や思いやりをもたらしたか、それとも監獄の壁の向こうで処刑がなされたか？

わたしは殉教者たちを敬愛します。たとえば一六世紀の科学者であり哲学者でもあったジョルダーノ・ブルーノ、彼は『太陽光は神の影』だといいました。ジャンヌ・ダルクも聖人アル・ハッラージュも大好きです。誤った信仰のもとに殉教者を作りあげる連中は好きになれません。狂信者も異端者も信仰心は持ちあわせています。ですが、狂信者の信仰心には疑いがない。彼らも疑いを持たなければいけません。人間であるとは疑うことなのです。『質問』をヘブライ語ではsheela（シェラー）といいますが、この単語は『神』という意味の単語El（エル）を含んでいます〔たとえばイスラエルもエルを含む〕。つまり質問のなかに神がいるのです」

とつぜんわたしは、数年前にエルサレムでヴィーゼル教授から同じことをいわれたのを思いだした。どうして忘れていたんだろう？　この解説が、わたしが宿していた小ぶりの狂信とありのままの自分を超越的な理想像で上書きしてしまいたいという誘惑に打ち勝つ強さを与えてくれたのだった。

別の朝、別の講義、今回は『ゴドーを待ちながら』をあつかった。ヴィーゼル教授は信仰と絶望について、信仰と不条理について語った。「決してやってこない誰かを待つことは馬鹿げたことでしょうか？　その間、世界では何が起きるでしょう？　わたしたちが何かを待ちのぞむことは、世界にとって、他者にとって恩恵になるのでしょうか、それとも他者の無視につながるのでしょうか？」彼はベケットが書いた一節を読んだ。

私は眠っていたんだろうか、他人が苦しんでいるあいだ？　今も眠っているんだろうか？　明日目が覚めたとき、あるいは目が覚めたような気がしたとき、私は今日のことを何と説明するんだろう？　友だちのエストラゴンと、この場所で、夜になるまでゴドーを待っていたというのかな？

「わ、た、し、た、ちは何と説明しますか？」と彼はつづける。「わたしたちは眠っていたのでしょうか、他人が苦しんでいるあいだ？　信仰を持つとわたしたちは眠りこけてしまうのですか？　それとも覚醒するのですか？　ユダヤの伝統では待ちます、ひたすらメシアの出現を待ちます。しかし、待ちつづけるあいだ世界が見えなくなるということではありません。わたしたちは自分たちの行為でもってメシアを呼びだすのです。わたしはメシア的瞬間を信じています。それは恩寵の瞬間、相互理解の瞬間、人類和解の瞬間です。メシアとは問いかけであって回答ではありません。要請であって釈明ではない。始点であって終点ではありません」

また別の講義では、ヤッファ・エリアフによるホロコーストの時代におけるハシディズムにかんする短編集をあつかった。大学院生のジェニファーが、ヴィーゼル教授は奇跡を信じるかと尋ねた。

「奇跡ですか？　ひとにぎりの人が享受できて、ほかの人たちはあずかれぬという？　どの奇跡の物語にも、奇跡のインパクトと同程度で正反対の無慈悲な現象、つまり救われなかった人がつきものです。わたしは奇跡譚を好みません。とりわけあの時代、あの場所における物語は。それは神による選択的な同情の分配を意味するわけで、そんなことはとうてい受けいれられません」

古代から近代の著者による悲劇や不条理ものについての講義の際に、彼はしばしば、とつぜん疑問の声をあげる。「一体全体、どこに神がいるんだ？」

ときおり彼はユーモアまじりにこういった。「おいおい神さま、本気なのか？　なんだってそんなことをしたんだ？」彼がこういうと、何人かの敬虔な学生はぎこちなくふくみ笑いをし、ほかの学生たちは声をあげて笑う。

ヨブ記にかんする最終講義の日、ヴィーゼル教授は、信仰、神の不当な仕打ち、人間の苦悩、希望についてのオープンディスカッションを仕切った。彼はいくつかの質問から始める。ヨブは神を許したのか？　この奇妙で不穏な書のなかにメッセージが含まれているだろうか、もしあるならばどうすれば明らかになるだろう？　人間の苦悩を一瞬でも正当化できるとしたら、それは何だろう？

クラスの最終日だったし、自由に質問が許されていたので、学生たちも各自質問をする。アンナはこういう質問をした。「すでに議論したと思いますが、どうして神は悪魔との賭け事に人の命を賭けたのですか？　そして、なぜこの物語が聖書の一部になったのでしょう？」

ジェフはこういった。「この物語をこれだけのものとして読むのと、実際に人々の苦悩に向かいあいつつ読むのとでは雲泥の差があります。わたしは医学部進学課程の学生として、末期疾患で苦しむ人たちの病室で過ごすこともあり、そうした現実の前では、苦悩の説明などというものは、出所が聖書であろうとどこであろうと、いくら聞いても納得できません」

「そうですか」とヴィーゼル教授はため息をつき微笑みを浮かべた。「ということは、君はとても重要なことを学んだわけです。人間の苦しみに対するあらゆる抽象的な説明は、それぞれもっともらしく響くけれども、それは君自身が苦しむことになるか、苦しんでいる人に出会うまでのことなのです。それになんといっても、他者の苦悩に触れること、それ自体が苦悩じゃありませんか？　ジェフ、苦痛にのたうつ人を見たとき、君自身も苦しかったでしょう？　つまり、説明など吹き飛んでしまう、その瞬間、説明は無力なのです。そして、説明の価値を見抜く方法がこれです——わたしたちが苦悩のただなかにいるときでも、その説明に説得力はあるか？　なければ拒否するまでです。それが信仰の危機を生んでしまっても、それはそれで仕方がない。

わたしの伝統によれば、神もまたこうした身代わりの苦悩を味わっています。自分の創造物が苦痛にあえぐのを見たとき、神は苦しんだ。Imo anochi b'tzarah『わたしは彼とともにある』、苦痛あるいは屈辱を受け、苦しんでいる人とともにある。ある意味で神は孤独です、とてつもなく孤独です。全能でありながらの孤独なのです。神は世界中の子どもたちに襲いかかる災難、痛みの一つひとつに苦しみます。わたしは神に正義を求めはしますが、同情もしています」

彼は、恩師のソール・リーバーマンからこういう質問をされたと話す。「聖書のなかで一番悲劇的な存在は誰だろう？」ヴィーゼルはこう答えた。「たぶんアダムでしょう。彼はたった一人の人間、孤独な人間でしたから。あるいはアブラハムでしょうか。自分の息子を生贄にしろといわれたのですからね。それともイサクですか。供物台の上で父親に殺されかけたわけですから」。リーバーマンは「違う、違う」といった。そこでヴィーゼルは尋ねる。「誰ですか？」リーバーマンは答える。「神だよ。なぜなら、神は地上を見おろしてこういうんだ。『わたしはおまえたちにかくも美しい世界を与えた。それなのになんということをしてくれたのだ？　おまえたちは何をしようとしているのだ？』」

アリッサが発言する。「わたしにとって、ヨブ記は神の告白です。心地よく読める、ということは想定されてないでしょう」

退職した敬虔なユダヤ人女性、ブランチがいう。「それは受けいれられないわ！　ヨブの友人たちによる説明が拒否されたことは承知しますが、これはトーラーの一部なのですから、答があるべきです。わたしたちの信仰心をゆるがすためにそこに置かれたはずがないでしょう！」

アンナがブランチの方を向いて尋ねる。「別にいいんじゃない？　ひょっとすると著者は、こんなに不愉快な物語を読んでも読者は信仰を失ったりしない、とわたしたちを信頼してくれているんじゃないかしら」

「たぶん、あなたの信仰心の方がわたしのよりしっかりしてるんでしょうよ」とブランチが返す。

「それにしても、わたしの神さまがこんな仕打ちをすることができると思っただけで熟睡なんてできやしない」

演劇専攻のデニスが発言する。「ヨブ記は選択を迫っているのです。罪を犯したのはヨブなのか神なのか。あなたはどちらを選びますかと。よくできた劇ですよ。読者はどちらかに肩入れしなければなりませんから。読む前のあなたのままではいられないんです」

だがブランチは不満だ。「何ですか、その選択肢」。彼女は問う。「神をさしおいて勝手に自分の道徳観念を選ぶだなんておこがましい。何が正しいか、その基準の源泉は神なんじゃないですか？」

こうなると、学生の手が何本もあがる。明らかに、この伝統主義的な論争に掻きたてられた体《てい》だ。アリッサは指されてもいないのに話し始めた。声を荒らげたりはせず、努めて感情をコントロールしているのが見てとれる。

「そうは思いません」と彼女はいう。「わたしたちが生まれつき正不正を判断する直感をそなえているのはなんのためですか、使うべきものではないというならば？　それに、賭けの対象として誰かを苦しめるのは間違っています。そんなことが学校で起きたら、それはいじめであり、生徒の両親を校長室に呼びだすでしょう。その程度の道徳律をなぜ神に求めてはいけないのですか？」彼女はさらにつづける。「わたしが宗教を信じないのはそれが理由です、敬虔な家庭で育ったのですが。人々がそれほど苦しんでいるのに、神を見逃せというのは無理な注文です」

ヴィーゼル教授が両手をあげる。みんなの視線が彼にそそがれる。

「悩ましい問題だとは承知しています」と、彼はおだやかにいう。「わたしにとっても悩ましい。というわけで、わたしがかくも長いあいだ神と論争しつづけてきたのもそれが理由なんです。あなた方二人がそれぞれ別々の位置で悩むのは意味があるし良いことです。こういう会話がもっと頻繁に交わされればいいと思います。信心深い人と信仰に疑念を持つ人とが、お互いの言い分に耳をかたむければ、孤立したままなら得られなかったであろうより深い理解に到達することが可能になります」

そしてアリッサの方を向いていう。「あなたの考え方はよくわかります。わたしの伝統でも——ということはユダヤの伝統ということで、それはいうまでもなくヨブ記の背景となる伝統ですが、そこでも強烈な批判が繰りだされます。つまり、タルムードのなかには、サイコロ遊びや賭け事をする者は裁判で証人になれない、というラビたちの教えがあります。わたしたちは賭け事をする者を信頼しません。それなのにここで神は賭け事をしている！　サイコロ遊びをしている！　よりにもよって、人の命を賭けている！　神は裁判所での証言資格を剝奪されるでしょう！　ですから、あなたの疑問は過去からのこだまです、前例歴々なのです」

ブランチの方を見て彼はいう。「そしてあなたの信仰心にも共感します。わたしが子どものころに持っていた信仰心と同じです。問題は、信仰がこのような対峙、このような疑問を乗りこえてゆけるか？　そうしたことがらが我々の信仰をより深めることになるのか、破壊してしまうのか？」

そのあとクラス全体を見まわして、彼はこういった。「探究が無駄になることは決してありません。ヨブ記を信仰に対する挑戦として読んだり、神に対する悪口も信仰の一部であると読むこともできます。ヨブ記が聖書正典の一部を構成していることは不思議です。これを含めた人たちは、読者がこれにどう反応するか想定できなかったのでしょうか？　もちろん想定していましたし、だからこそこれを含めたのです。ヨブ記を読めば……神とどう戦えばいいかもわかります。たぶん、神はわたしたちが受け身でいることを望まなかったのでしょう。たぶん、神はわたしたちが戦い、論争し、問いただすことを望んでいた。あそこで生き残った人々は、それ以前信心深かった人も不信仰だった人も、自分たちの体験によって変わりました。今学期、わたしが教えようとしてきたこと、それがこれなのです。問いただすこと。信仰を持っているなら、信仰に対して疑問をぶつけなさい。疑いを抱いているなら、疑いに対して疑問をぶつけなさい。確実だと思うこと、あるいは不確実だと思うこと、いずれに対しても疑問をぶつけなさい。疑問はあなたをより高いところへ引きあげてくれます。つまり、わたしたちがここでやろうとしていることなのです……いっしょに」

「探究が無駄になることは決してありません」。こう彼がいうのを聞いたとき、わたしは何年も前にイェシヴァで過ごした日々に思いを馳せた。聖人になろうと懸命に努力していたがために、大事なことを忘れていた。経験とは、神が我々とコミュニケーションを取るときの神ならではのやり方だということを。わたしたちの性格、わたしたちの直感は、捨て去ったり、超越しようとすべきものではない。わたしたちの疑問は信仰の妨げになるものではない。疑問こそが信仰なのだ。ヴィーゼル教授と知りあった最初のころ、彼はイェシヴァへの道を示してくれただけでなく、わたしの両親という二人の尊敬すべき、欠点を抱えた、すばらしい人間それぞれの価値観と、どのように折りあいをつけるべきかを教えてくれたことに、わたしは思いいたった。

ヨブ記の講義が終わってから数週間後、わたしはヴィーゼル教授と翌年の講義打ち合わせのために彼の部屋で会った。彼はわたしと向きあって腰をおろし、いつものようにわたしの調子を尋ね、何か役に立てることは、と訊いてくる。わたし自身の進路について一時間ばかり話しあったあと、わたしは彼にこういった。「先生はわたしのために大変多くの時間を割き、ひとかたならず応援してくださいました。先生のために何かできることはありませんか？」

彼はほのかな笑みを浮かべ、射るような目でわたしを見た。

「このままでいい」と彼はいった。「今のままで」

話の結末

ハシディズムにかんする彼の講義の最終日、ヴィーゼル教授はおなじみの公開授業にし、学生は何でも質問してよいことにした。

意を決したように、一年おきくらいにヴィーゼルのクラスを聴講しにくる教育者、ジェーンが手をあげた。「あのお話のつづきを教えていただけませんか？」

「どの話かな？」と微笑みながら彼は訊く。何のことか知っているのに。

「あのお話ですよ、ヴィジュニッツ派のレベのこと、そしてお母さまが泣いたという！」

「ああそうそう、あの結末をお話しする約束でしたね」。こうして、彼は話し始めた。

「みなさん、覚えていますよね、レベに会ったあとわたしの母は涙にくれた、しかしその理由を母は教えてくれなかったという話。それから何十年も経ってから、わたしがもうニューヨークに住んでいたころ、フロリダの医者から緊急連絡を受けました。入院中のいとこが、わたしの祈りを受けられないなら手術を拒否するといっている。その医者は、いとこのメッセージを伝えるために電話をしてきたのです。いとこがわたしを頼みにしていることに驚きはしたものの、当然のことながらその願いを受けいれて、快癒のための特別な祈りを捧げました。

数日後、回復に向かっていた彼はわたしに電話をよこし、すぐ会いにきてくれというのです。それでわたしはフロリダへ飛び、彼に会うために病院へ向かいました。

彼に尋ねました。『どうしてわたしなの？　なぜわたしの祈りがそれほど大事だったの？』

彼はわたしを見据え、こういったのです。『覚えているかい、君が子どものころ、お母さんに連れられてヴィジュニッツのレベに会いにいったこと？』『もちろん！』とわたしはいいました。

彼はこういいました。『君は小さかったからきっと覚えてないだろうが、わたしもあそこにいたんだよ。君のお母さんがレベと二人だけで話したあと泣いていたの、君は不思議に思わなかったかい？』　わたしはいいました。『もちろん、あれがずっと不思議だったんだ！　なぜなの、君は知ってるの？』

知ってる、と彼はいいました。そして話してくれました。『わたしはあの部屋にいて、レベとの面談にそなえていた。彼は君の勉強ぶりについて嬉しそうに語り、とても良い方向に進んでいるとお母さんにいった。そのあと、彼は目をつぶり、君はユダヤの民のなかの偉大な人物になるだろうとお母さんに告げたんだ。『しかし』とレベはつづけた。『そんな彼の姿を見るまで、わたしもあなたも生きながらえることはできません』」

これを聞いていたわたしたちの多くが疑問に思ったこと、それをジェーンが代弁してくれた。「そのお話、先生にとってどういう意味を持ちますか？」

「子どものころの世界は失われてしまったけれども、わたしのなかにはまだある、ということです。そして、レベの祝福と母の涙——えてして祝福と涙は相伴うものですが——それが両立していたこと。その意味は信仰と悲劇とは併存しうる、信仰は悲劇を超えて生き残る、そしてわたしたちは信仰を持ちつづけるということです。苦痛を受けたにもかかわらず、いや苦痛を受けたからこそ、というべきかもしれません」

第4章

狂気と反抗

わたしたちは、いかに抵抗するかを学ぶために狂気を研究する。

エリ・ヴィーゼル

夜と狂気

二〇〇六年一〇月のある月曜日、ヴィーゼル教授による「古代文学と現代文学における信仰と権力」という講座の三回目の授業がおこなわれた。講読書についての話から始まった授業だったが、ある学生からの質問に答える形で、彼は『夜』について語った。何やら容易ならざる印象を受ける。いつもと違ってここかしこで口ごもり、彼の第一作である同書について論じることをためらうふうだ。

「書かなかったことがあります。恐ろしすぎて書くに堪えなかったことが」と彼はいう。「あのような出来事から目をそらさずにいることができたのはなぜなのか、そして正気をたもつことができたのはなぜなのか？　あの出来事のあと何年かが経ってから、あそこでいっしょに過ごした親友に尋ねたことがあります。『ぼくは本当にあんなことを見たんだろうか？』　すると彼はいいました。『いっしょに見たじゃないか！』　信じがたいことです。心は一定量の不条理しか持ちこたえることができません。どうやってわたしは正気をたもつことができたのか？　わたしにはわかりません」

彼は話しつづける。「証人は狂気の世界をよく知っています。彼は目前で起きていることを明晰に見抜きますが、それを報告する段になると、ほかの人たちの目には彼が狂っているように映るのです。わたしはこの点について最初の本に書きました、堂守りのモシェについてです。彼は狂ってはいませんでしたが、そんなふうに見えたのです。彼が話したがることは信じられないことばかりでしたから」

白髪の大学院生グレッグがおずおずと手をあげる。「先生、堂守りって何ですか？」

「堂守りというのは、シナゴーグで一番つつましい雑役係のことです」とヴィーゼルは答えた。「彼はコミュニティに雇われた使用人で、ランプの油が切れないようにしたり、聖書をあるべき場所に収めたりします。コミュニティの奉仕者ですね」

『夜』は、堂守りのモシェの話で始まる。強制移送されたが帰ってきた男。ユダヤ人の大量殺人を目撃した、たった一人の生き証人。彼はギリシア神話のカッサンドラのような立場の人物で、銃殺のことを語ってもシゲットの住人たちからは信じてもらえない。若きエリはモシェに引きよせられた。どんなにモシェが大声を発しても、どんなにしつこく目撃談を語っても、充分ではなかった。彼の証言は無視された。気の確かな町の人たちの尺度からすれば彼は狂人だけれど、読者は彼の方が正気だと知っている——気が狂ったのは世界の方なのだ。

「観衆がいっぱい入った劇場で『火事だ！』と叫ぶことは違法です〔合衆国一九一九年判例〕。しかし本当に火事だったなら口を閉ざしているのは道徳に反します。そしてあの時代には実際に火事があった。だからモシェは叫んだ。そんなときには誰かが警告を発しなければなりません。狂人のたわごとだと思われても、人々が不快感をつのらせるにしても。モシェに対する人々の反応はそんなふうでした。証人に対する大方の反応とは、そうしたものなのです」

「先生は彼を信じたのですか?」

「信じませんでした。そのときは信じられなかった。わたしの想像力をはるかに超えていましたから。でもほかの人たちと違って、わたしは少なくとも彼に耳をかたむけました。それは単純な理由で、わたしはストーリーが好きだったからです」

ヴィーゼルにとって堂守りのモシェとの出会いは、狂気との初期の接触だったが、これだけではない。神秘思想の勉強を始めたあと、若きエリの友人二人が正気を失ったのを、我々はすでに知っている。そして講義のなかで、彼は子ども時代のことを語った。「うちの家族の者はみんな、安息日の午後には必ずコミュニティのために、なんらかの仕事をしました。父は刑務所に入っているユダヤ人の囚人を訪問し、母と姉妹たちは病院を訪れてユダヤ人患者に贈り物を届けました。そこでわたしの仕事はというと、わたしたちの小さな町にあった精神障害者の保護施設へ出かけ、なかにいる人たちにお菓子を届けることでした。みんな何かを与える必要があったのです」

しかし、世界が狂気へ傾斜しがちであるという感覚を盤石なものにしたのはホロコースト体験だった。この点について、彼は講義のなかで議題にした。「二〇世紀の集団化した政治的狂気は、ファシズムと共産主義という形を取って諸国を席巻しました。無数の人々がそのなかへ呑みこまれてしまった……この種の狂気に対して、わたしたちはどうやって身を守ればいいのでしょう? 単なる抽象的な歴史的質問ではありません。すべての道はアウシュヴィッツへ戻るのです。もし今、暴力が、自殺が、精神障害があるとしたら、それは七〇年前に、六〇〇万の罪なき人々が虐殺されているときに世界が何もしなかったからです。あの出来事がわたしたちに何も影響をおよぼさないなどということがありうるでしょうか? あのような出来事に堂々と対峙することが、わたしたちの運命を呪われたものにしないためにも必要不可欠なのです」

それから数週間後の別の講義で、そのときはカフカの『審判』をあつかったが、ヴィーゼル教授は無関心とその対策について検討した。彼は小さな木の椅子によりかかって話を進めた。「ヨーゼフ・Kの公判を通じて裁判所の役人やほかの登場人物が見せた無関心が、裁判の進行を不条理と恐怖へ堕落するにまかせたのです。人生でもそうです、苦痛から目をそらしていると、あなたが共犯者、傍観者になってしまいます。沈黙は被害者のためになりません、加害者だけが得をするのです。しっかりと見つめると、あなた自身が狂気を背負いかねません。どちらの立場を取るか迫られたとき、狂気はより良い選択です。それが良い選択だというのは、少なくとも殺す側の人間にはならないからです。狂気にはさまざまな種類があります。臨床的な狂気は破壊的で、隔離されてしまいます。集団的な狂気として政治的狂気があり、それは国が憎悪に操られ道を誤ったときに発生します。そして、その対極に神秘的狂気があります。ヒューマニティ、救済、人類の結合、人類の暮らしのなかのメシア的要素などに対する執念です。世界を良くすることができる、ヒューマニティを救うことができる、あるいは少なくとも一人の命を救うことができると信じるために、人は狂気にとりつかれなければなりません。不合理で非理性的です。それでもわたしはこの狂気を支持します」

大学二年生、学内活動家のカルヴァンが尋ねる。「政治的狂気とはどういう意味ですか？」

「具体例は山ほどあります」とヴィーゼル教授が答える。「とりわけ二〇世紀には。政治的狂気について一番よく教えてくれたのがナチズムと共産主義です。どちらも集団的な狂気の産物で、その根っこには個人的狂気がありました——ヒトラーとスターリンですが二人とも思いこみと猜疑心でいっぱいでした。二人とも親密な同胞や協力者をあやしんでは殺害しています。彼ら自家製の悪霊が、想像を絶する規模の集団的苦難を招きました。どちらの運動でも、ある種の催眠効果が生じ、激情と憎悪によって勢いづいたのです。ヒューマニティや道徳、さらには国家戦略などよりも、人種の差、階級の差の方がより重要になりました。ヒトラーは、より多くのユダヤ人を殺すことができるなら戦争に負けることも厭わなかった。彼は、戦争の大勢を決することになるソ連軍との戦闘の最前線から、きわめて重要な戦略物資を取りあげてほかにまわした。ユダヤ人根絶部隊がもっと成果をあげられるようにと。これが政治的狂気の一例です」

「それから、神秘的狂気ですか？　狂気が解決のためになるとはどういうことでしょう？」

「邪悪なものや圧制の接近に気づく人たちは、往々にして狂人あつかいされるものです。彼らは、ほとんどの人には見えない現実を見分けることができ、憎しみのない世界を想像することができ、メシア的な展望を持つことができます。彼らはこの展望のために生き、これをおびやかすものすべてに対して敏感で、ほかの人たちと違って手遅れにならぬよう即座に反応します。通常、最初に警告を発するのがこういう人たちです」

戦争が終わってからの数年間、ヴィーゼルはソルボンヌ大学の学生として、あるいは独自に、狂気、神秘主義、精神医学について学んだ。ヴィーゼルにとって狂気とは、単に臨床的な機能障害という記述にとどまるものではなかった。狂気はモチーフであり、メタファーであり、ある道徳的な状況を示す証拠であり、人間コミュニティの代わりになる選択肢として一時期彼を魅了したこともある。『Making the Ghosts Speak（幽霊に語らせる）』という一九九〇年のエッセイのなかで、彼はこう書いた。「何か月ものあいだ、さらには何年ものあいだ、わたしは一人暮らしをした。仲間の人間たちが信用できなかった。思考と人生を託すものとしての言葉を、わたしはもはや信じなかった。わたしは愛を忌避し、沈黙と狂気のみを渇望したのだ」

同じエッセイの後半で、ヴィーゼルは「西欧に対する吐き気」という感覚を説明しているが、これが東洋的神秘思想の伝統の学びへとつながってゆく。彼は二〇代の後半、フランスを住処《すみか》にジャーナリストとして糊口をしのぎ、イディッシュ語の新聞に書いた記事からの稼ぎ二〇〇ドルだけをポケットに、インドへ旅をした。彼はヒンドゥー教の修行所《アシュラム》で神秘主義を探究する。そこで彼は詠唱し、瞑想し、「星に耳を澄ます」練習をした。こうした旅が欧米の若者のあいだでポピュラーになる何年も前のことで、数百人という会衆のなかでヴィーゼルだけが外国人、という状況も多かった。

こうしたコミュニティの禁欲生活ときびしい精神修行に魅せられはしたが、彼は、目の当たりにした人間の苦しみに無関心ではいられなかった。「わたしは人々が、そして精神世界の求道者でありリーダーである人たちもまた、路上の貧民や餓死寸前の人たちをまたいでゆくのを目撃しました。引きあげるときがきた、と気づきました」と彼はクラスで話した。「涅槃《ねはん》をめざすということは、つまり個人的解脱のことですから他者を救うものではありません。それはわたしにはできない選択でした」。彼にとって、神秘主義は他者の苦悩に対する同情と表裏一体であるべきだったし、神秘主義をきわめようとする彼の探究心は、彼のなかに深く染みこんだ現世における倫理的感受性と不可分だった。この体験を経て、彼は自分が属する世界、西欧へ帰り、西欧が抱える両義性と困難に対峙しなければならないと悟ったのである。もはや遁走の余地はなかった。

だが、神秘主義は彼の心をとりこにしたままだった。その流れから、彼は文芸作品の登場人物のなかでも、現実把握の手ぎわが危なっかしい連中、王女メディア、リア王、ファウスト、ドンキホーテ、ジャンヌ・ダルク、ラスコリニコフなどを偏愛した。教師ヴィーゼルにとって、これらの登場人物の物語が示す極端さが、二〇世紀の出来事に光を当て、集団的狂気とその対極にある道徳的健全性を洞察する機会を与えてくれた。エウリピデスが描くメディアについての講義もその一つだった。メディアは夫の裏切りと人々の無関心に対する復讐として自分の子どもたちを殺し、戦車を駆る太陽神ヘリオスによって救済される。

「なぜ？　なぜ自分の子どもをあやめた殺人者が救済されるのでしょう？」と彼はクラスに難題をふっかけた。ほかの文学に現れる正義にかんする疑問を指摘し、「そちらから得られるどのような答とくらべても、こちらの疑問はもっと重要です、もっと有益です〔前者の回答はそこで思考終了となるが、後者の疑問は思考続行を要請するという意味〕」といった。

彼はドストエフスキーの小説『罪と罰』の主人公であるラスコリニコフについて講義をした。彼はドストエフスキーが手紙のなかで、「わたしには新たな計画がある――狂人になるのだ」と書いた点を指摘した。ヴィーゼルは次のようにコメントした。「ラスコリニコフは、誇大妄想、道徳規範の放棄、単純な同情から殺人を犯すにいたりました。彼は人間性に対し何の責任もないと信じています。だが実際に、わたしたちは皆責任を負っているのです」

彼は再三再四、カフカの登場人物に舞いもどる。官僚主義と猜疑心に満ちた理解不能の世界で孤立する人々だ。「カフカは絶望してくれる、わたしたちが絶望しなくていいように」と、彼はクラスに説明する。「たとえばヨーゼフ・Kのように、彼の登場人物はだいたいが救済されません。彼らは非人間的な仕打ちの犠牲者です。しかしながら、彼はときたま反抗を描くこともあります。多くのカフカ研究者は、『変身』という作品はグロテスクな変身を通して反抗を描写したものだと理解しています。不条理に対し誰も抵抗しない場合、あるいは想像可能なあらゆる手段を使って抵抗する場合、どういう事態が起きうるか、それをカフカは示してくれています」

彼はジャンヌ・ダルクが好きだった。一五世紀に神秘的な力を授かり殉教し、一九二〇年に聖者の列に加えられ、ジョージ・バーナード・ショーの戯曲『聖女ジャンヌ・ダルク』で有名になったフランス人だ。ある日の講義で、ヴィーゼル教授はこういった。「ジャンヌの信仰生活と戦闘の日々は、勇気を与えてくれるけれども同時に不穏な気分にさせられます。わたしたちは彼女の苦悩に同情し、彼女の勝利を願うのですが、彼女に対するわたしたちの信頼は、彼女が聞こえると主張するお告げに左右されるからです」。彼は何人かの学生に、ジャンヌの独白部分を朗読するように頼んだ。彼女が神秘的体験を語る個所である。

鐘の音のなかに声が聞こえます。でも今日のように、すべての鐘がいっせいに鳴ったときはだめ。ただうるさいだけです。でもこの片隅に、天から鐘の音が降ってきて、その残響が消え去らぬとき、あるいは、田園の静けさのなかを遠くから伝わってきた鐘の音がこの野原に届くとき、そのなかに声が聞こえます。

「教会の鐘楼から一五分の鐘が聞こえてくる」ほら聞いて！「彼女はうっとりとする」聞こえましたか？「親愛・なる・神の・子よ」といったのです。三〇分の鐘のときには「勇気・持て・進め」といいます。四五分には「我・汝の・助け・なり」。そして一時間の区切りには大音声《おんじょう》で「神は・フランスを・助けたもう」とつづきます。それから、聖マルグリットと聖カトリーヌ、ときには聖なるミシェルが加わって、思いもよらぬ言葉を授けてくれるのです。

ヴィーゼル教授は朗読してくれた学生たちに礼をいい、講義をつづけた。「ジャンヌは声を固く信じ、その要請にしたがって革命を主導しました。これは信仰でしょうか狂気でしょうか？　あるいはその両方——信仰とは狂女の行為だったのか？　それとも、狂気とは信仰が産んだ行為なのか？」

同じ日、授業後しばらく経ってから、オフィスアワーの時間に、レアというまじめで多感な学生がわたしに会いにきた。「これまで、誰にも打ちあけたことはないんですが」と彼女はいう。「子どものころからずっと、声が聞こえるのです」

わたしはどう反応すべきか、わからずにいた。

彼女は言葉をつづけた。「ずっと孤独でした、この講座で『聖女ジャンヌ・ダルク』を読むまで。でも今は希望が見えた気がします、わたしは狂ってなんかいない、とても奇妙かもしれないけれど、たぶん人間が体験するものの一つなんだという気が」。レアがいうには、聞こえてくる声は善悪の感覚と道徳的な直感を伝えるもので、高校時代には、目撃したいじめに臆せず立ち向かう勇気を与えてくれたという。「気分とかなら無視することはできましたが、声は無視できませんでした」と彼女はいった。わたしたちは、彼女の体験について、また人生のなかで超自然的な現象が果たす肯定的な役割について、一時間以上話しあった。

「彼らがわたしを変えないように」

『聖女ジャンヌ・ダルク』の講義が終わってから数週間後、神学部の学生、ローズが手をあげた。「わたしたちは、いろいろな意味で狂った作中人物を検討してきました。しかし、実際には、先生はわたしたちのみならず、ほかの人たちにも正気であれ、道徳的に正気であれと指導しているわけでしょう――冷静をたもち道徳的指針を堅持せよと。なぜ、正気になるために狂気を学ばなければならないのですか？」

「狂気を研究するのは、どうやって応戦するかを学ぶためです」と、ヴィーゼル教授は答える。「狂気には抗議のための、反抗のための手がかりが隠されています。抵抗力なきまま、周囲の状況水準よりも我々があまりに『正気』すぎた場合、世間の狂気に流されかねません。
こういう物語があります。ある日、ソドムの町に正義漢がやってきた。彼は町の住民に邪悪な生活を改めるよう説教をした。彼は人々を破滅から救いたかった。住民同士が罪を犯しあう結果として破滅に襲われることを彼は知っていたのだ。『どうかお願いだから』と彼はいった。『残酷な仕打ちはやめてください、薄情な真似はしないでください！ 異邦人に対して、異邦人の子どもに対して、もっと親切にしてください！』彼はこうして何日間も説いてまわったが、誰も耳をかさなかった。彼はあきらめなかった。さらに何年も説教と抗議をつづけた。やっと、通りすがりの男が彼に尋ねた。『ラビ、まじめな話、なぜそんなことをやってるんです？ 誰も聞いてないのに気づきませんか？』彼は答えた。『わかっています。誰も聞いてくれない、しかしやめることはできません。最初はね、彼らを変えようとして説教をし抗議してきましたよ。しかし今や、話しつづけることに変わりはないけれど、世界を変えようとしてやっているのではありません。彼らがわたしを変えないように、やっているのです』

狂人から学ぶべき点とはそういうことです。彼らはやめませんから、いくら他人から口をつぐめと怒鳴られようと。ちょっとだけ反抗してみたり、抗議の手紙を一通出してみる人は――問題なし、大騒ぎにはなりません。しかし、やり始めたら最後とまらない人はすぐに異端視され、反社会的分子だの狂人だのといわれます。こういう人たちが、邪悪なものに効果的に対抗する方法を教えてくれるのです」

チェリルが尋ねる。「そのような物の数にも入らない反抗者の行動が、どうしたら大勢に影響を与えられるのでしょう？ 彼らが無視されたままで終わらぬためには、どうしたらいいんでしょう？」

ヴィーゼル教授は彼女を凝視した。「『汚れた麦』という物語を覚えていますか？」

ハシディズムの師、レベ・ナハマンが書いた物語で、わたしたちは講義の初日に検討した。王と副王が汚れた麦を食べて狂気の世界に入っていくことを決心するが、その前にお互いの額に自分たちが狂っていることを思いだすためのしるしをつけるという話だ。

「ただし」とヴィーゼル教授は話をつづける。「その物語には別バージョンがありまして、まだみんなで読んだことはないのですが」と、彼は新しいバージョンについて話を進めた。こちらでは、王は汚れた麦を食べ民衆と同じ狂気の世界へ入っていく、先述の物語のように。しかし、この物語では、王が副王に対し、実は前年にとれた清浄な麦がわずかながら残っていて、これを食べれば正気でいることができると告げる。「この全土で君だけが正気でいることができる。ただ一つだけ条件がある。君は王宮を去り、町から町へ、村から村へ、乞食に身をやつして流浪しなければならぬ。ゆく先々で、君はすべての市場に立ち、すべての建物のてっぺんからこう叫べ。『思いだせ、我が民よ、汝らは全員が狂人である』」

ヴィーゼル教授はいう。「狂人は、ほかの人々に悪を見抜くように強いるメッセンジャーになれます。部外者としての彼は、ほかの人々に彼ら自身の狂気を認識させるのです。わたしが狂気を学び、それを教えている理由はそこにあります。狂気のさまざまな様態の理解を通してのみ、わたしたちは正気になれるのです」

しばし間を置いたあと、彼はこう付けくわえた。「それが証人の役割です」

メフィストフェレスはどこにいる?

その数週間後、ヴィーゼル教授はゲーテの『ファウスト』について講義した。知識と快楽と権力と引きかえに、魂を悪魔へ売りわたす科学者の話である。悪魔ないしは悪魔の代理人メフィストフェレスは最初、大型犬のなりをしてファウストの家までついてくる。

『ファウスト』はいろいろな意味で、悪の曖昧さにかんする疑問と、それを見さだめて悪だと名指しする任務を基盤にした作品です。ドイツの詩人ハイネは『ドイツすなわちファウスト』と書きました。彼は、ゲーテが祖国の内的葛藤をうまく活写してくれた、と感じたのです。ファウストが『私の胸中には二つの魂がある』というとき、ゲーテは近代人の悲劇を、合理的道徳と創造的欲望のあいだで股裂きになった内面を描いているのです。ファウストは善人であると同時に権力を握りたい。メフィストフェレスという役柄は、利己的であることにひるまず思いきった行動を取ればファウストは偉業を成し遂げられると説き、良識ある人間の道徳観念に徹底的にいどみかかるのです。

ゲーテ自身も常に行動を賛美しています。ある有名な場面で、彼はファウストにヨハネ伝福音書の一行目、『初めに言葉ありき』を『初めに行為ありき』へと書きかえさせています。したがって、もしファウストが救済されるとすれば（実際、戯曲の最後に彼は救済されるのですが）、それは彼が夢想にふけっていただけでなく、行動に移す勇気があったからなのです。

しかしわたしとしては、それだけでは物足りません。ファウストのジレンマは、知識がなければ我々は凡骨《ぼんこつ》だが知識があると我々は危険だ、という点にあります。その知識をどう使うかが問題です――かぐろい激情を満たすため、それとも同胞を救うため？　時代の先を読んだ慧眼です。ゲーテは二〇世紀におけるドイツの役割を予示していました」

ヴィーゼル教授は講義の残りを、悪魔的でありながら憎めないメフィストフェレスのキャラクター検討についやした。「彼は『ドブネズミ、ハツカネズミ、ハエの王』という本性――根っからの地獄的魔力――を露わにしますが、最初その側面は隠されていました。一つめの偽装が消えると別の姿で現れます。旅姿の学生、知識人、何かを授けてくれる人物のように見えました。こういう見かけは計算ずくであり重要でした。ここから得られる教訓は、悪は善をよそおって現れるということ。ユダヤの神秘思想家は、悪を否定することは神を否定するのと同じくらい危険だと教えてくれました。ですから、わたしたちは常にどんな状況下でも、こう問わなければなりません。『メフィストフェレスはどこにいる?』」

この質問は、ほかの二つの質問とともに、ヴィーゼル教授のクラスルームで頻繁に取りあげられた。彼はしばしば「そして神。一体全体神はどこにいるのでしょう?」と質問を投じ、文学や歴史や政治の話をとつぜん形而上学と神学の領域へ転じた。

彼はまた「何はともあれ、いったいわたしはどこにいるのでしょう?」という質問をし、思想について一見客観的な会話であっても、究極のところ、それが自分にどう関係してくるか倫理的に自分を見つめる行為へつながるべきだと諭した。

そして彼が繰りかえし尋ねた問い、「メフィストフェレスはどこにいますか?」によって、彼は学生に対し、悪を名指しすることができずにいると――文学作品のなかでも実際の人生のなかでも――それがのさばるのを座視してしまうことになる、と警告した。文学作品について議論するなかで、この問いに対する答はいろいろあることがわかった――悪はどの作中人物のなかにも存する、英雄として登場する人物のなかにさえ。利他主義のよそおいのなかに隠れて。行動と行動のあいまに、数えきれぬ小さな利己的な行為のなかに、さらには読者のかかわり方のなかにも。

ヴィーゼル教授がクラスで投じるたくさんの質問のなかでも、次の質問は頻繁に飛んでくる。悪は果てしなくつづくのか、不死なのか? 人類の出現以前からあったのか、それともアダムとイブとともに生まれたのか? ヒトラーは総統《フューラー》になる前から邪悪だったのか? 殺人を犯した者だけが悪いのか？　そのために彼らを派遣した連中はどうだろう？　殺人を見ていながら何もしなかった連中はどうだろう？

「悪事をもくろむ者たちはこうした質問を嫌います。そして悪行の現場を目撃していた傍観者たちは、穿鑿《せんさく》されることを避けようとします。これが狂信的行為を相手に戦う最前線です。狂信者はすべての答を知っていると思いこみ、何の疑問も持ちません。わたしには疑問しかありませんからわたしは彼らの敵です。疑問によってわたしたちは、狂信の元となる確信から身を守ることができるのです。人間であるとは疑問を投じることなのです。なぜなのかと問い、真実を見いだすために個別の状況を調査し、尋問するのです。我々がどう行動すべきか、その真実を知るために。わたしたちはそうした疑問から顔をそむけるのではなく、面と向かわなければなりません。悪の仮面をはぎ、立ち向かわなければなりません。それを受けいれやすいものに矮小化してはならない。悪を名指しして対面するのは心地よいものではありませんが、世界をより良くしたいのならば、心地よさに執着してばかりいるわけにはいきません」

その翌週のクラスでは、『アンネの日記』について話しあった。全員とはいわぬまでも大概の学生はティーンエイジャーのころに読んだはずの本だ。多くの者は、この本で初めてホロコーストを知った。ヴィーゼル教授はその日の講義をこう始めた。「ともかく、間違いなくいえるのは、とても簡単なこと。この日記を読んだ人は、著者のことを好きにならずにいられないということです。わたしたちはアンネをいとおしく思う、ロマンチックで夢見がちな少女を。彼女は寂しいけれども幸せで、いつも何かにあこがれ、無垢で、美しく、賢明な書き手です。彼女の日記は同時代のいかなる本をも凌駕するインパクトを与えました。どうしてでしょう？」

ステファニーが手をあげた。「わたしの場合ですと、いろいろな点で自分をアンネにかさねることができたからです。彼女の希望と夢はとても……あんな異常な時代なのにとてもふつうでした」

ソーニャはこれに合意し、さらに付けくわえた。「彼女はなぜか希望に満ちみちているんです。おかげでわたしも希望をもらえました」

ポールが発言する。「すばらしい人格の持ち主だと思うんですよ。いっしょに時間を過ごしたくなるような、デートとか」。何人かの学生がくすくす笑う。ヴィーゼル教授は悲しげな表情をしている。

「その通り。彼女の持ち前の美しさ、人柄と個性の明るさ、それがかがやきを放っています。強い明かりを暗がりに持ってくると、明かりはもっとかがやきを増します。そして、彼女は暗いところで二年間過ごしました。二年間も！　新鮮な空気もなく、新しい友だちを作ることも、いや、新たに人と会うことさえできなかった！　カミュは彼の偉大なエッセイ『シーシュポスの神話』をこのような言葉で終えています。『我々はシーシュポスは幸福なのだと想像しなければならない』。アンネはどうして自分は幸福だと想像できたのでしょうか、あのような状況で、身を隠し、常に死の恐怖におびえながら暮らしていたのに？　にもかかわらず、彼女は自分は幸福だと考えたのです」

たぶん、と彼はつづける。「あの家族には常に希望を失わぬ気性が脈打っていたのでしょう。『日記』の後日談として印象的な話があります。アンネの父親オットー・フランクは、家族を裏切った者が誰だったのか追求するようなことは何もしなかった。過去の復讐よりも未来を築くことを選んだのです」

ある学生が質問する。「どうしたらそんなことが可能なのでしょう？　世界を見限ったりすることもなく？」

彼が答える前に別の学生、サンドラが割りこむ。「わたしの身内の話ですが、終戦直後に大おじが、生き別れになっていた彼の母親を捜したことを最近になって知りました。しばらく手をつくしたのち、母親が収容所を生き延びていたことを突きとめました。しかし彼は、それに先立つ数か月前、母親は自分が住んでいた町へ戻ってきて、そこで隣人たちに殺されてしまったことも知ったのです。このような話を聞いたら、人間不信にならない方がおかしくありませんか？」

ヴィーゼル教授はうなずいてこういった。「聞くに堪えない話です。ポーランドのキエルツェという町、あるいはほかの町でも起きたことでしたが、生き延びた人たちが暮らしを立てなおそうと帰郷した。と思ったら、ユダヤ人虐殺《ポグロム》に巻きこまれて殺されてしまう。男たちも女たちも、そして子どもたち、みんなが犠牲者であり収容所の生き残りでした。キエルツェで殺された者のなかには生後三週間の赤ん坊もいました。こうした話には憤怒と絶望を感じます。

怒りを感じるのはあたりまえ、至極当然です。問題はそれをどうするか？　外へぶちまけるのか、それを抱えて孤立するのか、それとも異議申し立ての動機づけに使うのか？　怒りを一定方向へみちびくことができれば、何か善いことをするための力を得ることができるのです。

しかし絶望となると話は違う。レベ・ナハマンはこういいました。『絶望など存在しない。何が起きようと絶望するな！』彼は二〇〇年前にこう叫び、戦時中のワルシャワ・ゲットーでも、ナハマンの門徒であるブレスラフ派ハシディズム信奉者たちが、これと同じ言葉を歌い、踊っていたのを目撃したという証言があります。彼らのうちの一人はその数日前に娘を失っていました。彼らは苦痛を押して踊っていた。不条理だということは充分承知のうえで彼らは踊ったのです。絶望を捨て去る、というのは選び取った行為です。そしてその継続のみが、暗闇に対抗し暗闇に呑みこまれずにいるための有効な方法なのです」

彼はサンドラの方を見ていう。「なぜわたしは世界を見限らないのか、と質問しましたね。実をいうと戦争が終わったあと、絶望の淵に立ったことがあります。沈黙を守っていた連中に対して憎しみがこみあげました。しかしわたしはその憎しみを打ち捨てました。憎しみというのは癌のようなもので、怒りとの違いはそれが何の役にも立たないということです。わたしは憎しみと絶望に自分の魂を取りこまれたくはありませんでした。そういう選択をするかどうかでした。わたしの伝統は希望に満ちあふれています。三〇〇〇年にわたる受難と困難にもかかわらず、祝うことが伝統なのです。祝賀の伝統のもとに生まれたことは幸運で、そのおかげでわたしは憎しみを拒否すること、絶望を拒否することができました。

憎むでもなく絶望するでもなく、わたしは人間の苦しみを甘受することに抗議し、反抗し、拒否する道を選びました。沈黙を相手に人生をかけて生き抜こうとしてきました。犠牲者が語る声を持たないときには、わたしの声を使ってもらおうとしました。彼らが見放されたと感じれば、彼らのもとへおもむき、その苦悩について書き、話すことで、見放されてはいないのだと示しました。これで充分だとはいいませんが、それでもなんらかの価値はあります。一九四四年、わたしの小さな町で、我々住民が孤立していないと感じることができたなら事態は変わっていたでしょう。しかしまさにあのとき我々が孤立を味わったからこそ、ほかの人たちには決して孤立を味わわせてはならないのです」

ヴィーゼル教授は『アンネの日記』に戻り、こう尋ねた。「この本から一番多く引用されるのはどの文章だと思いますか?」

彼は何人かの学生が、人間は基本的には皆善人だと信じている、というアンネの言葉をそれぞれの表現にまとめ、ひと通り発言するのを待った。

「その通り」と彼はいう。「『なぜなら今でも信じているからです。たとえいやなことばかりだとしても人間の本性はやっぱり善なのだと』。しかしあの『日記』は、彼女がベルゼン収容所へいく前に終わっていることを忘れてはなりません。イルマ・メンケルという女性が、アンネが死ぬ前の日々を証言してくれています。彼女の報告は、『日記』の不可欠で悲劇的な追記です。彼女の目を通して、わたしたちはチフスで死んでゆくアンネに対面します。人間の善にかんするこの言葉、収容所に入ったあとの彼女だったら、すべてを目撃したあとの彼女だったら、こんな言葉を綴ったでしょうか？　アウシュヴィッツとベルゼン収容所で書くことができたとしたら、彼女は何をいったでしょう？　わたしたちにはわかりません。わかりようがありません。いうまでもなく、この追記なくしてはあの言葉について語っても全体像はつかめません。心地よい引用ではありましょうが、真実の全貌ではないのです」

そのあとの議論の時間で、学生たちはこの続きをやりたがった。「一三歳のときに『アンネの日記』を読み、それでわたしの人生が変わりました」というのは学部生のウェンディだ。「でも彼女が最後にどうなったかは知りませんでした。あまりに悲しい話で、日記が伝えてくれたメッセージをわたしは正しく理解していなかったのではないかという気がします。たぶん希望などないのでは」

「ヴィーゼル教授がいっていることはそうじゃないと思います」とサンドラが応じる。「希望はある。でも、それが本物になるのはわたしたちが歴史の一番暗い部分と向きあってから、ということでしょう。それを避ければわたしたちは自分をだますことになるし、いくら希望はあると思ったところでそれは本物ではない、長続きはしない」

わたしは学生たちに翌週のクラスでこの議論を提案したらどうかと示唆し、彼らはそれにしたがった。

ウェンディが手をあげる。「先生、前回の授業で先生がおっしゃったことを考えつづけているんです。強制収容所におけるアンネ・フランクの日々、そして彼女の死、『日記』はその前で終わっているという点についてのお話です。聞くのもつらい話でした。あのあと一週間ずっと悲しくてなりませんでした。不幸な終わり方にはどう向きあえばいいのでしょう?」

「それがわたしの仕事の一つ」とヴィーゼル教授がいう。「教師の役割は、絶望することなく暗闇に向きあえるよう学生に手を貸すことです。それから、友だちが果たす役目も同じくらい大事です。憂鬱に立ち向かい、世界の狂気をはねのける唯一の方法は誰かとともにあることです。もう一つ、絶望から逃れる方法があります。笑いです。笑いが有効なのは、独裁者の嘘と芝居をそれで揺さぶることができるからです。そして笑いは、わたしたちが絶望に陥りかけている最中、理屈を超えて、希望を見いだす助けになるのです。

わたしの好きなハシディズムの物語に、世界中の国々を含んだ国の話というのがあります。そしてその国のなかには小さな町があって、その町はその国にある全部の町を含んでいるのです。そしてその町のなかに一本の通りがあって、その通りは町にある全部の通りを含んでいるのです。そしてその通りには一軒の家があって、その家は全部の通りにある家々を含んでいます。そしてその家のなかには一つ部屋があって、その部屋には一人の男が住んでいます。彼は世界中の国のすべての人々をその一身で表しているのです。さてこの男、いったい何をしているのでしょう? 彼は大声で笑っているのでした。その笑いは自暴自棄の笑いでも、あざけり笑いでもないと思います。悲劇に屈せぬ希望の笑いなのです」

山へ、そして地上へ

個人的なことをいえば、わたし自身、わたしなりの狂気と折りあいをつけてきた。わたしの宗教的探究と密接に結びついた神秘的狂気だったといえるだろう。何年も前に、父から聖人君子になろうとするなとからかわれたとき、わたしはその意味がわからなかった。

　過去のあの日々、起きたことを物語るのは容易ではない。あの瞬間はまるで夢のようにわたしに訪れ、そこから目覚めたわたしはその瞬間をただぼんやりとしか思いだせない。トラウマのサインの一つがそんなふうだとは読んだことがあるが、あれはトラウマと歓喜と一種の熱病が一つの層をなしていたように思われる。

　一九九七年、最初のイェシヴァ体験のあと、わたしは大学を終えるべくボストンに戻った。わたしは友人グループといっしょに、大学まで徒歩で通える距離にある、街路樹がならぶブルックラインに住み、自由時間の大半を二〇代から三〇代の人たちを対象にした祝祭行事の準備にあてた。わたしはイスラエル在住の女性に出会って長距離交際を始めていたが、彼女とは結婚することになる。わたしは、ハシディズム思想を教えるクラスを開いたり、ヘブライ語の上達を望む友人の家庭教師をしたり、個人的な問題を抱えた人々にカウンセリングをしたりして、地元コミュニティでラビのような役割を果たしていた。友人たちの質問に答えることができなくなったとき、わたしはイェシヴァへ戻るときがきたと悟った。

　一九九〇年代末期のエルサレムは、まだ一九六〇年代後半から七〇年代前半にかけて始まったルネサンス〔ユダヤ文化復興〕の真っ只中にあった。何千という男女が、同質化し物質主義的になったアメリカで育ったあと、ユダヤ精神主義に回帰しつつあった。そのなかには東洋の宗教を学んでから、自分たちの伝統に目覚める者もいた。バックパックでヨーロッパ旅行にきて、鉄道切符が有効だったから聖地まで足をのばしたという連中もいる。それぞれ動機はさまざまだったが、おおむね共通していたのは、コミュニティの模索、生きる意味の探究、精神的体験への期待である。当時のエルサレムには、新規信者のためのイェシヴァが林立し、そこでは難解なユダヤ教文献への手引きをしたり、指導者たちがガイダンスをしていた。

わたしはある時期、何人かの友人たちのように芸術学校へ進むことも考えたが、あらゆるものを含みかつ超越的な筋道は芸術ではなく精神性であると感じた。わたしが理解する限り、死ならびに無意味に打ち勝ったのは唯一精神的生活だけだった。本当のわたしになるために、父がやめておけといった聖人君子になるために、不純物をこそげ落とすことは可能だと、依然としてわたしは確信していた。

エルサレム滞在中、わたしは何人かの教師から影響を受けた。ラビ・エイブラハムはハシッドで、芸術と聖性と性的純潔との関係について語ってくれた。ソロモンは若々しい真剣な求道者で、あらゆる生命は、神の意識をこの世で具現化するための大きな試みであると定義していた。（彼はまた苦行者であり、苦行の一部である自己滅却も一因となって、わたしが彼に会ってから数年後に死ぬことになる。）わたしの友人の何人かは、アムシノフ派〔ハシディズム共同体の一つ〕のレベの小さなアパートを訪れた。このレベは、一度に長時間の祈りを捧げることと、人々に対する、とりわけユダヤ教に回帰した若者に対する愛と熱情で有名だった。またビアラ派〔同上〕のレベにつく者たちもいた。彼は特定のアドバイス、たとえば誰と結婚すべきか、どの家やアパートを買うべきか、どの職業につくべきか、というふうなアドバイスをした。こうしたカリスマ的人物は、一七〇〇年代にまでさかのぼる、わたしが数年間熱中した初期ハシディズム運動の最末裔にあたる。

別のイェシヴァで学ぶことを検討していたその春、シナイ山でトーラーを授かったことをユダヤ人が祝う五旬祭《シャブオット》の祝日がやってきたころ、わたしはルームメートといっしょにエルサレムの美しいアパートに住んでいた。友人のチャーリーとわたしは、ある教育プログラムでやってきていたロシア系アメリカ人学生たちのカウンセラーとして雇われていた。五旬祭の習わしとして、夜通し徹夜して勉強し明け方に祈りを捧げる、というのがある。

わたしたちは日の出直前に嘆きの壁まで歩いていった。エルサレム内外から集まってきた無数の人々といっしょに、わたしは光を見た。文字通り、光を見たのである。あらゆるものが金色の光輝《ハロー》に包まれているように見えた。人々、物体、大気までもが。わたしは自分の胸のなかに黄金の光を感じた。それが外部へ向けて放射されているのだ。この体験はそれから五日間つづいた。あるとき、ヤッファ通りを歩いていたわたしはチャーリーに、何か不思議なものが見えないかと尋ねたりした。なかでも一番不思議なのは、わたしがユダヤ教の伝統的儀式をおこなうと、その光は目に見えて——そして常に——明るさを増すことだった。エルサレム症候群《シンドローム》ではあるまいかと考えた。エルサレムを訪れた観光客がときどき陥る精神障害で文献資料もそろっている。こうした巡礼者はしばしば宗教的恍惚に圧倒され、自分を預言者、ときにはメシア的な存在だと思い始める。わたしには自分がおかしくなったというような意識はなく、ただ高揚する感じを体験しただけであり、さらにはそこに大切な経験的要素があるように思われたので、この体験を軽々しく忘れるわけにはいかなかった。それから数週間、それが何を意味するのか、そしてその延長として次にどのようなステップを踏むべきか、考え抜いた。どんな犠牲を払おうとも、これからの人生をあの光を中心に整える準備ができている、そういう実感を得た。

一九九八年の春、わたしはエルサレム近郊のキブツ〔イスラエルの農業共同体〕で伝統的な儀式にのっとり、妻サブリーナと結婚した。もともとスペイン出身の彼女は、有名校ベザレル・アカデミーの芸術科の学生で、一七歳のときからイスラエルに住んでいた。前年の夏、わたしたちは二人ともティーンエイジャー学習プログラムのカウンセラーをしていて、そこで出会い、ハシディズムの教えに対する敬愛という共通項でつながった。わたしたちは精神的成長に専念し、宗教に陶酔していた。家族と友人たちにかこまれたわたしたちは、結婚式の天蓋〔フッパーと称される四本柱の天蓋〕の下に立ち、教師たちが式の進行を務めてくれた。そのうちの一人が「聖なるフッパー」について話をした。夫婦はそうした〔フッパー、すなわち勢いのある豪胆な〕関係維持を誓約しなければならないというのである。

わたしはその後数年間勉強に専念する、という了解で、二人はエルサレムの中心部にある小ぶりのアパートへ移った。

喜びと真剣勝負の感覚を胸に、わたしは新しいイェシヴァに登録した。そのイェシヴァは超正統派の生活に深く根をおろし、生活の中核には礼拝と学習を置いていたが、異なる観点に対して驚くべき寛大さを示していた。同学院で支配的な哲学はレベ・ナハマンの教えに基づくもので、わたしが同学院に惹かれた最大の理由がそれだった。自然との連帯、至福の醸成、とりわけすべての個人がそれぞれ独自の道を見いださなければならないという主張、これらがわたしの心の深奥に響いた。そのイェシヴァはある種の精神的強靭さを誇示するところがあった。刻苦勉励と熾烈な意志によって限界の超越に注力していた。そこで勉強をつづければ試練にさらされることがあると承知はしていた。しかし、それにともなう感情的犠牲は予期していなかった。

勉学と実践にかんして金銭的支援を受けたことには感謝していた――そのイェシヴァでは、前途有望な既婚学生に対して在学期間、奨学金を給付する慣行があった。最初に通ったイェシヴァと異なり、そこには激しい求道者、個人的救済を模索する超個性的な連中が大勢いた。仲間の学生たちはエネルギーに横溢していた。しかし他方、個人空間《パーソナルスペース》に頓着しない面がある。彼らが礼拝するときの基本的スタイルは、大音声でおこなう芝居がかった祈禱なのだが、わたしはもっと静かで内省的なスタイルを好んだ。

そのイェシヴァはエルサレムの南、グリーンラインの向こう側――言いかえると入植地（何度かの和平交渉のあと相互了解としてイスラエルに属すると見なされる地域ではあるが）の一部を占めていた。わたしの知人であるユダヤ人の大半が、入植地拡大に異を唱える人々であっても、エッィオン・ブロックとして知られる当該地区は争点になっていないと認識していた。だが、そこの入植地の実態はまったく違う。熱烈な宗教的ナショナリストによって築かれたその地区には、アラブのテロリスト攻撃を防ぐフェンスがない。背後にある理屈は、フェンスを持たないことで自分たちの強さと脅威をこれ見よがしに突きつけることができる、というものだった。「フェンスがあればワイヤーカッターでやぶりたくなるものさ」とメンバーの一人がわたしにいった。その入植地の住民の大半は環境にやさしく精神的な生活を築こうとしてやってきていたが、イスラエル政治の過激的右派に同調する人たちも若干はいた。

わたしが通っていた学校は入植地とは別世界で、もっと革新的で多元主義的なアプローチを取っていた。教師たちはフェミニズムとか異宗教間対話、芸術表現に関心を示した。こうしたテーマや別のテーマで毎週講義をおこない議論をするほか、広範な宗派から宗教指導者の訪問を受けた。イェシヴァのはるかにリベラルなアプローチは、数でまさる入植者たちとの絶えざる緊張の原因になった。

サブリーナとわたしはエルサレムのアパートを出てキャラバン――小さなメタルボディのトレーラーハウス――に移り住んだ。崖ぎりぎりのところに積んだコンクリートブロックに乗せて、かろうじて安定をたもっていた。夏にはどうしようもない暑さになり、とりわけ当時妊娠中の妻にとっては耐えがたく、冬になれば、あたたかさの記憶を吐きだすだけの簡易暖房機しかないので底冷えがした。風が吹くと（ほぼ常に吹いていた）、わたしたちの家はぐらぐらと揺れた。わたしはときどき、崖から滑りおちるのではないかというパニックに襲われて、目を覚ましたりした。

第一子の娘が誕生する。人の親になったという吉報をヴィーゼル教授に伝えるため、わたしは入植地に一つしかない公衆電話から電話をした。彼は「マゼル・トフ！〔幸運を！〕」と、我が子が喜びをもたらすように念じ、妻の健康を気遣ってくれた。そのあと「君は何を感じているかな？」と訊かれた。「世界とのっぴきならぬ関係に入った気がします」とわたしは彼に告げた。「以前も世界には関心を持ってきましたが、そこで起きる最悪なことといったら――わたしが死ぬことくらい？　でも今は、一瞬たりとも世界から目をそらすわけにはいかないと感じます」

「その通り」と彼はいった。「息子のおかげでわたしも根本的に変わった。新しい生命をこの世にもたらしたからには、世界をより良い場所にすることでその命を守ってやらなければならないからね。子どもたちは教えてくれるんだよ。倫理と美のつながりを、そして世界をより人間的な場所にするのは美しいことなんだと」

それから一年と少しが経過し、第二子である息子が家族の一員に加わった。キャラバンは手狭になったけれど、これらすばらしき新入りたちが喜びをもたらし、わたしの人生が日増しに意味と目的で満たされてゆくのを感じていた。

そのコミュニティに属する人々は全員、入植地の入り口にある小さなコンクリート製の小屋で月に一度、警備につくことを期待されていた。男性は一種のミニ基本訓練を受けねばならず、そこでM16〔自動小銃〕とUZI〔短機関銃〕の撃ち方を教わった。わたしはM16一挺と挿弾子《クリップ》を二個与えられ、寝室のクロゼットの最上段に特別な場所をもうけて保管した。ひと月に一度、夜になってからわたしはマシンガンを手に重い足どりで丘をのぼり、小さな警備小屋へ向かい、そこで三時間から四時間、物の動きに目を光らせ耳を澄ました。銃には実弾を装塡して安全装置をかけ、誤射にそなえて銃口は四五度の角度で空に向けることになっていた。

わたしは友人らと真夜中に起き、エルサレムの破壊〔紀元七〇年ユダヤ戦争〕を嘆きユダヤ人と世界の救済を切望する祈りを捧げる。イェシヴァに向かいあった丘の上で、氷のように冷たい泉に身を浸す。禊《みそ》ぎと蘇生を意味する行為である。わたしたちは森へいって沈黙のなか、あるいはそれぞれ独自の言葉で神と交流する。それが終わると輪になって、無言歌を繰りかえし歌いながらダンスをする。週に一回、木曜の夜には祈りと学習をして明け方まで徹夜する。

わたしはより高度で難易度の高いユダヤ教のテクストを手にするようになっていた。教師たちは、わたしには本格的な学者になる素質があるといってくれた。何十年も前、小学一年生のときのラビから始まって、ほかの教師たちからもさまざまな時点で内密に同様のことをいわれてきたわたしだが、今思いかえせば、そうした褒め言葉がプレッシャーになったり、自我《エゴ》を肥大させる原因になっていたようだ。

わたしはレベ・ナハマンがたどった道を学んでいた。そして、世界中の信奉者が集い、ウクライナにある彼の墓所をめざす例年の巡礼に参加し、信奉者たちについて、あるいは彼らが師の教えをどのように実践しているかという話を、スポンジのように吸収した。

イェシヴァの校長と話すことも多かった。特に木曜日の夜、我々全員が個人的な礼拝の実践を終えて森から帰ってくる途中、午前二時から三時ごろにそうした機会にめぐまれた。わたしたちは、寝静まった彼の家族を起こさぬよう、戸外に停めたバンの車内にすわったまま長い会話にふけるのだった。学者としての道と聖人としての道の二つがある、と彼はいい、わたしは人生のなかでどちらを重視するか決めなければならないといわれた。彼は、しばし自分というものを捨ててトンネルのなかを掻いくぐってみないといけないという。なるがままに自分を変化させ、トンネルの反対側で新たな自分を迎えるために。わたしは心のなかに、精神的成長のためのぼんやりとした処方が浮かんでくるのを感じた。理想とする自分の姿を作りあげてそれをはっきりとイメージし、その通りになろうと努める。必要に応じてそれを繰りかえす。

　わたしはこの方法に賭けることに決め、自分に鞭打って自習室での勉強時間を極限まで増やし、聖典の学習を加速度的にはかどらせ、早起きをして睡眠時間をけずり、食事量を減らすと同時によく味わうように心がけた。疲れを感じれば立ったまま勉強した。やる気が落ちてきたと感じれば、ひたすら自分を追いこむ。進捗状況を日記につけ、目標を達成しているかどうか週ごとに自己評価する。たまに、自分がたどっている精神修養の道は健全なのかという疑いが頭をもたげた。それは意図的な実験、生命活動のための自然な働きかけを故意に放棄する行為だった。すばらしい効果があるのは実感していたが、すさまじく危険であることも感じていた。しかし、神聖なるものに対するわたしの執着は強く、手放すことなど問題外だった。

　のちに第二次インティファーダ〔二〇〇〇年九月、イスラエル軍事占領に対するパレスチナ民衆蜂起〕と称されることになる暗雲が迫っていた。あちらでは銃撃が発生し、こちらでは子どもを乗せた車が投石される。二人のイスラエル兵士が道を間違えてアラブの町へ入りこみ、リンチを受ける。テレビでパレスチナ人男性の葬儀を見たが、死体が棺架から転げ落ちたと思ったら立ちあがり、また棺架の上に横たわった。それはにせの葬儀で、緊張と憎悪をあおるためのものだった。近所の医者がエルサレムから我々の界限に帰ってくる途中車のなかで撃たれて死に、わたしたちは彼の葬儀に出席した。若い母親が、夫の運転する車でエルサレムへ向かう途中射殺された。二人は運転しながら聖書の学習に没頭していた。彼女の葬儀にも出席したイェシヴァの仲間たちとわたしは、彼女が残した幼い子どもたちが状況を理解できず茫然とたたずんでいる姿に涙した。

　そうするうちにイスラエル軍の報復が始まる。二〇〇一年になると、ネタニア市で起きた爆破事件のあと、報復が激化しパレスチナのテロリストのみならず市民も殺された。犠牲となった市民の数については いまだに諸説あるが、数字がどうであろうと、自由な移動を束縛されたパレスチナ人にとって、これらの死は彼らの苦悩と喪失感を高めることになった。

入植地には、田舎暮らしを望む宗教的求道者と、大イスラエルに定住するユダヤ人の権利を主張する不退転の信者が混在して住んでいた。同地区で暴力が発生すると、地元の若者たちの一部は過激化した。近所の食料品店で差別的意見を吐いていたティーンエイジャーとわたしは激論を戦わせたことがある。年嵩の住人が何人か、わたしたちをとりかこんで耳をかたむけていた。隣接した入植地の広場でぶらぶらしている姿を見かけたこともある数人の若者は、アラブ人学校襲撃計画のかどで逮捕され、長期収監の判決を受けた。自分がなぜこんなところにいるのか、わたしは途方にくれ始めた。

狂気の沙汰がエスカレートするにしたがって、わたしと妻は家族と友人たちのことが心配になってきた。エルサレムの妻の親戚を訪れるのにも防弾バスに乗り、いったいどういう結末を迎えるのだろうと思案した。

わたしは異宗教間対話グループのミーティングに通い始めた。そこにはユダヤ教、キリスト教、イスラム教の精神的指導者と学生たちが集まって学習し、それぞれの祈りの生活について話しあい、友情を築いた。根本にあった考えは、平和は政治的プロセスのみでは決して達成できず、草の根レベルでの関係構築が不可欠、というものだ。

地中海沿いに建つ会議センターの椅子におさまって、ガザ市に住む若いパレスチナ人ビラルが、ヤッファにある先祖代々の家について、そしてこのセンターへくるためにイスラエルの検問を通過するときの困難について語った。パレスチナ人のキリスト教聖職者ジョージは、わたしのことを神学について礼儀正しく語りあった初めてのユダヤ人だといった。彼はわたしのユダヤ人としてのアイデンティティについて、またイスラエルとの関係について質問し、アラブ人キリスト教徒ゆえに味わう二重に増幅された苦しみを話してくれた。地元のムスリムから間欠的に受ける迫害、イスラエル国境警察からときおり受けるいやがらせである。ハシディズムのラビとスーフィズムの指導者がお互いの腕を相手の肩にまわし、ゆっくりと身体を揺らして、いっしょに詠唱した。多くの人間は宗教や民族の相違ではなく、政治家たちの意思決定のせいで苦しんでいる、そのようにわたしは看取した。

イェシヴァでの四年目、わたしは診断のつかない過労症状で体調をひどくくずした。何週間もベッドから起きあがることができず、不調から回復するまでに数か月を要した。ふりかえってみれば、原因は明らかだ。肉体が本来のわたし自身に戻れと警告していたのだ。あまりにも長いあいだ、わたしは自分の感情を無視しつづけていた。その病気は、肉体がわたしに告げた停止命令だったのだ。

ベッドに臥せって数週間が経ったある日、すっかりふさぎこみ身体も思うままにならぬわたしは、こんなことを考えた。完璧の追求と引きかえに自分の正気を差しだす、その意味は？　首を長くして待ちのぞむ未来の救済と引きかえに今日の安寧を差しだす、その意味は？　今おまえの前に立っている者には目もくれず、メシアだとか高邁な理想だとか、完璧なおまえの理想型などへ目を泳がせているようだが、そんな必要があるのか？　敬神の念をよそおった傲慢ではないのか？　こんなことを神は本当に望んでいるのか？

わたしはそれから毎日時間をもうけて、自分の内なる声に耳をかたむけることにした。幼いころの記憶にある、心が自然に高鳴るあの感覚に。わたしなりの時間軸の上に歩むべき道はいずれ見つかると信じ、それまでわたしに貼りついていた執拗さと性急さがはがれてゆくにまかせた。謙虚さを知り、浮いていた足が地に近づいた。肉体の動きにも余裕が生まれ、徒歩で移動するときの歩みもゆっくりとしてきた。日々の暮らしや体験を、精神的成長の障害物だなどとは思わなくなり、それは神が我々とコミュニケートするための言葉だと感じるようになった。皮肉な話だけれど、実はこうした取り組み方は、わたしが研究していた偉大な師たちのそもそもの教えだったということに、その後気がつくことになる。逸《はや》るあまり盲目になっていたのである。

わたしはいつも絵筆を握っているときが一番くつろげる。新たなひらめきが、手の動きを操るあの神秘的な力に信号を送る。筆を次にどこへ置くべきか、その決断を常に助けてくれるひらめきだ。「そうするのがいい」でもなく「そうすべき」でもない。心底納得のゆく正しさであり、そうすることが楽しく感じられる正しさなのである。わたしはこの方法を生活全般に適用し始めたが、すると健康状態もゆっくりと良くなっていった。これまで以上にエネルギーが充溢したのである。前よりも収穫が多い、前よりも学習内容を忘れずにいる、より深い祈り、より誠実な祈りを体験できる、瞑想の集中度が高まった、と実感することができた。そしてついにわたし自身を感じることができたのである。

七年近くをイェシヴァで過ごしたあと、次のステップを考えるときがきた。教職につきたい気持ちはあった。勉学をつづける道も見つけたい、そしてわたしにとって重要なことがらを統合したかった。それは宗教思想、教育、そして芸術だ。と同時に、わたしは理をわきまえた、堅実な暮らしを送りたかった。これまでに学習したすべて、経験したすべてを、一度立ち去った「実社会」で活かしたかった。そして第三子、二人目の息子が誕生する。一挙に子どもの数に負けた形の妻とわたしは、家計をまかなってゆくためにはある程度の確実な収入を稼がなければと自覚した。

教師たちは励ましたりおだてたりして、わたしにラビになれと圧力をかけてきた。かくも長期間にわたって家族の支援や奨学金で助けられてきたわたしは、山ほど恩返しをしなければと感じていた。とはいうものの、教会ラビになるというのは何か違うような気がした。夏にアメリカへ一時帰国した際、わたしはアドバイスを求めてヴィーゼル教授をニューヨークの自宅へ訪ねた。

彼は熱心にわたしの質問に耳をかたむけ、こう答えた。「わたしの恩師ソール・リーバーマンは長いこと神学校で教えていた。彼の教え子の多くはラビになってね。彼らがシナゴーグにおけるラビの立場を尋ねるたびに彼はこう答えた。『講壇だって？　君は講壇に立ちたいのかね？』　自分の教え子がシナゴーグのラビになるなんて、彼はもってのほかだと思っていた。プレッシャーはすごいし、シナゴーグの委員会のための仕事もあるし、それに教えるための時間なんて取れないことが多い」

そして彼はこういった。「ボストン大学にきてみたらどうかな？　そしてわたしの教育助手になってくれないか？　今いる助手はもう卒業するから、空きはあるんだ。あそこの博士課程に入れるよう手伝ってみよう。君のことを待ってるっていっただろう」

わたしはびっくりし、それを素直に彼に伝えた。彼は満面に笑みを浮かべてこういった。「アリエル、あれが社交辞令だと思っていたのかい？　本気だよ」

わたしは即座に承諾した。

そのあと数週間かけて、イェシヴァの教師たちはわたしがもっと伝統的なラビの道をたどることを期待し、考えなおすように迫ったが、わたしは聞き入れなかった。わたしの意志が固いと見るや彼らは、わたしがそれをめざしてここ数年切磋琢磨してきたラビの叙任に加え、祝福の言葉を授けてくれた。

数週間後、わたしはサブリーナと三人の幼い子どもを連れてニューヨークに到着する。イスラエルから一一時間のフライトで、全員が疲れ果てていた。若き経験不足の親であるわたしたちは、上の二人の子どもに、落ちついてくれるだろうと機内でチョコレートを与えたがそれは大間違い、まったくの逆効果でほぼ一睡もしてくれなかった。クイーンズにあるわたしの父の家に着いてからも、三人はまぶたを閉じない。サブリーナとわたしは彼らをベビーカーに乗せ、交代で抱っこひもで赤ん坊を抱えて一時間以上歩きまわり、ほどよい揺れでみんな寝てくれることを期待した。疲労困憊で歩きまわり泣きわめいたわたしたち。ようこそ母国へ。

荷造り、フライト予約、新居探しといった実務に加え――新しい服を買わなければならなかったのはいうまでもない(当時シャツ数枚と黒ズボン数本しか所有していなかった)――何年にもわたって、文字通りかつ象徴的な意味で山のてっぺんで暮らしてきた自分をこの世にふたたび順応させる必要があった。頼みの綱はヴィーゼル教授だった。わたしにとって最も重要で最も個人的な問題を共有してきた人。神秘的な黄金の光に無縁ではない人だが、思想と行動と精神主義と世俗性を――優雅にそして一見軽々と――取りこむことのできる人だと理解していた。地上におりるはしごを見つけなければと感じていたわたしは、彼が手助けをしてくれることを疑わなかった。

沈思黙考の時間が必要だったけれど、学期が始まりつつあったのでそんな時間は持てない。最初のころの面談で、わたしは現実感覚を失ってしまった気分を彼に打ちあけ、何年間も隔絶した辺境の地で暮らしたあと、とつぜん騒音だらけの町にやってきてアメリカ式の博士課程を開始することがどんなに難しいかを説明した。

彼は笑みを浮かべてこういった。「君はイェシヴァにいた。でもこれからはわたしと学習をつづける。いいことじゃないですか。君が思うほど違いはありません」。そしてこう付けくわえた。「若いとき、わたしは残りの人生をずっとイェシヴァという世界で過ごそうかと思った。しかし、イェシヴァを大学に持ってくることはできるんですよ。同じテクストを、それもはるかに多様な視点から学ぶことができます。君がイェシヴァで抱いていたのと同じ疑問について、同じように熟考するための場所と時間を確保することは可能だ。神は大学であなたに話しかけることができない、だなんて誰がいいましたか？」

そのときわたしは、大きな解放感に圧倒されて声を失った。感きわまったわたしはそれを隠すための言葉を探し、彼の教育助手として大教室で話すのは不安だと告げた。

彼はうなずいた。「今日にいたるまで、講義となるといつも、演壇に向かって歩きながら、どうしてこんなことをするのかな、と自問するんです。そのあと演壇からおりてゆくとき、どうしてあんなことをしたのかな、と考えるんですよ」

わたしたちは大いに笑い、瞬時にしてわたしの気持ちが軽くなり、いつでも始められると感じた。心のなかでわたしはつぶやいた。ここにも黄金の光はある。笑いのなかでわたしたちは神聖なのだ。

第5章

積極的行動主義

あらゆる賞、あらゆる名誉を一つの命に捧げよう、
たとえ一つの命でも救われることになるなら。
エリ・ヴィーゼル

「憎悪はある種の狂気である」

原子爆弾の父、J・ロバート・オッペンハイマーは、米国連邦議会の委員会で、原子力とその危険性について証言した。彼の証言を聞いたあと、ある下院議員がどうしたら合衆国は核戦争を回避することができるだろうと尋ねた。するとオッペンハイマーはこともなげにこういった。「和解することです」

ヴィーゼル教授の教育助手としての最初の学期も半分を過ぎ、信仰と力をテーマにした講読と議論はその後、暴力の歴史についての講義へとつながっていった。ヴィーゼル教授はその学期を、講読対象本——アリエル・ドーフマンの『死と乙女』、トニ・モリスンの『スーラ』、イスマイル・カダレの『Elegy for Kosovo（コソボの悲歌）』、ワシーリー・グロスマンの『人生と運命』——を読み進めることで始めたが、彼は今、広角レンズを取りだして戦争の根本原因を幅広く検討し、これまでクラスで読んできた本に突き合わせてみる。

講義、議論の時間、オフィスアワー、自分自身の学習課題との取り組みというパターンに、わたしは慣れ始めていた。思えばほんの数か月前までわたしはイスラエルのイェシヴァにいて、紛争だらけの環境で暮らしていた。今でも、爆破や発砲や投石のニュースがラジオから流れてくるのではないかと身構えている。ここボストンではいたるところに落ちつきがあり、陽光が差し、皆くつろいでいた。だがおそらくはこの講義のテーマのせいで、到着以来初めて身体がこわばるのを感じた。

ヴィーゼル教授は話をつづける。「たったそれだけ。至極簡単に聞こえます。が、簡単ではありません――なぜでしょう？　疑問だらけなのです。人間がほかの人間を殺すのはなぜか？　自分の人間性を確保するために非人間的な行為に走るのはなぜか？　憎悪はある種の狂気です。何の解決にもつながらず、何を作りだすでもなく、ただ破壊するのみです。憎悪を生みだす根本原因は何なのでしょう？　人間心理のどういう部分が人を暴力に駆りたてるのでしょう？　そしてなぜ、本当にまじめな話、なぜ、人は人を殺すことができるのでしょう？」

ヴィーゼル教授が抱く憎悪の問題にかんする懸念は、彼自身が体験した苦悩と自己放棄が繰りかえされるようなことは絶対にあってはならぬという激しい決意のせいで、喫緊の課題になっていた。その緊急性は紛争地域へのたびかさなる旅という形で表された。一九五〇年代にジャーナリストとして旅を始め、のちには作家として証人として、彼は世界中の紛争地帯を飛びまわった――ニカラグア、カンボジア、南アフリカ、ボスニアなどの国々へ。

一九九二年にボスニアを訪れたあと、防弾チョッキとやや大きすぎるヘルメットに身を固めた彼の姿が複数の新聞に掲載されたのを、わたしは何度か目にした。やわらかな語り口の教授が迷彩柄の軍服に身を包んだ姿は、議論だけでは足りず、思想が本物かどうかは、その感動的なよそおいではなく、どこまで他者のために立ちあがるという実際の行動に人を駆りたてる力があるかどうかで試される、という彼の信念の誠実さをまざまざと見せつけるものだった。憎悪に終止符を打つプロジェクト――それは何世代も要する仕事ではあるが――が継続されることをめざし、彼はその信念を学生に伝えるために根をつめて働いた。彼はクラスでこう語ったことがある。「わたしにとって教育とは、わたしの信念を分かちあうこと、わたしの信念があなた方の信念になるようにすることなのです。わたしがいなくなったあとも、あなたたちが善いことをつづけられるように」。彼のクラスで学んだ学生の多くがその後活動家になっていったが、その過程はさまざまでときには驚くような経路をたどった者もいる。

さて教室に戻ろう。ジャーナリズム専攻の大学院生ヴァレリーが挙手し、ヴィーゼル教授が彼女に発言をうながす。「先生がこれまでになさったすべてのお仕事と、憎悪をめぐる先生のすべての考えを踏まえて……わたしたちが本当に憎悪を変えたいと思った場合、どこから始めればいいのでしょう?」

彼は嘆願する人のように両手を開き、そして答えた。「それがわかっていたなら……何年間もわたしは同じ問いを繰りかえしてきました。憎悪とは癌のようなもので、あらゆる境界線を越えてゆきます――宗教的境界、民族的境界、国と国との境界。それはまた伝染性があって人から人へ、コミュニティからコミュニティへと蔓延し、より激しい憎悪と破壊を生みだすのです。人間性をおびやかすいろいろな問題を探究するために思想家と活動家に声をかけたとき、その会議に『憎悪の解剖』という名前をつけました。というのは、わたしたちは人間の憎悪の源泉は何か、憎悪に対していかに反応すべきかを理解しようとしていたからです。一つ大事なことを学びました。悪に相対したら蔓延《はびこ》るにまかせるな、すぐ叩きのめせ。ヒトラーを即座につぶしていたらホロコーストはなかったでしょう。ゆめゆめ警戒を怠るなということです。

人間であるということは共通起源を持っているということです。そして起源が共通ならば、わたしたちの運命は結びついています。わたしに起きたことはやがてあなたにも起きるのです。わたしの民族に起きたことは、世界をおびやかすであろうことの前兆です。アウシュヴィッツはヒロシマをみちびきましたが、ほかに何がみちびきだされるかわかりません。したがって、最も重要な聖書の戒律は、『Lo taamod al dam réakha すなわち『仲間の人間が血を流しているときにぼんやり立っていてはいけない』なのです。『仲間の人間・隣人』という意味の réakha という単語は万人を意味します。苦しんでいるどの人間についても、脅かされているどの人間についても、あなたには責任があります。この感覚を自分のものとし、ほんの少しであれ人間愛と思いやりをもって行動するならば、結果としてそこが始点になるのです。そこは終点ではありません——どうすれば憎悪に終止符を打てるのかわかりません、知り得たならどんなに良いか——しかしながら、我々は共通の人間性を持っているのだという認識だけでもすばらしいスタートです」

授業のあと、ヴィーゼル教授の部屋のドアをノックした。彼はわたしを迎えいれ、サインを終えた手紙をきちんと書類の山に載せた。わたしは机の上に積みかさねられた本に目をとめた。授業で指定した講読書だ——バガヴァッドギーター、エウリピデスの作品、ブレヒト、カフカ。彼は張り出し窓近くの椅子の方へ歩いてゆき、わたしの博士論文について話しあうために、こちらへと手招きした。

最近フロリダの祖父母を訪れたとき、真夜中に論文のアイデアがひらめいて目を覚ましたことを彼に話した。ハシディズムの文献に現れる非暴力主義を、一八三〇年代のウクライナで起きたハシディズム二派の宗派間抗争にかんするケーススタディを通して調べてみるというのはどうだろう。わたしは祖父母の家の客室ベッドから飛びおき、部屋のテーブルでアイデアや疑問点などを書きとめてからベッドに戻った。だがもう眠れない。頭のなかをいろいろな考えが駆けめぐり、この研究課題に使えそうな文章が次々にわいてくる。わたしはもう一度起きあがってテーブルに向かい、検討すべき原典リストを書きあげ、またベッドへ戻った。が、またしても眠れない。頭のなかで疑問点が荒れ狂い、想像上の神秘主義者と公民権活動家のあいだのやりとりが一向にやまない。結局その夜はほとんど眠れずに、次のような疑問をころがしつづけていた。強い方のハシディズム一派に虐げられていた弱い方のハシディズムメンバーに対し、マーティン・ルーサー・キング・ジュニアなら何と話しかけていただろう？　弱い方の一派のリーダーは、若いメンバーに対しどのような言い方で、相手に対する攻撃的言動を戒めたのだろう？　ユダヤ教の教義のなかで、宗教上のしきたりと和平の達成とはどのような関係にあるのだろう？

ヴィーゼル教授はこう答えた。「アリエル、それはいい試みだよ。宗教的教義、それもあまり知られていない教義とその実践の関係を明らかにしてみるというのは重要だ。君が一番興味を覚える特定の時代に限定した方がいいと思う。平和と和解にかんするユダヤ教の教義の全貌を俯瞰しようなどとは思わずに――それだと間口を広げすぎることになる。しかし、そういう実例に則すならば、対立の力学とか、対立を前にして宗教が示した反応などが浮かびあがるでしょう」

そういったあと、彼から個人的なことを尋ねられた。「知りたいことが一つある。そのテーマのなかで、君にとって大切なのは何なのかな？」

しばらく考えてからわたしはいった。和解ということにずっと興味があったのだと。自分が育った二つの家〔母方と父方の〕が仲直りをしたとき、中東紛争で傷つけあう異宗教間の対話に参加したとき、あるいは拮抗する価値観をめぐっての自問自答のなかで、常に意識のど真ん中にあったのは、「和解はいかにしてなされるのか？」という問いだった。

「でも、それは容易な問いではありませんでした」と、わたしはヴィーゼル教授にいった。

「どういうことかな?」

「イスラエルにいたとき、二種類の根本的に異なる和解活動を目撃しました。一つはとても近代的なアプローチで、西欧人グループが地元のコミュニティに対し、近代的な理屈をとくとくと説くやり方です。歩み寄り、普遍的権利、中道主義こそが誰にとっても経済的・政治的観点からすれば得策なのだとイスラエルのユダヤ人とパレスチナのアラブ人の双方に説くのです。これがオスロ合意やその他の和平協定で使われた形で、政治家の手法といえます。

二つ目のアプローチはもっと内在的機能を重視したやり方で、礼拝の文句や神聖な物語と同じ言葉を使って変化をうながしながら、地元コミュニティにおける意義の源泉ならびに経典にうったえかける方法でした。こちらの方がより効果と安定性があったと思います。というのは、人々の世界観、信仰の実感、何が重要なのかという感覚にじかに働きかけるからです。こうしたさまざまな和解活動との出会いが、わたしがこの研究課題を思いつくきっかけの一つだったわけですが、一つ目のトップダウンの方法には危なっかしさを感じます。このアプローチは紛争転換《コンフリクト・トランスフォーメーション》〔妥協を軸とした紛争解決ではなく発想の転換で超越的解決を探るというコンセプト〕を説く多くの文献にその特性を見ることができます。そうした文献のいくつかは大変に独善的で、相手の話に耳をかさぬ態度の典型例ともいえ、和平の道をめざすために現地で鍵となる宗教人のやる気をそぐことになります。こうしたことがあったから、紛争転換実現のために宗教的源泉を掘りさげてみようと思ったのです」

ヴィーゼル教授はこう答えた。「まあ確かにね、平和をもたらそうとする真摯な試みというのはどんなことであれ良いことだし、支援しなければいけないとは思う。けれども、これは間違いのないこととしていっておきたいが、和平活動に身を置くとき、いや、そればかりでなく何であれ活動と名のつくものにかかわるときには、自分を問いただすこと、自分の推定が正しいかどうか問いなおすこと、言葉の用法に厳密であり、とりわけ相手の言い分を傾聴することがとても重要になってくる。わたしは国連で長い時間を過ごしてきたけれど、その人権理事会では人権抑圧をした当の極悪人たちが席を占めていた〔中国やパキスタンなどを指す〕。道徳的観点からはごっちゃにしてはいけない状況を混同してしまったり、表面的な比較に満足したりしているケースを見てきた。民衆の苦しみを話題にする有名人《セレブリティ》をよく見かけるけれど、彼らは自分のイメージ向上のために口にしているだけという印象を受けないだろうか？　このような歪曲を打ちくだくことは可能だし、ぜひとも必要なことなんだ。しかしまず君は勉強しなければ。紛争の解決はもちろんだけれど、人権について、その歴史について、人権が行使された具体例についても研究しなければならないよ。そうすることで、人権が武器としてどのように活用されたか、そして実際の問題解決に人権がどのように役立ったかを知ることになる」

「いかに良心に恥じないように生きるか？」

翌週の講義で、ヴィーゼル教授は学生に向けて、ここまでの授業で読んできた本についての疑問、あるいはクラスで取りあげた問題についての疑問があれば話しあってみようと提案した。最初に挙手したのはデイブ、のっぽの学部生で分厚いめがねに金髪のドレッドヘアを長くたらした青年だ。「先生が人権運動にかかわるようになった最初のきっかけは？」

「わたしがフランスと合衆国で長いあいだジャーナリストをやっていたことはご存知ですね。まずはイディッシュ語の新聞で働き、そのあとイスラエルの新聞で働いて記事一本につき数ペニーを稼いでいました。めぐまれていたのは、自分からは行きそうにないいろいろな場所へ、記者として送りだされたことでした。たくさんの場所で人々が苦しむようすを目の当たりにしました。紛争、迫害行為、残虐行為がどういうものか、世界中で学ぶことができました。インドの貧民、ベトナムのボートピープル、カンボジアではクメール・ルージュ〔共産主義勢力ポル・ポト派〕の犠牲者、中米〔ニカラグア〕のミスキト・インディアンといった人々のことを。そうした経験のあと、自分が知ったことの意味を充分承知し、目撃したものを脳裏からぬぐい去ることができず、彼らを救うために手をこまねいているわけにはいかない、何かできることがあるはずだ、とわたしは考えました。だけど、何ができるだろう？　わたしは貧しいジャーナリストで、物書きでした。ならば苦しみについて書こう。記事を書き、インタビューをし、その後エッセイ集を出すことになります。それからしばらくして、意見表明が必要なときにはニューヨークタイムズ紙やほかの新聞にオプエド〔新聞社社説の反対ページに載る署名記事〕を書くこともありました。さらに、救いの手を差しのべたがっているほかの書き手、ノーベル賞受賞者や作家という影響力のある人々に声をかけ始めました。現状を変えて新しい現実を作る試みのために、わたしは言葉を使ったのです」

「でも、言葉が本当に助けになりますか？」と、デイブが尋ねる。

「ときにはわたしたちに残されたものは言葉だけ、ということがあります。しかしそれが証人の言葉なら、抽象的な言葉でないなら、単なる思いつきであっても確かな力を持つのです。こうした認識があったから、ジャーナリストの仕事をやめたあとも、そのような地域で起きていることをわたし自身が見るために現場へ出かけなければいけない、という気持ちを抑えられなかったのです。わたし自身の目で目撃したことを証言すれば、信憑性の高い、したがって威力ある伝達の機会を得ることになるのです」

ジャーナリズムを専攻する学生、ヴァレリーが手をあげて質問した。「他者がこうむった苦しみを書くのと、先生自身が受けた苦しみを書くのと、その二つは類似の体験でしょうか？」

「似ています。しかし違いがあります。カンボジアやボスニアにいったとき、わたしなりの経験があったからこそ、大きな同情をもって彼らの苦しみを見ることができたし、たぶん、より深く理解することもできました。わたし自身が一度破滅的体験を掻いくぐってきたからこそ、他者の体験をずっと痛切に証言できるのだろうと思います。一つの体験が別の行動の呼び水となりました——ものごとを変えてやろう、無関心をとっちめてやろうというわたしの挑戦は、わたし自身の体験から直接頭をもたげてきたのです」

「活動家であること、それは先生にとってたやすいことですか？」とコリーンというフランス人交換留学生が質問する。

「いやいやそんなことはありませんよ。わたしはとても恥ずかしがり屋ですからね、実のところ。遠慮なく話したり、撮影されたりするのは苦手なんです。しかし口を閉ざしているわけにはいきません。良心が許さないでしょう？」

ヴァレリーが尋ねる。「誰にでもできることでしょうか？　誰でも活動家になる権限はあるのでしょうか？」

ヴィーゼル教授はこう答えた。「道徳的権威は自然に身につくというものではありません。獲得するものです。アーサー・ケストラーの本『真昼の暗黒』をみんなで読みましたが、そのなかで彼はこう問いかけていました。『良心の行使を代理人にやってもらうことは可能か？』答はノーです。そんなことは不可能です。あなた自身がみずから行動しなければなりません。それがいかに小さな、地味な行為であったとしても。それを誰かにやらせてはなりません。自分の行動によって権威を築くのであって、誰かからお墨つきをもらうのではありません」

ヴィーゼル教授の権威は、このパターンを踏んで積みあがってきた。ホロコーストの生き残りとして、『夜』の著者として、彼にはジャーナリストとしてのキャリアの最初から、苦悩を体験した者の権威、生き残った者としての権威がそなわっていた。だが、それが権威に終わらず実際に影響力を持つようになったのは、彼が抑圧された人々と連帯して立ちあがり、みずから紛争地帯を訪問し始めてからだ。それは表向きの憐憫や机上の空論ではなく、人々の苦しみの証言者を買って出る行為であり、「権力者を相手に真実を語る」彼の言葉に道徳的重みを与えている。彼は現場に足をはこんだ。何度も何度も。彼の唯一の道具である目と心と言葉をたずさえて。一九八六年にノーベル賞を受賞するまで、彼はいかなる組織、機関、支援団体とも無関係な、一匹狼の学者兼著述家兼活動家だった。ノーベル賞受賞後、エリ・ヴィーゼル・ヒューマニティ財団を創設してから、彼はより大きな活動舞台を得て、主要新聞紙上の意見広告欄を買ったり、ノーベル賞受賞者たちを会合に招くことができるようになった。だが彼は、誰からの拘束も受けず独立独歩の活動をつづけることに心をそそいだ。彼はこの点をよく口にし、ホワイトハウスや国連でスピーチをするときも、自分は小さな町から出てきたイェシヴァのbachur（学生）のような気分でいて、何かの団体とか委員会に属すわけでもなく、ひたすら言葉を武器に話すのだ、といった。

二〇〇六年一〇月、授業のあと、ヴィーゼル教授は離れたところへわたしを連れてゆき、イスラエル大統領の職を提供されたけれど断ったと告げた。同国の大統領職は、一九五二年にアインシュタインにも声のかかったもっぱら象徴的名誉職で、外交的役割を期待されるポジションである。大統領は議会に出席する必要もなければ、議会の連立政治にかかわる往々にして不快な仕事に手を染める必要もない。

「断ったんですか？　でも、なぜ？」とわたしは尋ねた。

「わたしは自分の思うところを語るだけで、他人の代弁をしたことは一切ないんだよ。自分の発言が政治的駆け引きに使われるのがいやなんだ。たとえそれが、わたしの愛するユダヤ人国家のためであってもね」

「しかし、それだけの役職を得れば、いくらでも良いことができるでしょうに！」

「わたしは教師であり物書きなんだよ。政治家じゃないんだ」

サラエヴォからサラエヴォへ

翌週のクラスでヴィーゼル教授は、前回の授業でディブが投じた質問をふたたび取りあげた。「言葉だけで充分か、というのがあなたの質問でした。ときには不充分なことがあります。ボスニアの問題が起きたとき〔一九九五年のNATOによるボスニア・ヘルツェゴヴィナ空爆〕、集団強姦、集団殺戮、強制移送を終わらせるために、わたしは鉛を飲みこんだような気分で米国とNATOの参戦を支持しました。そこで手をこまねいていたら、わたしが収容所にいたときの世界の沈黙に対して不平をいう資格などありません。わたしたちの世代が、後世の人々から『なぜあなたたちは口をつぐんでいたんだ？』といわれたくありません。殺人犯が処罰されずにいるような状態を許すわけにはいきません。どこで起きようと、がまんならぬことです。わたしたちは声をあげペンをふるいますが、無辜の人々が死につつあるときには行動が要求されるのです。

わたしは一九九〇年代の初頭にサラエヴォにいましたが、そのときのことを忘れることはできません。現状視察の任務で四日間過ごしましたが、立ち去るときには到着したとき以上の疑問を抱えていました。わたしは廃墟と化した町、寒さとひもじさにふるえ、家を失った人々を見ました……ひどい寒さで気温は零下五度近くまで下がり、人々は雪の下から木材や新聞紙など、燃えるものなら何でも掘りだしていました。ときおり静けさをやぶる銃声が響き、町のどこにいようと流れ弾の危険がつきまといます。それに先立つ数か月前に国立図書館が焼かれ、無数の本が灰と化しているのを見ました。各陣営のリーダーたちにも会いました。ボスニア・ヘルツェゴヴィナの初代大統領でムスリムのリーダーでもあったイゼトベゴヴィッチ、そして当時のボスニアのほぼ全域を占領していたカラジッチ。わたしは二人に対し、同じ席について話しあってほしいと懇願したのです。もうこれ以上子どもたちが殺されないように。でも、両者が膝をまじえることはなかった。ムスリムにとって、大量殺戮をおこなったセルビアの犯罪者と言葉を交わすなどもってのほかでした。セルビア人は、犠牲者たちは嘘をつき犠牲者の数を誇大に吹聴していると非難します。限りなく意気阻喪させられました」

「恐怖は感じましたか?」とヴァレリーが尋ねる。

「危険な場所ではありました。あるとき、わたしのグループの一人が怖くてたまらないといいました。『スナイパー小路』と呼ばれる地域にさしかかっていたのです。わたしたちはすぐに遠ざかりました。ですが、総じて怖いと思ったことはありません。わたしが感じたのはフラストレーションでした。すべての流血事件がまったくもって馬鹿げた話だったから!」彼はこういいながら手を振りおろした。「そして、このばかばかしさと大人のいがみあいのせいで子どもたちが死んでいったのです。リーダーたちが、幾度となくわたしを操ろうとしたのもフラストレーションの一つでした。現地入りする前に、わたしは政府主催のディナーや、どのような形であれ公式なレセプションはしないと約束してもらっていました。わたしは個人の資格で現地へいくのであって、何かの組織を代表しているわけではないのです。ディナーなどに出席すれば、彼ら政府にわたしがお墨つきを与えたように見えてしまうでしょう。それはまったくもってわたしの意図するところではありません。話の途中で、大統領がわたしの腕を取ってドアの向こう側へ案内してくれようとしました。外へ出ようとしているのだろうと思いましたが、とつぜんわたしは公式晩餐会の真っ只中にいたのです！　役人やジャーナリストがずらりとそろい、まさにわたしが絶対に了承しないといっておいたセッティングです。わたしは静粛を求めてこういいました。『今夜は金曜の晩です。金曜の晩にユダヤ人がおもむくべき場所はシナゴーグです』。そういってわたしはその場を去りました。他者の計略を下支えするつもりは毛頭ありません。とりわけ当時のボスニアでは。そこでは一つひとつの言動が、異なった勢力から詮索され、勝手な解釈を付されるのでした」

「その旅行から何か有益なことが生まれましたか？」と、国際関係論専攻の大学院生トーマスが尋ねる。

「ええ、ボスニア問題について、米国政府のクリントン大統領たちの注意を引くことができました し、米国とNATOの介入決定に何がしかの影響を与えることにもなりました。そして、おそらく新たな残虐行為を許してしまう恥辱を世界が感じたことにより、旧ユーゴスラヴィア国際戦犯法廷が創設されたことでしょう。そこで多くの人々が起訴されました」

クリントン大統領に介入を決断させたのは、サラエヴォを視察したヴィーゼルの証言だった。

「大統領に会うというのはどんな感じでした？」とヴァレリーが尋ねる。

いたずらっ子のような笑みを浮かべて、彼は答えた。「空腹を抱えるはめになるんです。ホワイトハウスを訪問するときは食事ができません。だって、大統領が話しているときに物を食べるわけにいかないでしょう。彼が話し終えて口を閉じれば、わたしが話す番でしょう。だから、ホワイトハウスを出るときはいつも腹ぺこ」とふくみ笑いをしてから、彼はまたまじめな顔つきに戻る。

「軍事介入が始まりはしたけれど、サラエヴォ包囲はほぼ四年間もつづきました。それはレニングラード包囲よりも長く、近代の包囲戦では最長になります。包囲戦というのは市民に対する戦争です。そうした悲劇の歴史で必ず語られるのが、タイミングを失した責任です——世界が腰をあげたとしても、それはいつも遅すぎる。まさにこれが悲劇の定義です。遅すぎた対応。以上いろいろ述べましたが、確かにいくつか前向きな成果はありました。しかしそれが死者を生き返らせたり、傷ついた者を癒やすことはできません。

それ以来、二〇世紀とはサラエヴォに始まりサラエヴォに終わる悲劇の道程だったと要約できるのではないだろうか、としきりに考えるようになりました。サラエヴォにおけるフランツ・フェルディナント皇太子の暗殺によって二〇世紀は幕を開け、それが何百万という死者を出すことになる第一次世界大戦を引きおこし、いくつかの帝国の終焉を招き、新たな国境を引いた。そして二〇世紀はあの同じ町で幕を閉じました。大量虐殺という終幕で」

なぜカインはアベルを殺したのか?

その翌週、ヴィーゼル教授は議論を文学に戻した。「いつものことながら、今日起きていることを理解したいなら過去に目を向けなければいけません。憎悪の根源を理解しようとするなら、知恵の最初の源を見ればいいのです。その源は聖書から、最初の殺人、一人の兄弟がもう一人の兄弟を殺すところから始まります。人類の半分がもう半分の人類を殺しました。人類の半分が殺人者になり残りの半分が犠牲者になりました。

なぜカインはアベルを殺したのでしょう? 当該節では、カインは殺人を犯す直前にアベルに話しかけたことになっています〔ヘブライ語聖書〕。しかし、彼が何をいったのかは書いてありません〔英訳、和訳などでは「野原へ行こう」などと補われている〕。書いてあるのは、逐語的に訳すと、『そしてカインはアベルにいった』——そしてピリオド。話された内容が書いてないのです。どうしてでしょう？」

しばしの沈黙ののち、エミリーという学生が発言する。「たぶん大した話ではなかったから聖書は発言内容を書きとどめていなかったのでは。二人の関係は、もはや言葉で何かが変わるような関係ではなくなっていたから」

「なるほど」とヴィーゼル教授がいう。「つまり、実際にはそこにコミュニケーションがなかった、そして問題はそこだと。言葉が役に立たなくなったとき、コミュニケーションがなくなったとき、結果として生じるのは暴力だと。

しかしカインの暴力について、複数の注解者がたくさんの理由を述べています。カインは弟に嫉妬していた。というのは、自分が捧げた供物を拒否した神が、弟の供物を受けとったから。もう一つは、カインは、自分の双子の姉妹とアベルの双子の姉妹の両者と結婚したかったが〔カインとアベルには、それぞれ双子の姉妹がいたという説〕、それが争いの元になったという解釈。さらには、領地の争いだった、暮らし方の違いをめぐっての争いだった、いや、農耕対狩猟の争いだった、とさまざまな解釈があります。このように多くの解釈多くの仮説がありますが、最終的に生じたのは死のみ。

そして次に何が起きたでしょうか？　神はカインにこういいます。『あなたの弟は土中からわたしに向けて血の叫びをあげている』。『血』という言葉は複数形になっています。この点については、すべての注解者がこう述べています。カインは弟だけを殺したのではなく、弟の子孫になるはずの者すべてを殺したのだ。カインは彼らの存在を抹消した。そしてこれは、失われた生命の一つひとつにあてはまる真実です。六〇〇万人〔ホロコーストで殺されたとされる人数〕の人々が何人の子どもを、何人の孫を、曾孫を残すことができたか、考えてください。カンボジア、ルワンダ、ダルフールの犠牲者を、生まれる機会を奪われた世代を考えてください。そして、あの六〇〇万のなかには、癌や糖尿病やアルツハイマーの治療法を発見することになる人がいたかもしれないということを考えてみてください。偉大な哲学者、偉大な作家や芸術家、偉大な平和活動家が何人失われたでしょうか？　殺戮者が人を殺すとき、彼は彼自身と全人類をも傷つけているのです」

　ヴァレリーが急きこんでいう。「この物語だと、憎悪と殺人はわたしたちに生得的なもののように聞こえます。カインはいかなる文明とも無縁の人間ですよね？　つまり彼は学校にいって悪い連中とつるんだような人間ではない。彼はただ憎しみのかたまりでした」

「その通り」とヴィーゼル教授はいう。「ただ、この物語に先行する出来事を思いださないといけませんね。もう一つの大きな心の傷——エデンの園からの追放、それがアダムとイブにおよぼした影響です。あの二人はどのような両親になったでしょう？　子どもたちを思いやる親だったでしょうか？　えこひいきはあったでしょうか？　実生活と同じように、文学作品のなかでも理解に努めなければなりません、この場合は暴力の根源を突きとめる努力です。というものの、それは謎でありつづけます。殺人者の多くは、九月一一日《セプテンバーイレブンス》のテロリストも含め、めぐまれた家庭の出身で教育もしっかりしています。暴力を正当化する説明などありえませんが、それでもわたしたちは理解をしようと試みるのです。

　自分と他者、友人と他人のあいだに引かれる線に着目する必要があります。それは、一部の心理学者が主張するように生得的な本能の一部なのでしょうか？　それとも習得的行動なのでしょうか？　外部集団に対する内集団という意識、党派意識の台頭から勝利主義への移行などは人類史をつらぬく重要な横糸です。おれが強さと自信を感じるためにおまえを軽んじる——この態度は子どもたちによるいじめのきっかけの一つです。ある集団が自分たちは特別な集団だ、選良だ、天命を帯びていると感じるためには、ほかの集団を軽視しなければならない——この態度は抑圧、宗教戦争、その他の形の紛争を招きます。

わたしの伝統では、勝利主義と神聖性は対極にある規範です。わたしたちは他者の支配者ではなく兄弟であるべきだと考えます。清浄《コーシャー》な食品の適法性にかんする聖書学的議論のなかに、有名な教えが出てきます。多くの鳥はコーシャーではありません――ワシやハゲワシなどの猛禽類を食べることは許されません。しかし、コウノトリは猛禽類に属さずヘブライ語では名前をハシダー、すなわち『やさしい鳥』というのにコーシャーではないのです。注解者たちはなぜか、と尋ねます。回答。この鳥は確かにやさしい鳥として知られている。だがそれは自分たちと同種の鳥に対してであって、種類が違うと残酷になるから。ゆえにコーシャーではない、我々もそうあってはならない、と教わるわけです。やさしさと思いやりは自分たちのコミュニティの内部だけで終わってはいけません」

戦争と平和、人生と運命

「殺人者のことを考えると、絶望で胸がいっぱいになります。犠牲者のことを考えると、身体中に愛が満ちるのを感じます。あの時代に殺されたユダヤの子どもたちに思いをよせています。今からわたしが死ぬまであの子たちの名前を読むことに専念して、次々に名前を読みあげていったら、そのリストの最後にたどりつく前にわたしは死んでしまうでしょう。彼らの名前を思いだしてやることぐらいはしてやらないと。あの子たちの多くは墓標すらないのです」

ヴィーゼル教授はつづける。「ときに歴史はみずからを恥じているのではないかと思うことがあります。戦争は自分だけの論理を持ち、固有の言葉を持ち、独自の法を持ちます。戦時中、特に一般市民が被害にさらされているとき、母親はわが子を学校へ送りだすのを恐れます。わたしたちは友だちがカフェやレストランから帰ってくるだろうかと心配します。平時の気楽な地点から眺めると正気の沙汰ではありません。ギリシア文学のなかにペルスという名の王と顧問キニアスをめぐる有名な物語があります。ペルス王は退屈でうんざりしていた。あまりに退屈なので、顧問のキニアスに、退屈をまぎらわすために戦争をしかけてこようと思うと告げました。賢い男キニアスは、『このまま家にいらしたらどうですか』といいました。戦争などやったところで何の足しになるだろう？　それでたくさんの命が失われ、たくさんの孤児が生まれ、多くの涙が流されることになるのに？

いっしょに検討してきた文学のなかで、このような状況を見ましたね。ワシーリー・グロスマンの『人生と運命』はわたしが特別に好きな小説の一つですが、わたしたちはそのなかで、第二次世界大戦の終わりにスターリングラードで三五万人の死に出会いました。著者はその戦闘の壮大な広がりに、非常にこまかい細部を観察する視点を加えることによって、人間味を与えようとしています。出征する息子を送りだす母親の涙、夫の母親を自分たちの家に迎えいれることを拒否する嫁、その後ナチスによって殺される母親、前線で糧秣《りょうまつ》の割り当てを心配する兵士たち。著者の狙いが成功しているかどうかはあなたたちが決めないといけません。スターリングラードの戦いが人間的な出来事に感じられたかどうか」

デイブがドレッドヘアを顔から払いのけ、手をあげた。「とても長くて分厚い本なので、最初は圧倒されました。でも先生が今話した細部に引きずりこまれ、半分を過ぎたあたりからは止まらなくなりました――とはいえ、登場人物の何人かの足どりを見失わないために、やはり長いロシア語名の索引を見る必要はありましたが。でも、世界が直面している大きな問題、それが戦争であれ飢餓であれ何であれ、おそらくはそういう問題に取り組む方法として、具体的な物語に的をしぼるやり方があるんだと気づきました」。この意見に賛意を示し、うなずいている学生が何人かいるのが見えた。

「その通り」とヴィーゼル教授がいう。「グロスマンが見せてくれた細部は彼の体験に基づくものなんですね。彼は前線で取材する記者として戦争に参加しました。スターリングラード攻防戦は、一九四二年の秋から一九四三年の冬までつづきました。飢餓、人食いが発生し……六〇〇機でおこなった一度の空襲で四万人もの市民が殺されました！　そんな状況ですから、体験をそのまま伝えることは不可能です――とてつもない破壊でしたから。良心の価値判断という観点からも難しい仕事です。共産主義者対ファシストという二つの独裁体制の衝突でしたから。両陣営とも目的のためには手段を選ばずという立場を取りました。違いといえば、ドイツは他者を、征服した国と国民を抑圧し、ロシアは自国民を抑圧した点。ドイツでは国内で抵抗運動が起きたけれども、スターリン政権下ではそれが起きなかった理由です。抑圧によって人はひどい麻痺状態に陥りました――友だち、隣人、家族からさえも密告されるのではないかという恐怖です。グロスマン自身もそうした裏切りの犠牲者でした。彼の編集者から秘密警察に密告されたのです。原稿は押収され――原稿を打ったタイプライターのインクリボンまで！――彼はこの小説が出版されるのを見ることなく死んでしまいました。ソ連の当局は彼の名前すら禁止しました。二〇年間にわたって、彼の名前を活字にして言及することは法律で禁じられました。グロスマンはみずからの直接体験を使い、戦争の抽象的描写になりかねなかったものに人間性を与えたのです。

グロスマンは、共産主義とナチズムは同じコインの両面であると確信し、それをわたしたちに示してくれました。両方とも異を唱える者を抑えこみ、両方とも自由と個性を撲滅し、両方とも人間の喉に入念かつ慎重に軍靴のかかとを乗せました。グロスマンは、ゲシュタポの指揮官であるリスがロシア共産党員の老齢幹部モストフスコイにこう話しかけるシーンを書いています。『わたしたちがお互い顔を見合わせるとき、憎らしい相手の顔を見つめているとは思いません――いや、鏡のなかを凝視しているようだ。これが我々の時代の悲劇なのです』

といいながらもグロスマンは楽天主義者で、戦争を超越する人間性の勝利を鼓吹しました。この小説のなかで最も劇的なシーンの一つが、戦線ではさまれた無人地帯でドイツ兵とロシア兵が出会う場面です。それはすさまじい爆撃の直後、恐ろしい爆発音が響き、塵埃とレンガが、二人が身を隠すタコツボ壕のなかへ降りそそぐなかでの出来事。クリモフというロシア兵が爆撃のあいだじゅう、恐怖に打ち勝つために戦友の手を握りしめていました。ところが埃が晴れてみると、彼が握っていたのは敵の、ドイツ兵の手だったのです。グロスマンはこう書きます。『二人は静寂のなかで見つめあった。戦争を生きる二人だ。両者がそなえていた完璧な自動反射——すなわち殺人本能——は機能しなかった』。ここが、あらゆる文学作品のなかで一番好きなくだりの一つです。二人の兵士はそれぞれの軍隊へ歩み去ります。おそらく別の日の戦いと殺人のために。しかしあの瞬間は人間性がまさっていたのです。

デイブ、あなたがいったように、世界が変わるような出来事の渦中にあって対応が正当かどうかは、往々にしてささやかな局面と出会いによって評価されます。他者に対してより深い思いやりをもって働きかけられるか、勇気をふるえるか、非人間的な行為ではなく人間的行為を選ぶことができるか、どれも歴史の大きな軌道を変えられそうには思えません。しかしわたしは、変えることができると信じています」

一週間後、ギリシアの悲劇作者エウリピデスについて講義をしている最中、ヴィーゼル教授はこういった。「美についてレクチャーしてみようと思います。善いことをしたり和解をしたり、それは単に正しいだけでなく美しい行為でもあることを忘れてはいけません。一九九一年の第一次イラク戦争のとき、わたしは掩蔽壕《バンカー》のなかにいました。サダム・フセインが発射したミサイルが主要都市に落ち、たくさんの家族が防空壕で長い時間を過ごしました。毒ガス攻撃にそなえ、子どもたちですらガスマスクを常備しなければなりませんでした。ある襲撃時、わたしは恐怖に駆られたようすの老婦人のとなりにすわっていました。サイレンが聞こえ、ラジオではミサイルの着弾地点を報じていました。あるタイミングでわたしは彼女の腕に触れ、『なんたる世界でしょう』というと、彼女はこういいました。『ああ本当ね、なんて汚らしい世界なの』。戦争は倫理的問題です。しかしそれは審美にかかわる問題でもあるのです。

エウリピデスは、戦争の醜悪さをえぐりだそうとした大いに政治的な作家でした。大半の作品は戦時中に書かれています。彼の戯曲『王女メディア』に英雄は出てきませんが、その意図は、礼儀が破綻しそれが怒りと復讐欲によって置換されたとき何が起きるかの警告なのです。この芝居は当時の観客にとってはショッキングだったに違いありません。メディアは復讐行為として自分の幼い息子二人を殺しますが、ヘリオスによって天へみちびかれる。戦車を駆る太陽神のヘリオスは通常崇高と清廉を象徴しています。道徳が倒錯したのです。エウリピデスは、戦争が文明にもたらす影響を示しつつ、同時代の戦争を批評しているのです。

エウリピデスの『トロイアの女たち』では、トロイア戦争の余波とその醜悪さが描かれています。そうした観点を彼は、故郷から連れてこられ、夫や息子を殺された犠牲者の女性たちの目を通して見せてくれます。犠牲者たちの痛ましい声がここにあります」といって彼は朗読する。

わたしたちは同じ痛みを分かちあう
わたしたちも奴隷です

わたしたちの子らは泣いている、涙を流しわたしたちを呼ぶ
「お母さん、わたしは独りぼっちです
黒々とした船に乗せられて
あなたの姿は見えません、お母さん」

ヴィーゼル教授はつづける。「その後エウリピデスはアステュアナクスを登場させます。まだ子どもですが勝ち誇るギリシア人たちから死刑宣告を受けます。『見よ、トロイアの不幸な女、このアステュアナクスの死体を！　ギリシア人たちが残酷にも胸壁から放り投げてこの子を殺してしまった』。なぜそんなことになったのでしょう？　彼がヘクトルの息子だったから、そして、ギリシア人たちは彼が大きくなって父親の仇を討とうとするのではないかと懸念したからです。またしても戦争が新たな死を増殖させる例を見ましたね。でも、彼はまだ子どもです、将来犯すかもしれない罪というだけで有罪にされたのです。それに彼の母親はその一部始終を見せられた……醜悪です、戦争が醜悪であるように。しかし戦争の醜悪さを語る芸術作品は、戦争を美化したものよりはるかに美しい、なぜならそれは真実だから。

このような点で、エウリピデスと聖書にはどこか共通したところがあります。ギリシア語文学の伝統とヘブライ語文学の伝統には、どちらも暴力に満ち、どちらも反戦メッセージを含むという共通点があります。たとえば、イスラエルの子どもたちが、紅海に呑みこまれたエジプト軍から逃れたとき、神は天使たちに凱歌を歌わぬように命じたという言い伝えがあります。『わたしの創造物が溺れているというのに歌うのか？』　犠牲者〔ユダヤ人〕は自分たちが救われたことを祝って歌うことができるけれど、単なる傍観者だった天使たちに歌う資格はないということです。思いだしてください、戦争

の書であるヨシュア記には歌が出てきません。戦争のあるところに詩歌は生まれないのです。聖書のなかで戦争が語られるとき、こまやかな心がのぞく瞬間があります。申命記のなかに、集結した軍隊を前に指揮官がこう話すシーンがあります。『家を建てたばかりの者、ブドウ畑の苗を植えたばかりの者、婚約したばかりの者、あるいは戦争を恐れる者は……家に帰ってよろしい』。こうあっさりというのでした。注解者の解説はこうです。『臆病な者をみじめな気持ちにさせないよう、法がいかに気を配っているかに注目せよ。おおやけの場で彼に恥をかかせぬため、戦場から去るべきほかの事情を抱えた者たちとひと括りにし、婚約を理由に立ち去るのが誰で、臆病だから立ち去るのが誰なのかわからぬようにした』。そしてもちろんのこと、使い勝手のいい方便として、良心的兵役拒否もしやすくしたわけです。

ダビデは、理想都市エルサレムのビジョンを追求する人生を送ったわけですが、神から神殿の建設を許されませんでした。神殿建立の希求にもかかわらず——詩篇はその思いを歌っています——なぜ、彼は切なる願いをかなえられなかったのでしょう？　それは、彼の手が血で汚れていたからです。彼が参加した戦争の数ははかりしれません。ダビデは神の命令にしたがったのですが、血を流したからには神の神殿を建てることはできません。のちにダビデの息子ソロモンが神殿建立をしたときも、鉄製の道具を使うことは許されなかった。鉄が戦争を連想させるからでした。

この件については伝説があります——なすすべのないソロモンが、どうやって鉄の道具を使わずに神殿建立用の石を切るのか？　ついに彼はシャミールという、石を喰い割る虫のような不思議な生き物のうわさを聞きつけたのです。その伝説は、ソロモンによる虫の探索に始まり、悪魔の王をだましてこの虫を見つける助けを得、いかに虫を利用してエルサレムの神殿を建てるにいたったかまでを語ります。それはさておき、基本的なメッセージはこういうことです。神と人間の出会いの場所に暴力の痕跡など一切あってはならぬ。暴力とあらゆる善——精神性、崇高、美——は共存しえない。
奇妙なことに、この点を一番よく知っているのは兵士たちです。自分たちみずからが暴力を目撃したとき、これを美化することは難しい。しばしば兵士が調停者になることがあります。戦争を一番忌み嫌うのは彼らなのです。イツハク・ラビン〔イスラエル第一一代首相〕は、一九六七年、圧倒的に優勢な軍事力を持つ相手に驚くべき勝利をおさめた司令官でしたが、彼に一度こう尋ねたことがあります。『あの戦争のあと、なぜ戦勝パレードをやらなかったのですか?』ラビンはこう答えました。『兵士たちが悲しんでいたからですよ。仲間の死を悲しんでいたのはもちろんですが、敵の死をも悲しんでいたのです』。彼らは戦争を美化も祝福もしなかった。防衛戦であってもこのように大変人間的な態度を見せたわけです。

流血の惨事から始まる物語もあります。そのほか、数週間前にみんなで検討した『ロミオとジュリエット』のように、愛で始まり流血で終わるものもあります。『ロミオとジュリエット』は恋愛物語ではありません。二人は愛しあっていたから死んだのではないのです。二人のそれぞれの両親が憎みあっていたからです。なぜでしょう? 宿恨《しゅっこん》のせい、何世代も前につけられた傷が尾を引いていたのです。同じような状況をボスニアで見ました。そこでは血なまぐさい宿恨のせいで人々が殺しあっていたのが、結局は大量虐殺を生むことになってしまいました。なぜでしょう? 何十年も前に誰かの曾祖父が別の誰かの曾祖父に何かをしたせい。ときにはその何かが何だったのか誰も覚えていなかったりする! 彼らに心当たりがあるのは、お互い憎みあっていることだけ……シェイクスピアがモンタギュー家とキャピュレット家のあいだの宿恨の原因を教えてくれない理由はここにあります——彼ら自身が忘れてしまっていたのですから。彼がわたしたちに見せてくれるのはその結果だけです。愛しあっていた若い二人の死、そして二人がもうけたであろう将来の子どもたちの抹殺」

「とすると、この悲劇は彼らの親たちのせいでしょうか？　憎悪は両親から習得するものでしょうか？」と、心理学博士課程を終えたジュリーが尋ねる。

「憎悪が親から伝染することはありえます。その犠牲になった子どもたちを見てきましたが、そこから殺人者になった子どもたちも知っています。高校銃乱射事件がありましたね、コロンバインやそのほかで……コロンバイン高校銃撃犯の生徒たちはヒトラーに心酔していました。ヒトラーは死にました、しかしある意味で彼はいまだに人殺しをしています。彼らは大人から憎悪を習うのでしょうか？　すでに存在していた憎悪を解き放つ許可証を、彼らは手に入れるのでしょうか？

初めてカンボジアへいったとき、アランヤプラテート近くの難民キャンプを訪れました。ガイドの一人が不意にわたしを招きよせ、ある方角を指さして『あのバラックが見えますか？』と訊きました。そのなかで、一二歳から一四歳までの子どもが八〇〇人ほど暮らしていました。彼らは常に別々に隔離され、食事も別々にとり、外に出られるのはほかの収監者が庭にいないときだけです。その子たちはクメール・ルージュの兵士だったのです。カンボジアで起きたジェノサイドに加担した人殺しのなかにはその子たちもいました。クメール・ルージュは人間の歴史をすべて抹消し、歴史をゼロ地点に戻しそこから再出発することができると信じており、その作戦に子どもを道具として利用したのです。何が起きていたのでしょう？　社会はどんなふうにして、子どもたちを彼ら自身の両親や友だちを殺すように仕向けたのでしょうか。ともかく憎悪には伝染性があり、恐ろしい教育を通してどんどん伝播し、そうなった憎悪は人間性についての基本的感覚を押しつぶしてしまうほどに強烈だったのです。

しかし正反対のレッスンもありえます。古老の存在によって違いが生まれます。わたしが育った小さな町や、戦争前のあらゆるコミュニティでは、年寄りを厄介払いしませんでした。祖父母といっしょに住み、複数世代が同じ屋根の下にいたのです。今では年寄りをフロリダの隠居村へ追いだして、もう会わなくてすむというわけですが。この結果、記憶は伝達されなくなりました。戦争とその犠牲を知り、数々の物語を抱えた年寄りこそが、子どもたちを責任感のある大人、コミュニティのメンバーに育てるのです。そういう存在を欠く場所では、憎悪はいともたやすく育つでしょう」

実況——ダルフール

西スーダン、ダルフールのジェノサイドは、二〇〇三年に始まった。ジャンジャウィード（アラビア語で「騎馬殺人者」）が無辜の非アラブ人、男も女も子どもも襲撃しているというニュースが飛びこんできた。集団強姦、集団埋葬がおこなわれていると。ジェノサイドの再来だった。すでに一九九〇年代初期に非アラブ人が攻撃されていたのだ。そのときの南スーダンでの殺戮をヴィーゼルは「スローモーションのジェノサイド」と評していたが、その言葉が引用された。彼の公式声明は、授業で話してきた内容と響きを同じくする。彼は事件の背後で、介入を求めて政府筋の説得工作にあたっていたとわたしたちに打ちあけた。彼はニューヨークタイムズ紙のオプエドを執筆し、その一部にはノーベル賞受賞者たちの同意署名が多数よせられた。

授業では、学生たちが同報道にかんする、より詳細な情報を彼に求めた。オマル・ハサン・アフマド・アル＝バシールの政府が、これは内戦であってジェノサイドではないと力説していたから、学生のなかには当惑した者もいた。どちらが本当か、と彼らは尋ねた。ジェノサイドをその他のカテゴリーの残虐行為から区別するものは何ですかと。

「まず第一に」とヴィーゼル教授が口を開いた。「暴力行為についてこれほど多くのカテゴリー、これほど多くの名称が存在するという事実はとても悲しいことです。あなたたちもその気持ちを感じてほしい。たくさんの善いこと、いろいろな子どもの笑顔、友情のさまざまなあり方などを描写する言葉だけを使えたらどんなにいいか。さて、あなた方の質問に答えますと、ダルフールで起きていることはジェノサイドです。民族集団を意図的に抹殺しようとするくわだてのことで、それによってすでに多くの死者と住処を失った人々が発生し、飢餓が生じています。今現在、わたしはこれをジェノサイドであると宣言するよう合衆国国務省を説得しているところです」

デイブが質問した。「どういう呼び方をするか、なぜそれが重要なのでしょう？　呼び方によって実際に大きな違いが出てくるのですか？」

「言葉はとても大事です。言葉には集団を興奮させ暴力に走らせる力があるのと同じく、それは国際社会の反応を呼びおこすことができます。わたしたちがこれをジェノサイドと呼べば、国際社会にとって無為を決めこむことは難しくなります。しかし注意すべき点もある――どれもこれもがジェノサイドというわけではありません。国連のジェノサイド条約はジェノサイドを『国民的、人種的、民族的又は宗教的集団を全部又は一部破壊する意図』と定義しています。ですが、こうした意図があったかどうかの証明は往々にして難しい。大量殺戮という状況があれば、それだけで充分です――行動を起こすためにジェノサイドという言葉を使う必要はありません。しかしそれがジェノサイドだとしたら、そしてダルフールで起きていることはジェノサイドなのですが、名指ししなければいけません。わたしは今その働きかけをしているところなのです」

翌年の二〇〇四年九月、国連安全保障理事会は決議１５６４号の草案を作り、そこでダルフールでの残虐行為をジェノサイドと呼び、国連とその加盟国、特にアフリカとアラブの国々に対しそのような行為をやめさせるべく行動を起こすよう呼びかけ、合衆国政府にはジェノサイドという呼称を使用するように求めた。その二日後、合衆国国務長官コリン・パウエルは公式にそれにしたがい、上院の委員会でスーダン人による非アラブ人に対する軍事行動はジェノサイドであると証言した。これは、合衆国政府の行政機関が続行中の紛争を評するのにジェノサイドという言葉を使った初めての例だった。しかしこのレッテルはほかの国々による共同介入にはつながらなかった。ただし、ジェノサイドという呼称によって勢いづき、ワシントンのアメリカ合衆国ホロコースト記念博物館とアメリカユダヤ人世界サービスが当初から陣頭指揮を執っていた「ダルフールを救え」キャンペーンにつながることになる。その直後から、ほかの多くの組織も参加し、居住地を失った犠牲者への関心の高揚と、人道的救援活動の活発化が実り始めた。

二〇〇四年一〇月のある日、ヴィーゼル教授は、その数日前におこなわれた国連事務総長コフィ・アナンとのミーティングのようすを教えてくれた。「ダルフールで断固としたアクションを取ってくれと要請するためにコフィ・アナンに会ったのです。ダルフールでの死亡者数を毎日発表してほしいと頼みました。その数字が世界の共有情報になるように。そうなれば、見ないですますわけにはいかなくなります」。だが彼は、そうした意味のある行動が実際に取られるかどうか懐疑的だった。「わたしたちは前にも同じような議論をしたことがあります。政治的な抵抗、やる気のなさ、状況のもつれや拡大に対する恐れなどがありました」。彼は身をのりだして話をつづけた。「しかしダルフールでの流血沙汰を止めずにいるのはスキャンダルです。わたしたちが行動を起こさぬというのは犠牲者に対しての、また我々の過去に対する侮辱です！　どこかで抗議の声があがっていますか？

わたしがどうしても見届けたいのは、大量殺人の責任者たるリーダーが国際刑事裁判所で裁判にかけられる場面です。第一に、ほかの連中を躊躇させることになる、そんなことをすればただでは済まないと知らしめることができます。第二に、そうした効果がなかったとしても、少なくとも世界のほかの国々を覚醒させることになるでしょう」

彼の話しぶりにわたしは緊迫した感じを持った。その後彼は、地上のどこかで人々が苦しんでいることを思うと眠れないとクラスでいったが、あれは文字通りの意味なのだとわたしに告げた。彼は不眠症に陥っていた。

彼がこうした緊迫感について語ったとき、ダナという学生が、ノーベル平和賞の受賞は彼の人生にどういう役割を果たしたか、思っていたよりも大きな影響をおよぼしたか、と彼に尋ねたことがある。ヴィーゼル教授はこう答えた。「あらゆる賞、あらゆる名誉を一つの命に捧げましょう、たとえ一つの命でも救われることになるなら」

二〇〇九年までにダルフールでの死者は三〇万人に達しており、二五〇万以上の人々がもとの住居を失った。特にユダヤ人とアルメニア人のグループは、ボスニアでの事件を描写するのに使われたジェノサイドという言葉に敏感に反応し、両民族とほかのグループの活動は臨界点に達した。同じ年、アル＝バシール大統領〔スーダン〕は、ダルフールにおける残虐行為を指揮したかどで国際刑事裁判所から起訴された。現役の国家元首としてジェノサイドの罪で起訴された最初の人物となった。だが、彼は今にいたるまで逮捕されず、市民に対する化学兵器の使用を含む残虐行為の報告がつづいた。

「わたしの未来が変わってゆくように感じた」

その学期、つまりヴィーゼル教授の教育助手としての最初の学期が終わるころ、再度ディブがわたしに会いにきた。腰をおろし、ドレッドヘアを後頭部にまとめてゆるいポニーテールにし咳払いをする。そしてこういった。「そろそろ結論を出さなければいけない決断について話したくて」

彼は真剣な面持ちで、何かで頭がいっぱいな感じだった。「もうお話ししたかどうかわかりませんが、これまでの何年間か夏ごとに国立公園管理人の仕事をしてきました。収入はよくありませんが、静けさが好きで、自然のなかにいることも……考える時間が持てますし。これをフルタイムの仕事にしてキャリアを積んでいこうと考えていました。たくさん下調べもして実行計画も立てました。しかし今になって、しっくりした感じがしないのです」

「どういう意味？」とわたしは尋ねた。

「つまり、このクラスを受講してヴィーゼル教授が自分の人生や、人々を助けるためにやってきたことを話すのを聞いてから……森のなかで孤独な人生を送るわけにはいかないなと。何か人のためになる仕事につかなければと思うんです。聖職者になることを真剣に考えているんです」

「聖職者？」と、わたしは彼の最後の言葉を繰りかえした。「これまでにも考えてみたことのある職業なのかな？」

「ええ、ある程度は。おじが聖職者なんです。ただ彼はイングランドの教区司祭です。わたしが考えているのは別の形の聖職で、わたしの故郷のシカゴでホームレスの人たちを助ける仕事です」

「驚いたな。しかしそれはとても大事な仕事だね」とわたしはいった。「でも、公園管理人という仕事だって同じように貢献をするんじゃないかな。健康で幸福な暮らしには自然も必要でしょう？」

「それはもちろん必要です。夏は国立公園で管理人として、もしくは仕事としてではなくハイキングをしたりキャンプをしたりして、燃料補給をしようとは考えているんです。しかしホームレスというのは都会の深刻な問題で、わたしにとって天命のような気がします。ヴィーゼル教授が語った大きな違いを生むささやかな局面という話、あれが深々と心に刺さりました。わたしは、学んだことを実地に活かしていないというのは背信行為ではないかと感じている、と以前お話ししましたね。実際の仕事に活かすときがきたのです」

この原稿を書いている今現在、デイブはシカゴのダウンタウンで聖職につき、ホームレスの人たちの世話をしている。ときには週末に森へハイキングに出かけることもあるが、夏になるとそうもいかない。最近会ったときには、どれほど仕事に夢中かを話してくれ、ホームレスの人たちの要求にこたえるには時間がいくらあっても足りないけれど、毎朝、助けてやれることはまだあるぞとやる気に燃えて起床するのだといっていた。「ホームレス問題に夏休みはないから、わたしにもなくてあたりまえ」

デイブは、ヴィーゼル教授のクラスを受講してから人生が変わったという非常に多くの学生の一人だった。トレーシーは金融業界での仕事を捨ててジャーナリズムを学ぶことにした。彼女は取り残されたコミュニティ――大半は移民や避難民だが、危険にさらされた若者もいる――の誰も語らぬ物語に傾注している。新しいキャリアについた彼女は、戦争で身動きのとれなくなった避難民を探しだし、彼らの物語を西欧世界に知らせるべく、レバノンとシリアに出かけた。彼女はわたしにこういった。「今も覚えています。クラスルームにすわって彼の話を聞いているうちに、わたしの未来が変わってゆくように感じたことを」

ミリアムは精神障害のあるホームレスの人たちの世話をしている聖職者で、彼らを力づけるために詩歌や小説を活用している。忍耐力がすりきれたように感じたり、障害者の症状が激しくなったのを目撃して恐怖を感じたりしたとき、彼女は心のなかにヴィーゼル教授の声を聞く。「深呼吸……そして耳を澄ませて」

もう一人の学生モハメドは、人権活動のために故国のパキスタンへ帰った。とりわけ、性的にふしだらと見なされて自分の家族から虐待を受けている女性たちのために。強姦被害者なのに両親から投石の威嚇を受けている一四歳の娘。酸攻撃《アシッドアタック》を受けて失明した女性。名誉の殺人《オナーキリング》で殺されかけたが生き延びた女性。モハメドはこうした女性たちを助けようとしている。過去何年間にもわたり彼はヴィーゼル教授に手紙を書いて疑問をぶつけ、危険に陥った女性を助けようとしてみずからの命を危険にさらすはめになった折には励ましを求めてきた。そんな手紙のなかで彼はこう書いている。「何人かの女性や少女たちを助けることは可能です。しかしここの現実を変えるためには無力です。至難のわざですが、わたしはあきらめまいと努めています。絶望に立ち向かうことについて述べられた先生の言葉が、わたしを支えてくれています」

こうした学生たちに出会い、彼らの物語を——さまざまな形で活動家になろうという霊感を得ていった彼らの道のりを——知ったわたしは頭の下がる思いがした。恥じ入ったといってもよい。このわたしもまた、ヴィーゼル教授のメッセージに直接触れていたのではないか？　彼ら以上に長い時間を長い年月を、彼と過ごしてきたのではなかったか？　それなのになぜ、わたしの仕事は観念の世界にとどまっているのだろうか？　わたしは博士号《ドクター》を取得しようとしていたが、わが子の一人が友だちに説明していたように「ドクターだけど人を救わないドクター」になりつつあったのだ。自分でも重要性を認識している大義なのに、そこへ自分が主体的に関与することを邪魔しているものは何なのか、それを理解するためにわたしは心のなかをのぞき始めた。

ある日、ヴィーゼル教授にこの葛藤を打ちあけるべく、わたしは彼との定例面談中に話題を変えた。「自分がにせもののような気がするんです」とわたしはいった。「ヒューマニティについて学び、教えているこのわたしなのに、人を助けるための実際的行動はというと何もしていません。紛争地帯へいくわけでもありません。新聞のオプエド欄に意見を載せるわけでもない。避難民に自宅を開放することもない。なぜ自分にはできないのか、こんな自分を変えるためには何ができるのか、わからなくて苦しんでいるんです」

彼はわたしに目をすえてこういった。「まず、君は自分に対してきびしすぎる。多くの人にくらべても君はそうした問題に深くかかわっているし、教育というのは積極的行動の一つの形ですよ。それが違いを生まないとでも思っているの？　君がかかわりを持った学生たち皆が君以上に実際的な仕事につくかもしれないけれど、君と出会って刺激を受けたからこその仕事かもしれないじゃないですか。自分の役割を過小評価する必要はありません」

ダルフールの状況について話しあったあと、ヴィーゼル教授は物語を一つ話してくれた。「あるとき一人の学生が名高いコックのレベに質問をしました。『神はなぜ、この世界を創るのに六日もかけたのですか？　見てください——堕落と無慈悲と残酷に満ちたこの程度の世界ですよ！』そこで師はこう答えました。『君ならもっとうまくできるというの？』弟子が答えます。『と思いますが——もちろん！　ええ、できますとも！』師がいいました。『じゃあ、何をぐずぐずしてるんだい？　すぐ始めたまえ！　仕事にかかれ——今すぐに！』

この励ましなのです、わたしが起床時に感じるのは。その昔、わたしの命は救われました。救われたこの命をもってわたしは何かをしなければなりません。そして、しなければならぬことは山ほどあるのです」

ヴィーゼル教授は大学院生のスザンナに発言をうながした。「先生、まさにそこなんです。やるべきことがたくさんあります。ありすぎて圧倒されます。どの問題にかかわるか、誰を助けるか、どのように助けるか、優先順位をつけるにはどうしたらいいんでしょう？　どこから始めたらいいんでしょう？」

「あなたがいる場所から始めなさい」と、両手のひらを上に向けて彼はいう。「何を目にします？　毎日通りで出会う人は誰ですか？　わたしの友人、アブラハム・ヨシュア・ヘッシェルは偉大な神学者で公民権運動家でもあり、一時期はニューヨークのユダヤ教神学院で将来有望なラビ候補生のための委員長を務めていました。ある日面接に現れた学生にヘッシェルは、どうやって学校まできたのか尋ねました。学生は、西七〇丁目から一二〇丁目まで数マイル歩いてきたと答えました。

そこでヘッシェルがいいました。『九六丁目でホームレスの女性を見ませんでしたか？　手書きのボードを持って毛布にくるまっている？』学生は見なかったと答えた。

ヘッシェルが今度はこういいました。『一一七丁目で退役軍人を見ませんでしたか？　ごましおの髭を生やしていて歯が数本しかない人。ふだんは野球帽をかぶっています』。また同じように学生は見なかったと答えた。

『それでは髪をドレッドヘアにして、ザバーズ〔西八〇丁目にある老舗スーパー〕の前に立ち両手を広げて祈りを捧げている長身男性は？』とヘッシェルが尋ねた。またしても学生は、そういう男性には気がつかなかったといった。

そこでヘッシェルがこういいました。『周囲にいる人間に気づかないあなたが、どうやったらラビになれるというのですか？』

遠くまで出かけてゆく必要はありません。周囲を見まわして、同じ通りに、家族のなかに、友だちのなかにいるのはどういう人たちなのか、気づくだけでいいんです」。ヴィーゼル教授はつづける。「彼らが何を必要としているか？　彼らが耐えしのんでいる苦痛は何か？　小さなことでもいいんです。思いやりがこもったささやかな行為はわたしたちが自覚する以上に意味があるのです。ニュースになるようなことじゃなくていい。救いを求めて伸ばされた手を探せばいいのです。思いやりをもって毎日一人に触れるだけでいいのです」

ヴィーゼルの授業を過去一〇年以上にわたって受講している、引退した学部長のウォルトが発言した。「わたしの問題というのは、わたしはほんの少しばかりの貢献をするわけですが、たとえば小切手をきって寄付をするとか、すると気分が楽になるという点なんです。気分を楽にしたりしたくない。その後もなお憤慨しつづけていたい、そうすればもっと貢献できますから。どうすればいいんでしょう？」

「問題は、他者という存在があなたにとってどれだけリアルか、ということですね。彼らの苦痛をあなたは感じますか？　彼らの苦痛を思って夜眠れなくなることがありますか？　実際にどれほどの苦しみがあるかを知るとつらいことになります。スザンナがいったように圧倒されてしまうのです。その一方で他者の苦痛を枕に寝たままでいることもできます。麻痺状態と睡眠とのあいだのバランスを見つけなければなりません。まずは一人の人間から始めること。人は抽象的ではありません――わたしたちは抽象に反発しなければなりません。収容所の子どもたちから奪った一〇〇万足の靴は統計数値です。しかし、一足の靴は悲劇なのです。

小切手をきるだけではだめです。あなた自身の努力で、あなた自身のエネルギーで彼らを救ってください。食べ物を買って、それを彼らに届けてください。シェルターを探してやってください。話をしてください。時間をかけて実際に話しかけ、聞いてあげてください。彼らの言い分を聞いてくれる

なんらかの経路を通って世界の運命に貢献するのです」

れたあとどう対処する自分なのかを知る——こうしたすべてのささやかなこと、微妙な心の動きが、

なのかを感じ、同胞たる人間に対しあなたは微笑む人なのか顔をそむける人なのかを確認し、圧倒さ

自身は不安を感じるのか冷静でいられるのかを知り、他者にとってあなたの存在感は充分なのか希薄

のは誰でしょうか？　わたしたちが聞き手にならなければいけません。そうした関与を通じ、あなた

どうやって知るか？

無関心と絶望を乗りこえ、世界の諸問題に圧倒された自分を立てなおしたのちも、我々には直面しなければならないことがまだまだある。その一つが認識論的な問題で、はるか遠く見知らぬ土地で起きている事態の真実を明確にする仕事だ。

ボストンの寒い朝、フィリップ・ゴーレイヴィッチによるルワンダのジェノサイドについての本『We Wish to Inform You That Tomorrow We Will Be Killed with Our Families』に描かれた難民キャンプの猛暑を想像することは難しい。ゴーレイヴィッチのこの本を読んで授業中に泣いた学生がすでに数人いたし、ほかの何人かは、隣人による隣人の殺害を考えて幾晩も眠れぬ夜を過ごした。そして今、ヴィーゼル教授は教壇に立ち、道徳的失敗にいたった二つの歴史的瞬間の類似性を比較しようとしている。

「あの当時、わたしの人生のあの時点で、合衆国政府は知っていました、何が起きているか。ルーズベルト大統領は知っていました。バチカンも知っていました。ロンドンでも、ストックホルムでも、ジュネーブでも、みんな知っていました。ハンガリーにいた我々ユダヤ人だけが知らなかったの

です。わたしたちがアウシュヴィッツに着いたとき、その地名を聞いたことがある者、あるいはその場所が何を意味するか知っていた者は皆無でした。世界各国の政府はなぜ何もしなかったのか、少なくとも教えてくれなかったのか？」

「そしてまたここでも」と彼はつづける。「同じことが起きています。我々はルワンダのことを知っていました。なのに世界は介入しませんでした。唯一の違いは、象徴的効果以外は明らかに不足ですが、今回はクリントン大統領が少なくともアメリカの失敗を認めてルワンダの人々に謝罪したことです。多くの場合、わたしは自分の言葉が実際的なインパクトを持たないことを自覚していますが、今度だけは……わたしたちの会話があの謝罪を引きだすことになりました。でも充分ではありません、あれで充分なはずがありません」

ジャーナリズム専攻の学生、デボラが質問する。「ヴィーゼル教授、次回これと同じような事件がどこかで起きたとき、わたしたちの国が介入するためには何をすればいいのでしょう？　真の効果を生むためにはどうすれば？」

間髪をいれずにジェイムズが手をあげた。「そんなに簡単じゃないでしょう？　つまり、そうなんですよ、ジェノサイドが起きてるとわかっているなら何をすべきかということになる。しかし誰が悪人で、それが本当にジェノサイドなのか内戦なのかはっきりしないことが多いでしょう」。彼はダルフールの状況に言及しているのだった。政府はそれを内戦だといい、人権団体はジェノサイドだといった。わたしは即座に背筋をのばし、やりとりに集中した。この問いはずっとわたしを悩ましてきた疑問だったのだ。

しかしヴィーゼル教授の答はこうだった。「わかってたんです、わかってたんです。確かにわからないままのときはありますよ、でもルワンダのケースはそうではなく、事実を知るための充分な報告は得ていて充分に明確でした」

ジェイムズは引きさがらない。「しかし、わからない場合にはどうします？」

午前中ずっとじりじりしていた感じのエイミーが手をあげる。「先生、わたしは高校生のとき、難民キャンプに届ける救援小包《ケアパッケージ》のまとめ役をやっていました。クラスメートといっしょに、七〇〇ドル相当の必需品、毛布、缶詰、救急箱などをキャンプに送りました。でも今週の講読で、わたしたちの救援物資はキャンプの責任者である人殺しの手に渡っていたということを知りました。そんな情報を知ってしまったわたしたちはどうしたらいいんでしょう？　いったいどうすれば、我々の援助が本当に人のためになっているのか、それとも悪い方に加担しているのか知ることができるのですか？」

彼女の質問の出所がその週の講読であることは皆わかっていた。ゴーレイヴィッチが書いていたのは、国連が運営する難民キャンプの方がルワンダ全体の栄養不良状況よりましだったので、同国民であるツチ族を虐殺していたジェノシデール〔ジェノサイド参加者〕という罪人たちがキャンプに引きよせられた、という話である。これら逃亡中の罪人たちは、往々にして難民キャンプをコントロールすることになる。キャンプに送られた資金の一部は武器購入のために流用された。そしてその武器はフツ族の反政府勢力へ送りこまれ、ルワンダ政府の護送車両部隊を襲撃するために使用されていた。ゴーレイヴィッチはこう書いている。「キャンプ訪問が耐えがたいのは、世界中からやってきた大勢の人道的支援者が、前代未聞の規模で一堂に会した逃亡中の人道違反の犯罪者たちに、仕出し屋のように公然と利用されている光景が目に入るからだ」

エイミーは、ささやかながらもそうした事態にかかわった自分の役割に大いに動揺し、まわりの学生たちもその事情を理解した。彼らの多くが彼女を見つめている。彼女の心の激しい揺れに感情移入しているのが見てとれた。次に彼らは視線をヴィーゼル教授へ向けた。

彼は答える。「あなたがそういう質問をするのは、ゴーレイヴィッチの本のせいですね。つまりあなたは彼を証人として、書き手として信じたわけです。あの本を読むまであなたは知らなかった。さて、新たな知識を得たあなたは、これまでとは違う行動を取るでしょう。しかし、知る前も知ったあともあなたの意図は人助けということで不変でした」

彼は話をつづける。「何をすべきか、どうやって知るのでしょう？　自分の目で見るためにその現場にいない場合、世界の反対側で起きていることをいったいどうやって知ることができますか？　まずは現場にいた人、目撃したことを説明できる証人を見つけないといけません。しかし、本物で正直な証人をどうやって見分けることができるでしょう？」

彼はジェイムズを見た。

「すでに何人もの哲学者が、行動の本質と真実の本質について、同じような疑問を投じています。本物の預言者とにせの預言者をどうやって見分けるか？　回答は、にせの預言者はあなたを慰めてくれるが本物の預言者はあなたを不安にする。次のような自問が必要です。証人はあなたが聞きたいことを語っているか？　彼はあなたに挑戦しているか？　そしてもちろん、彼は自分自身の証言から何を得ようとしているのか？

この疑問は形而上学の世界でも問われつづけている疑問です。キルケゴールは、アブラハムはどのようにして、息子を生贄にしろと命じているのが神だと知ったのか、という有名な疑問を投じています。彼は、その声が数年前にアブラハムに対し故郷を去れと命じた声と同じだったからと答えています。しかし、モロク〔古代中東で崇拝された神だがユダヤ人にとっては異教神〕だって神の声を真似ることはできる、と彼は警告しています。サルトルは、人が夜に聞く声が天使の声なのか病気のせいで聞こえる声なのか、どうやって弁別するのか、と問うています。確かに狂気にさいなまれた人たちは、神の声を聞いた！　といいはるものです。

ところで、ハシディズムの伝説には、地上に偉大なリーダーたちを送ろうという神の計画に対して悪魔は一つだけ条件をつけて合意した、というのがあります。そのリーダーたちとまったく同じカリスマと魅力、まったく同じ力をそなえた別のリーダーたちも送りこむ、という条件でした。神はこれに合意し、悪魔にこういいます。『彼らはほかのリーダーと同じ力と同じカリスマを持つ。ただ、わたしとおまえだけは彼らが本当はおまえの側の者だということを知っている』

わたしたちはすでに何度も問いを発してきました。『メフィストフェレスはどこにいる？　悪魔はどこにいる？』と。悪魔は、どこかに姿を隠し善人として現れ出でようとしているときが一番危険だ、ということを我々は知っています。そして、往々にして偏執の極みのような連中が殺人者であるということも知っています。彼らは自分たちの動機は正しいと思いこんでいるので、その動機は正義であると叫ぶのです。彼らは、説得力のあるよく練られた考え方が整って初めて殺人に着手します。特に国家殺人を正当化しようとする場合、その周到さは顕著です。したがって、壁をやぶって真実に到達しようとするのは至難のわざなのです。

しかしそれでもできることはあります。意見が対立しているニュースソース、見解が激しく異なるものを読んでみる。両者に共通項があるとしたら、その部分は信頼していい要素である可能性が高い。まったく異なる観点を持つ人々を集め、彼らの議論を聞いてみる。そこで使用する言葉は誰かの意見に基づいたものではなく、証拠と事実に基づいたものにするように頼む。事実だという内容の真実性をチェックする。彼らに質問をし、彼らの行動指針を尋ねる。あまりにも滑らかなメッセージ、欠点のなさすぎるメッセージ、耳に心地よすぎるメッセージを語る者は信頼しないように」

そこまで話し終えてから、エイミーの裏切られた気分と失望感を忘れずにいた彼は彼女の方を見た。「いいですか。わたしも状況をよくしようとして、仲裁しようとして、結果的に悪化させてしまったことがあるんです。そのような一例を話してみようと思います。思いだしたくない記憶ですが。一九九二年に小規模の代表団を連れてユーゴスラヴィアへいきました。戦争の犠牲者に会い、捕虜収容所を訪れ、残虐行為がおこなわれているという報告の真偽を確かめるため、証言者になるために出かけていったのです。それが本当ならば世界に知らせようと。マニャチャ収容所という悪名高い場所を訪れました。そこでわたしたちは捕虜に面会しました。収容所長のポポヴィッチという男は官僚的ではあるが信頼できるという評判の人物で、わたしたちは彼から、面会に応じてくれた捕虜をあとで痛めつけたりしないという約束を、宣誓を取りつけました。彼は誓ってくれました。わたしたちは一五人の捕虜と、監視なしの診療所で話をしました。あとになって、わたしたちがインタビューした捕虜たちが、より劣悪な環境の劣悪な収容所へ移送されたことを知りました。わたしたちと話したから、というのです！　この日にいたるまでわたしは責任を痛感しています」。（後日知ったことだが、ヴィーゼル教授はボスニアのリーダー、カラジッチに働きかけ、気温が危険な状態まで下がり何千人というムスリム捕虜の生命がおびやかされる前にマニャチャ収容所を閉鎖させている。）

彼は口をつぐみ、長いあいだ褐色の木製テーブルに目を落としたままでいた。急に老けこんだように見えた。「それでもなお……我々にできることは？　我々が持ちあわせているもの、知っていることを使ってベストをつくすしかありません。問いかけて問いかけて問いかけつづけなければなりません。そして必要な知識がそろったと感じたら、次は行動を起こさなければなりません。不要な害を引きおこしてしまわないだろうかという恐れで行動を避けるなら、熟考のうえで害を与えようとしてわたしたちの沈黙を望む連中の思う壺になります。そんなことはできません」

真実と和解

「ドイツ人に対して憎しみを抱いたことは一切ないんですか？」と、ホロコースト研究に専念するドイツ人の大学院生、ディートリッヒが質問した。

「憎しみは変容させなければいけません、創造的な何か、肯定的な何かへ。教師だったらより良い教育へ。著述家ならより良い作品へ。あなたが感じることを表現し、憎しみを何かほかのものへ変えるのです。憎んではいけません」

彼は片手を頬に添えた。「実をいうと、そんな簡単な話じゃないんですがね。ナチス幹部の子どもたちに初めて会ったときのことです。そのドイツの若者たちは罪と恐怖の重荷を背負っているわけですが、わたしはあることを学びました。それより前だったら、収容所管理者の子どもであるということが強制収容所で死んだ人たちの子どもと同じくらいつらいだろうなどとは考えもしませんでした。しかし事実はそうだったんです。多くのドイツ人学生がここへ学びにくるのも、ヤド・ヴァシェム「エルサレムにあるホロコースト教育センター」やワシントンのアメリカ合衆国ホロコースト記念博物館へやってくるのも、それが理由なのです。彼らのことは抱擁で出迎えてあげないといけません。集団的懲罰などに価値はありません。各世代、各個人は彼ら彼女らの運命を築いてゆくのです。わたしたちは皆、歴史や背景がどうあれ、同じ目標を追求しているのです」

演劇専攻で役者をめざしているエマが尋ねる。「許しは可能でしょうか？」

ヴィーゼル教授が答える。「誰かがわたしを傷つけたなら、わたしは彼を許すかもしれません。しかし、わたしが死者の代わりに許すなどということができましょうか？　もはやこの世にいない人々には許す許さぬの選択はできず、わたしが彼らの代行をすることなどできないのです。

何年も昔、戦争が終わって数年が経ったころ、わたしはジャーナリストとしてイスラエルに住んでいました。ある日テルアビブでバスに乗っているとき、一人の男に目をとめました。最初に注目したのは彼の首筋です。わたしは彼の真後ろに立っていましたから。その首筋には見覚えがあったんです。アウシュヴィッツのユダヤ人看守、ある意味でナチス協力者の首でした。

わたしは彼に身体を近づけてこういいました。『戦時中ドイツにいませんでしたか？』男はうなずきました。わたしはまた尋ねました。『アウシュヴィッツにいたでしょう？』男はまたうなずきました。わたしはかさねて尋ねました。『あなたがいたのは○○収容所ではありませんか？』男はまたうなずきました。『××棟にいたのではありませんか？』そのあとわたしはもっとくわしく状況を描写し、とうとう彼はわたしのことを思いだしました。彼が収容所内にあったわたしの宿舎の看守だったことがはっきりしたのです」

ヴィーゼル教授は顔をあげた。「その瞬間、わたしがすべきことは大声をあげるだけだと理解しました――当時のテルアビブは、群衆がその男の正体を知り、過去の行為を知ったならば、彼の命は保証されないような場所でした。わたしは彼を突きだすことも、それ以上の目に遭わせることもできる立場にいることを自覚していました。あとは声をあげるだけです。その男の命がわたしの手中にあったのです」といって彼はわたしたちを凝視した。「わたしは何もしなかった。それを許しの行為とは呼べません。しかしそれは見逃しの行為でした。わたしは裁判官ではありません。わたしは単なる証人なのです」

やみくもに信じる

「ここまでいろいろな出来事があったにもかかわらず、二一世紀になってもまだジェノサイドは起きつづけています。アウシュヴィッツのあとも世界が変わらないとしたら、変わることなどあるんでしょうか？　どうしたらわたしたちは世界が変われるという希望を持てるのでしょう？」毎学期、少なくとも一人の学生はこの質問をする。

ヴィーゼル教授は答える。「絶望にめげることなく、そして絶望しているからこそ希望を持たなければいけないのです。絶望に勝利させてはいけません。わたしは世界が教訓を活かしているとは思わない。しかし、その事実に気づかぬふりをしているわけにはいきません。そもそもわたしは絶望というものを認めません。やみくもに信じる、という言い方があります。わたしたちに必要なのは、やみくもに信じることだと思います」

「でも、希望を持ちうる理由、その根拠があると思いますか？」と、科学専攻のアビゲイルが訊く。

「それ以外にどんな態度を取れますか？　カミュは『希望がないなら、希望を創らなければならない』といっています。いつだって希望を見つけることはできます。作家のトリスタン・ベルナール〔フランス人劇作家・小説家〕がゲシュタポにつかまったとき、彼の妻は彼が微笑んでいるのに気づきました。その理由を尋ねると、彼はこういったのです。『これまで恐怖のなかで生きてきた。でもこれからは希望のなかで生きるだろうからね』。そんな状況のなかでさえ、強制移送の真っ只中でも、彼には選択肢があったのです。

歴史もまた希望の源泉です。ワルシャワ・ゲットー蜂起は二〇代の若者たちによってなされ、ドイツ軍がゲットー占拠のためにかけた日数はフランス占拠に要した日数以上でした。蜂起に対するドイツ軍の反応で文書に残された最初の記録は、ナチス高官の叫び『見ろ、ハンス、女どもが撃ってるぞ！』でした。アウシュヴィッツでは、ロージャ・ロボタという名前の女性がダイナマイトに使われる火薬を、遺体焼却炉を爆破するのに充分な量になるまで、爪の裏に隠し、何週間にもわたって収容所へ持ちこんでいました。彼女とその仲間たちが、一九四四年一〇月に起きた特殊部隊《ゾンダーコマンド》〔同胞の死体処理に従事させられたユダヤ人の囚人部隊〕の反乱の責任者でした。彼女と三人の女性たちは絞首刑にされましたが、吊されようとしているときに叫んだのは聖書からの言葉『強く、雄々しくあれ！』でした。レジスタンス活動にはこのような例がたくさんありましたが、希望をともなわぬ抵抗はありえないのです。

もう一ついっておかなければならないのは、収容所内においてすら親切心と美徳があったことです。わたしは、人々がかろうじて出せる声で励ましあうのを目撃しました。神の不在にもかかわらず祈りを捧げるのを目撃しました。父親が最後のパンを息子に与えるのも、息子がそれを父親に押し返すのも見ました。囚人たちは弱りきった者や病気で働けない者を看守から守ろうとしました。それは敵の敗北でした。敵はわたしたちから人間性を奪おうとしましたが、人間性をみごとに失ったのは彼らでした。わたしたち犠牲者の方が人間性を守り抜いたのです。ハンナ・アーレント――哲学者であり『エルサレムのアイヒマン――悪の陳腐さについての報告』の著者――はわたしたちは皆悪をなすことができる、といいました。それは間違いです。

一九四五年、ユダヤ人たちはゲットーや森から出てきました。パルチザンは銃を持っていましたから、その気なら世界を火だるまにすることもできました。が、そんなことは起きなかった。ほんの少しの例外をのぞけば、彼らは復讐しようとはしませんでした。彼らは生涯全体をつらぬく勝利を求めていたのです。生き残った人たちは一丸となって希望を説きました、絶望ではありません。恨みではなく寛容を、暴力ではなく感謝を。彼らは家族を持つことを選び、破壊されたコミュニティを再生し、慈善家や医者になることを選び、他者を救う道を模索しました。

ニューヨークのマウントサイナイ病院の産科病棟に一人の女性がいました。生き残りの一人です。この話をしてくれた看護師は、その女性が新生児を抱いているのをドアの陰から見たといいます。彼女は赤ん坊を高く掲げてこういったというのです。『見て世界、わたしが最後じゃないんだよ』。それが生き残った人たちの復讐でした――新しい命、新しい家族、新しいコミュニティ、他人を助け、世界をより良いものにしてゆく」

「先生が親になったときも、同じように感じましたか?」と、アビゲイルが尋ねる。

「若かったころのある時期には、絶対に子どもは持つまいと思っていました。あんな出来事を起こしたこの世界に新しい命をもたらすだなんて。しかし考え方を変えました。部分的にはわたしの教師たちに急かされたおかげで、彼らからは何年も考えなおせと執拗に迫られました。いろいろな事情があったとしても希望を選ばなければならないと自覚したのです。本当に良い選択をしたと思っています。

そして今日があります。学びのため、質問のため、出会いのためにわたしたちがこの場へ一堂に会することになったさまざまな誘因を考えてみてください。あなたたちはわたしに希望と誠実さ、そして知識と意味を探究する姿勢を示してくれた。お互いの声を聞くために、お互いから学ぶために二人の人間が相寄《あいよ》るところには希望があります。そこに人間性が生まれ、平和がめばえ、気高さが生じるのです。相手を尊重するつつましい所作のなかに、耳を澄ます態度のなかに。希望とはお互いに与えあうことのできる贈り物です」

彼は話をつづけた。「これまで見てきたように、現実から目をそらす、悪なのにそれが悪ではないふりをする、そんなことをしているとある結果が生じます。悪に権力を与えてしまうのです。また、いつも暗がりばかりのぞきこんでいると、絶望にたぶらかされるでしょう。希望は選び取ることができ、お互いに与えあうことのできる贈り物なのです。簡単すぎてばかばかしいかもしれません。事実に左右されるものではないのです。ただ単に選べばいい。その選択をし希望を生みだすならば、もはや臆することなく、囚われることなく、悪に立ち向かうことができます。これが悪との戦いの、悪に対する抗《あらが》いの第一歩です」

デイブがいう。「みんなに何を伝えたらいいでしょう、つまり、この教室とは無関係の外部の人たちに？」

ヴィーゼル教授は両手を広げ、思案にくれるようすを見せた。「こう伝えてください。できることはまだたくさんある。そして、できることなのだからしなければいけない、と」

第6章

言葉を超えて

どうしたら歌えるの？　どうすれば歌わずにいられるの？

エリ・ヴィーゼル

ボストンの一二月のある寒い朝、ヴィーゼル教授は学生を前に歌っている。彼は子どものころの歌をうたう、失われた世界の美しさを今に伝える歌。その歌には歌詞はなく――ニグンと呼ばれる無言歌――わたしの身体に戦慄が走る。長調から短調へ、そして短調から長調へ、その効果は神秘的で胸に迫る。彼は叙情的《リリコ》バリトンで、力強いがデリケートな声だ。目を閉じた彼は、旋律のリズムに乗せて身体を揺らす。目に見えぬ合唱団を指揮するかのように両手がやわらかく上下する。歌のテンポが速まってくると、彼は指を鳴らし手を叩く。

歌い終えた彼はしばし沈黙のなかで静止し、そして目を開ける。彼はいう。「このヴィジュニッツ派ハシディズムのニグンは、わたしが子ども時代へ帰るための、わたしが知る限り一番いい方法なのです。また、あの時代がどんなふうだったか、みんなにわかってもらうためにも。ハシディズムについて、それがわたしの子ども時代の大切な一部だからという理由以外に、わたしがあなた方に語るのはなぜでしょう？　ハシディズムは廃墟のあとへ再興する方法を教えてくれるからです」

授業のあと、わたしは彼のオフィスへつづく階段をのぼってドアを叩いた。

「先生、短い質問を一つ、よろしいですか？」

「もちろん、ちょっと待ってくれるかな」と、彼は顔をあげずにいった。小さな紙片になにごとかを書きつけてから、わたしの方を見た。

「不思議に思ったので——なぜ今日、歌をうたうことにしたのですか？　これまでになかったことでしたから、少なくともわたしが先生の教育助手になってからは。美しい感動的な歌でしたが……なぜ今日ああいうことに？」

彼はまじめな面持ちでわたしを見ていった。「ときには言葉を超えなければならないんです。わかるだろうけれど、教えと学びは単なる情報の分かちあいでは始まらない。それ以上の要素が加味されないといけない。わたしは今学期ずっと授業をしてきて、学生はすばらしい小説と戯曲を読み、みんなで議論をし質問をぶつけあいました。なのに、何かが足りないように感じたんです。それはメロディでした。だから歌うことにしたんです」

その日から向こう数週間、わたしはこのときの短い会話を反芻した。彼にそういわれてみると、そのクラスの学生たちは前年までの学生にくらべて、食いこみが足りないように感じられる。微妙な違いなのだが差はあった。あの歌唱の瞬間、隠れていたドアが開き、議論の時間になってもその効果はつづき、議論はこれまでになく活発になり、学生たちは前よりも頻繁に手をあげ、質問の内容も深みを増した。おそらく学生たちは教授が自分自身をさらけだしたので、積極的に自分を差しだし始めたのだろう、とわたしは気がついた。

言語とその限界

ヴィーゼル教授は、人間性の教育には記憶が不可欠な要素だと考えていた。彼の人生をかけたプロジェクトは、自分の体験とその意味を伝達すること、ホロコーストの証人たること、それらの実践を踏まえて今度は他者の証人も務めようというものだった。ただし彼は、記憶の伝達には限界があることも承知していた。

そうした限界に達しつつあるとき、何ができるだろう？　作家として教師として、言葉の力に限界が見えたとき、何をすればいいだろう？　彼にとってこの疑問は理屈ではなかった。ホロコーストにかんする自分の証言を世界に伝える必要性と、その不可能性とのあいだで、彼は苦しんでいた。口には出せないことをどういえばいいだろう、言語に絶する内容をどう伝えればいいだろう？

彼は授業でこういう。「『夜』の第一稿は、もともとイディッシュ語で書いたのですが、九〇〇ページ近くありました。でもそこから切って削除して刈りこみました。わたしにとって物を書く行為は絵を描くのとは違ってむしろ彫刻に似ています。彫刻家はあるイメージを石のなかに見いだしたあと、素材をけずり落としてそのイメージを取りだすのです。フロベールがこういいました。『午前中ずっと自分の小説を前にしてすわり、コンマを一つ加えた。午後もずっと同じように過ごし、そのコンマを消した』。わたしの場合も同じです。わたしも不可欠な本質部分だけになるまで言葉をそぎ落とします。しかし、そぎ落とした言葉たちはそこにあるのです」

「消してしまった言葉ですよね、なぜそれがそこにあるというんですか？」と、ワシントンDCからきた弁護士でもあり修士課程の学生でもあるアランが尋ねる。

「死者がそこにいるのと同じく、そこにあるのです。もちろん姿は消えうせましたが。しかし、放っておいてもそこにあるということではありません。意図が必要です。一〇年が経過してからでなければわたしは体験を書かない、と肝に銘じました」

アランはその理由を訊いた。

「沈黙もそこにそなわるように、一つひとつの言葉のなかに染みこむように」

「なぜ、それほど重要なのですか？」

「言葉だけでは体験を伝えられないからです。殺人者は起きたことを述べるための言語を見いだしました。しかし、犠牲者にはそれができません。的確な言葉を見いだすことができるかどうか、わたしには自信がなかった――今でも自信はありません。ですから、言葉を超える何かを伝えたいという望みが少しでもあるならば、そこに沈黙がなければならなかったのです。

いいですか、言語は欠くべからざるものです。考えや記憶を伝えるための媒体以上のものなのです。言語とは、人間が自分の限界を超越したいという欲求です。言語は言葉で成りたっていますが、言葉以上のものを含みます。文字と文字、言葉と言葉、人と人のあいだの空白です。『ゴドーを待ちながら』を読むとき――それより観劇をした方がいいですが――幕と幕のあいだに多くの出来事が起きます。プロットはぎりぎり最小限、登場人物のキャラクター描写は最低限なので、わたしたち自身の性格とか希望を彼らに投射せざるを得なくなります。いわば性格テストのようなものです。登場人物は二人組で出てきますが、二人のあいだには常にすきまがあります――その空白に注目してください。あの作品の秘密はそこにあるのです。

文芸作品において、わたしたちが見つけようとするのは物語のなかにある秘密です――語られなかったことは、語られたことよりもずっと大事です。歴史も同じです。たとえばわたしはロシアの劇作家、ニコライ・ゴーゴリに興味をそそられています。彼はエルサレムへ旅立ちましたが、帰ってきてから自作『死せる魂』の第二部を焼いてしまいました――なぜ？　それからニーチェがいます。彼は一八八九年に大病にやられ、そのとき以来一行たりとも書かなくなりました。それから死ぬまでの一一年間、彼は何をしていたのでしょう？　書きたいことがあったのに書かなかったとすれば、それは何でしょうか？　心のなかをよぎったもの、それは何だったのでしょう？

すぐれた物語は生き物です。動きまわり、固定されず、静止しません。呼吸する息づかいまでも聞きとれそうで、読み手を抱きしめにかかるのです。そうなると読み進めるにしたがって、読者はソフォクレスの想像力の内部に、シェイクスピアの心のなかに入りこんでいることに気づき——自分が変化したことに、新しい思考と意識を得たことに気づくのです。これが道徳的進化の真の発生過程であり、自然淘汰などとは無関係に、物語にみちびかれてゆくものなのです。

ですから、わたしたちは物語を語らなければなりません。ユダヤの言い習わしにこういうのがあります。『神が世界を創ったのは物語が好きだったから』。神ですら世界を創るためには言語を必要としました。わたしは子どものころから言語を尊重する姿勢を学びました。

しかし言語は腐敗することもあります。人間の残酷さによって汚されることもあります。中国の伝説に、血を流さずに人を殺す龍の話があります——言葉で殺すのです。加害者の言語は犠牲者の言語と同じではありません。二〇世紀に起きた出来事のあと、選別《セレクション》、協力《コラボレート》、浄化《ピュリファイ》などの言葉は新しい意味を帯びてしまった。これらの言葉を耳にするたびにわたしは身ぶるいを禁じえません。本を読むときには忘れないでください、すべての文は過去を背負っていることを。戦争が終わったあと、わたしたちは言語から遊離してしまいました。火事、飢餓——実体験のない人がこういう単語の意味を知ることができるでしょうか？　ペンを持つのに一〇年待ったのは、他人とコミュニケートするための言葉を見いだせるかどうか、自信がなかったからでした。わたしのような作家で自殺してしまった人たちもいました。たぶん、彼らは言語のはかなさを悟ってしまったのでしょう。だからこそ、ときには言語を超えた場所、沈黙のなかへ手をのばす必要があるのです。

作家としてのわたしにとって、これは不可欠です。カミュはこういいました。『わたしは崇拝を経由して物を書き始めた』。怒りを経由して書き始めた作家もいます。わたしは沈黙を経由して書き始めました。沈黙にはたくさんの種類があります——合意のうえの沈黙、当惑の沈黙、悲しみゆえの沈黙、神秘体験後の沈黙。わたしたちはカインとアベルのあいだに横たわる沈黙を見ました。二人のコミュニケートの断絶、それが史上初めての殺人へつながりました。誰もが経験したことのあるきまりの悪い沈黙というのもあります。そしてある種の問いに対しては沈黙しか答がないという場合があります。たとえばレビ記のなかで、アロンの二人の息子が『異火《ストレンジファイア》』を神に捧げ、そして殺されたときのアロンの沈黙がその例です。VaYidom Aharon『アロンは黙した』——そのような悲劇の前に示しうる反応はそれだけでした。これ以外にも別の形の沈黙がありますが、わたしは自分の本のなかでそれを探索しようとしてきました」

イザベルが手をあげる。「ここで先生が触れた本は『夜』ですね。先生のほかの本はどうなんでしょう? 今書くとしたら同じ態度で書くことになりますか?」

「わたしが書いたほかの本は全部、わたしの最初の本に嫉妬しているんじゃないかと心配になるときがあります。それはそれとして、違いはありますが、そこにはつながりがあります。もし最初の本を書かなかったら、その他の本は一切書いていなかったでしょう。ですが、これらの本は祝賀です、そして問いかけです。それぞれの本が異なる問いかけです、権力について、信仰について、狂気についての。わたしの本のどれかを読んだことがあれば、それ「ホロコースト」についてあまり書いていないことに気づくでしょう。どうしてか? それが御定《おさだ》まりになり、陳腐になってしまうのがいやだからです。『アウシュヴィッツ』という言葉を書くならばその前に、恐ろしさにふるえたいのです。結局のところ、その言葉はわたしの全著作のなかに現れます。それを書くのはわたしですから。だからそこに否応なく現れてしまう。

大きな危険は陳腐化です。ページを燃えあがらせるべき言葉が陳腐化するという意味です。わたしたちの感覚が鈍化してゆくということです。それゆえにわたしは書きつづけ、教えつづけているのです——陳腐化を避けるために。しかし我々は言語に頼りきりであるがゆえに、そうなる可能性は非常に大きい。わたしが書くのは、他者に学んでもらうため、ものごとを変えるためです。しかし、もうおわかりでしょうが、わたしは世界が何かを学んでいるという確信が持てません。カフカが、メッセージを届けることのできないメッセンジャーについて書いていることをお話ししましたね。でも、メッセージをちゃんと届けたメッセンジャーがいて、それなのに何も変わらなかったらどうしますか？

一八世紀にオッペンハイムというユダヤ人の宝石商がいて、こんなことをいいました。『良い商売人とはどういう人のことをいうのだろう？　自分が持っている宝石を、それを欲しがる人に売るのは大した技術を要しない。だが、持っていない宝石をいらないという誰かに売る——それこそ良いセールスマンだ！』

ロプシッツ派のレベ・ナフタリというハシディズムの師はすぐれた雄弁家で、すばらしいユーモアのセンスを持ちあわせていました。過越の祭りの前の安息日、彼はシナゴーグから帰ってきました。慣例上、その町のラビはその安息日に、慈善について、祭日を祝うための充分な金を持たない貧しい人たちを助ける必要性についてスピーチをすることになっていたので、その務めを果たしてきたわけです。帰宅すると妻が『それで《ヌー》、どうでした？』と尋ねました。彼は、まあねといいました。彼女は『何か成し遂げたわけでしょう？』と尋ねます。『半分だけだね』と彼は答えます。『どういう意味？』と彼女は尋ねます。『金持ちを説得して金を出させることには失敗したけれど、貧乏人を説得して受けとらせることにはなんとか成功したのさ』。わたしは、これと同じような気分になることがよくあります。わたしはいろいろな物語を話す異邦人です。そのうちのいくつかは美しい物語ですが、多くは痛ましい物語です。わたしが話したり書いたりする言葉も、わたしの母語ではありません。的確な言葉を見つけるのは大変な仕事です。

言語そのものが持つ脆弱性を考慮すると、ますます難しい話になってきます。戦時中、敵が言語を思いのままに操ったやり口を知っているからこそ、危うさを感じるのです」

「プロパガンダのことですか?」とアランが訊く。

「その一つですね、同じ特徴をそなえています。圧制者がよく使う手が、人工的に作りあげた言語で事実を曖昧にするやり方です。ベケットは『言語は、売春婦のように、欲する者にみさかいなく自分を差しだす』といいました。言語をゆがめるのは簡単です。戦争中、きまって最初に死ぬのは言語です。ずたずたにされ、犯される最初の犠牲者は言語です。戦争中、言語は劣情を掻きたて、俗悪で、粗野なものになります。どのようにして? いたって簡単。この現象をオーウェルは巧みに記述しています。言葉が意味を失い、言葉の本来の意味が、代用の言葉でごまかされてゆきます。ヒトラーは彼の反ユダヤ主義プログラムを最終的解決という表現にゆだねました。スターリンは彼の東欧衛星諸国について述べるとき、人民民主主義という言葉を使いました。その国々が人民主導でも民主主義的でもなかったにもかかわらずですよ。政府は嘘をつきません。意図的ににせ情報を流すのです。第三世界は貧しいのではありません、経済的に圧迫されていて恩恵を享受できない、のです。

革命ですか? いやいや、そんな名前で呼ばないで。不安定化、といってください。

わたしたちの任務の一部は言語の解放、ものごとを、その実態をとらえた名で呼ぶことです。飢えた子ども、といえるときに所得格差などといわないように。ある家族に投石された状況を描けるときに、人種間の緊張などといってはいけません。政治活動にも文学にも教育にもあてはまることです。

言語がゆがめられたならば、現実をありのままに呈示することができなくなります」

ヴィーゼル教授にとって言葉は必要だけれどそれだけでは充分ではない、ということをわたしは理解した。彼が教室で歌ったのは、大きな質問に対する反応だったのだ。「メッセージを伝えることに成功したか？　しなかった？　それならば、言葉ひとりではゆきつけなかった場所へ、おそらく歌ならば到達するだろう」

ある火曜日の朝、それはわたしがボストン大学で教育助手を務め始めた最初の学期だった。ヴィーゼル教授から、オフィスの続き部屋が蔵書であふれてきたので譲ってもよい本を脇にのけておいたが、欲しいのはないかと尋ねられた。なかには見知らぬ人が送ってきた、熱心な、ときには加熱ぎみの添え書き（このSFは信仰にかかわるすべての疑問に対する回答です！）のついたのやあやしげな歴史物があったり、すでに彼が所有しているのと同じ本があった。

数週間後の日曜日の朝、わたしはそこから一冊の本、イディッシュ語で書かれた民間説話の本を選んだ。たまたま開いたページに、カラスによって教会の塔のてっぺんに連れ去られたままおりてこなくなった娘、サラのすばらしい物語があった。やっと彼女が家に帰ろうと決意したとき、両親と兄弟は彼女を歓迎することも家に入れることも拒絶した。結局彼女の姉妹が迎えいれ、食事を与え、ベッドに寝かせたのである。この物語のことが頭から離れなくなった。なぜ姉妹だけが彼女を迎えいれたのだろう？　禁じられた場所から帰ってきた人を歓迎するにはどうすればいいのだろう？　そしてもしフロイトが正しくて、夢に現れる登場人物はすべてその夢を見ている当人のことだとすれば、道に迷いこんでしまった自分たちの一部を迎えいれるためには何をしたらいいのだろう？

翌日の夜、わたしは家族と夕食を取っていた。幼児たちの食事の世話をしながら（赤ん坊は寝ていた）、マカロニチーズを食べつつ、妻とわたしはエアコンを買い換えるか車の修理を先にするか決めようとしていた。子どもの一人が髪の毛をチーズだらけにして泣き始めたので、わたしは彼を抱きあげて台所の流しに連れてゆき、温水で洗ってやった。ふざけながらやったので彼は大喜びだった。そんなことをしている最中、あるイメージが心に浮かんだ。あのイディッシュ物語のサラが、教会の塔の風見に引っかかった自分のシャツごと吊されてカラスが飛び去るのを見送っている。わたしは流しでの即席風呂を済ませたあと食事を中座し、階上にあるわたしの小さなアトリエへ飛んでゆき、そのイメージを大急ぎで描きとめた。そのときのスケッチがある絵本の種子となる。それはまた、実りゆたかな芸術活動への扉を開くことにもつながった。

それからの数週間、自分の勉強と幼い子どもたちの育児で一日の終わりにはいつもくたくたになっていたけれど、夜更けになれば小さなアトリエで、レイアウトや色合いやさまざまな画材を試しながら何時間も絵を描いて過ごした。絵を描くために学校から帰ってきて、時間が経つのを忘れた子どものころと同じような気分だった。美術活動のなかに我を忘れた最後の経験はいつだったろう？　少なくとも五年以上は昔のこと、というのはイェシヴァにいた全期間、わたしは何の作品も生みだしていなかったということに、はっと気づいた。

それまではこの事実を意識していなかった。ある時期まで、わたしの人生のなかで美術は大変に重要な位置を占めていた。一時は自分の自己定義であった創造的表現と以前の暮らしを捨て、信仰生活に舞いもどってきた人たちを知っている。演奏をやめた音楽家、踊ることをやめたダンサーなど。しかし、わたしが創造的活動をやめたのは決意の結果ではなかった。たまたまそうなった、自分でも意識しないうちに。

この経緯をある程度解明するために、およそ一年が必要だった。わたしが受けた教育のきびしさと、タルムードの学習をほかの何よりも優先させるという理念によって生みだされた犠牲だったということにようやく気がついたのである。聖典に没頭していない瞬間があれば、わたしは罪悪感を覚えた。これに加えて、わたしのできたての家族と結婚生活に対する献身、特に伝統的ユダヤ教の儀式を軸に置いた生活に対する献身を要したから、美術があとまわしになったのも不思議ではない。

だが、それだけではないという直感があり、ユング派心理学者のエーリッヒ・ノイマンがユダヤ人近代画家マルク・シャガールについて書いたエッセイを読んで初めて、欠けていた要素が何であったかはっきりさせることができた。ノイマンがいうには、ユダヤ人は視覚的伝統を充分に進化させることができなかった、なぜならば彼らは砂漠で形成された民族だったから。炎天下での神との遭遇はすべての色彩を焼きつくした。ノイマンによると、シャガールが出現してようやくユダヤ人は色彩を再発見したことになる。

もちろんこれは誇張であって、世界中のユダヤ人コミュニティには美しい装飾技術の伝統がある。しかしこの考え方にわたしは膝を打った。まさにわたしに起きたことではないかと気づいたのだ。丘のてっぺんにあるイェシヴァで、神の探究と、純粋であらゆるものを包含する精神性の追究をするうちに、わたしの色彩——わたしの個性、美術への情熱、生得の自由に対する感覚——が焼失してしまったのだ。色彩なくして、どうやって絵を描き、塗りあげることができようか?

今、サラと教会の塔の物語を通して、わたしの想像力は息を吹きかえした。わたしが好きだった色彩が戻り始め、また絵を描きつづけた。なぜこの物語があれほどわたしをとりこにしたのか理解した。家から追放され無視されたサラという人物を、わたしは無意識に、自分が追放したもの——好きだった美術——の象徴的存在と見たのだ。サラを歓迎した姉妹は、美術の扉を開き、風変わりなわたしの個性を解放し、それをふたたび養い守ってやりたい気持ちを体現している。その時期にヴィーゼル教授のクラスで取ったノートのいたるところで、いたずらがきや鉛筆やペンで描いた顔が、陰影をほどこされ、背景にとけこみ、ほかの形や姿に融合している。言葉を愛した母、芸術家の父、両者からの授かり物を引き受ける自分の奮闘、そんなことに思いを馳せた。

大学院で言語と文学に浸りきりになった今、わたしは美術と音楽にひりつくような渇きを覚え、それから数か月、いろいろなイメージがわたしのなかで噴出し、あたかもわたしの自由はひとえに自分の周囲のあらゆる面を彩ることにかかっている、という気がした。夜には、子どもたちにキスして抱きしめて寝かしつける代わりに、ギターを弾き物語をこしらえて彼らに聞かせることにした。彼らはワニのアーヴの物語や連続物のダイアパー・ダックスの冒険譚に嬉々として耳をかたむけた。（それから数年後、末息子があのキャラクターや話の筋は実際のテレビ番組からの借り物だと思っていたと語った。）サラの帰還を、わたしは心から歓迎した。

それは二〇〇四年、雨がそぼ降る一一月の朝のこと、大教室のぬくもりがありがたく身に沁みた。それでもヴィーゼル教授はスカーフを巻き、咳払いをするためにしきりに話を中断した。そして、言語と現実のあいだのギャップについて論じつづける。

「ほんの少しの単語だけで一〇〇万人の死を語ることができます」と彼は始める。「エマヌエル・リンゲルブルムは、ワルシャワ・ゲットーでのユダヤ人たちの暮らしを書きとめた注目すべき人物です――彼の『Notes from the Warsaw Ghetto〔『ワルシャワ・ゲットー――捕囚 1940-42のノート』大島かおり訳・みすず書房〕』をぜひ読んでください、重要な本です。実際に読んでみると信じられないことに気づくでしょう。二個のコンマのあいだで、一万人の人々が焼かれていることに。はかりしれない損失を書くのにたかがしれた字数。このことは、言語について、言葉について、そして証人の役割について何を教えてくれるでしょう？」

ダイアナが手をあげる。「確かな証言は不可能だということでしょう。言葉は取りこぼしをする、まさに言葉の宿命として。でも先生は証人について触れることが多いですね——証言などという大それたことがどうしたら可能になるでしょう？」

自分が答える代わりに、ヴィーゼル教授は誰かが反応するのを待って、クラスを見わたす。ジョシュアという学生がその期待にこたえた。「どんな体験であれ完璧に伝えるのは不可能でしょうが、やってみなければ、少なくとも概要を伝えようとしなければ、文学はなくなり宗教も映画も芸術もなくなる……大切なのはやってみることだと思います。それが完璧にならないことは承知のうえで、しかし真心をこめて最善をつくす」

「大変よろしい」と教授がいう。「もっと意見を聞きたいな」

学生たちが考えこむようすが見てとれる。

アンバーが発言する。「ひょっとして、書くことは抗議行動なのかもしれません、その結果はどうであれ」

ネイサンが、読み手がいないときにものを書くことは意味があるのだろうか、と質問する。ヴィーゼル教授が答えた。「ホロコーストの最中に埋められた本の著者たちは、意味があると考えていました。彼らの書いた言葉が日の目を見るかどうか確信はなかったけれど、とにかく彼らは書きました。書かねばならなかったのです。そのなかの一人、ワルシャワ・ゲットーのすぐれた日記作家の一人、ハイム・カプランはこう自問しています。『わたしの日記はどうなるだろう？』この疑問に対する答は、あなた方一人ひとりがこの日記を読むたびに返されます。

禁止されたり検閲を受けたり、あるいは燃やされたりした本を書いたそのほかの多くの著者についても同様です。圧制者や圧制的政府を理解するためには、彼らがどんな本を禁止するか、どんな本を読ませたくないのかをチェックすることです」。彼はわたしの方を向いていう。「そういえばアリエル、このテーマは来年のコースにうってつけだね。禁じられたり隠匿された文学について研究してみよう」。わたしはメモを取った。（事実、翌年のテーマの一つがこれになった。）

「よくわからないわ」とカレンがいう。「証言を共有することは必須だ、けれどもむなしくもある。なんだかキャッチ22〔一九六一年のジョセフ・ヘラーの小説タイトルで、「ジレンマ」を指す常套句として定着〕みたいな感じ」

「その通り！」とヴィーゼル教授がいう。「言葉にははかりしれない力があります。二〇〇年前、言葉によって革命が始まりました。ディドロとヴォルテールが辞典を書き、その彼らの言葉からフランス革命が沸きおこった。ドイツ軍による占領下、アルベール・カミュはフランスのカフェで若い学生たちの会話を聞いていました。彼らはファッショナブルでボヘミアンで、ご多分にもれず実存主義者でした。絶望について、人生が無意味であることについて語りあっています。そこへ何人かのドイツ軍将校が入ってきました。カミュはドイツ人の一人がある学生に目をつけ、ついてくるように命じるのを見ました。将校は学生をおもての壁に立たせます。『今いったことを繰りかえせ』と命じます。若者はつっかえながらいいました。『じ、じ、人生は無意味です』。ドイツ人は拳銃で学生に狙いをつけ、ひとことだけいいました。『そうなのか？』カミュはナチスから何かを学ぶなどまっぴらだと思いましたが、しかしその教訓が有意義だったことは認めました。

言葉には限界があり、言葉は脆弱です。にもかかわらず、言葉を真剣に受けとめる必要があります。カミュはこの話を繰りかえし披露しましたが、それは彼がこの話を知っていて、ほかの人たちにもそれを知ってもらいたかったからです。ホロコーストから判明したことがあるとしたら、同一人物が詩を愛しかつ子どもを殺すことは可能だということです。一人の人生は人生を書きあらわすのに要した百万言よりも価値があるということを常に銘記しなければなりません」

芸術は堕落しないか?

「倫理が我々をみちびきそこねた場所で、美学が道を示してくれるでしょうか? 美は救ってくれるでしょうか? 詩歌は堕落しないものでしょうか?」 二〇〇五年一〇月、ヴィーゼル教授はロシアの詩人、アンナ・アフマートヴァについての講義を、このような問いかけで始めた。「倫理と美学のあいだにもともとある必然的なつながりを示す必要があります。正しくことをおこなうのは美であり、美は我々を正しさへみちびいてくれるということを。これから美について教示してみようと思います。しかしながら、そう簡単な話ではありません。倫理はときに正しいことからはがれ落ちてしまうことがあるのです」

彼は眉をあげた。ジョークをいう前のしるしだ。「ヘブライ大学に倫理学を教える教授がいました。講義の最中、とつぜんある学生の方をふりかえってこういいました。『モシェ君、君は詩人で金がない。だから金持ちの娘と結婚しなさい』。学生がいいます。『先生、なんということをおっしゃるのですか。あなたのような、いやしくも倫理を教える人物が?』 教授はこう返します。『となりの教室ではフランケル教授が数学を教えています。彼の姿は三角形に見えますか?』」 学生たちが大笑いするなか、ヴィーゼル教授はつづける。「このように、どのような知識の秩序であれ行動の秩序であれ、それを真剣に受けとめることを心がけず、実生活への適用に首尾一貫した誠実さを欠いたりすると、ゆがんでしまうことがあります。それでは、芸術はどうでしょうか?」

彼はわたしたちに、アフマートヴァが一九一六年に作り、最終部分が次のように終わる詩『歌についての歌』を精読するように命じる。

そして高みにおいでの貴方を
感謝に満ちたこの目で仰ぎ見るために
この世界へ捧げることをお許しください
愛よりも堕落することがない贈り物を

「アフマートヴァは共産主義体制下で苦しんでいました。彼女の息子は悪名高きルビャンカ監獄に収監されていて、彼女は彼がどうなったのか何か月も知ることができませんでした。監獄から息子を解放してもらうために、彼女はスターリン礼賛の詩を書くことを強制されます。後年彼女は、その種の詩を出版しないよう懇願しました。ただ、彼女がロシアを去ることはありませんでした。彼女の友人の何人かは、ほかの有名な詩人らも含め、逮捕されたり処刑されたりしています。そういうことを経験したにもかかわらず、あるいはひょっとして経験したからこそ、この詩のなかで彼女は、詩歌は『愛よりも堕落することがない』と宣言したのです。が、それは本当でしょうか？」

旧ソ連邦で生まれたマリナは首をひねる。「美が抑圧の手段として利用されることはよくありましたよね？　純朴な人たちに高価で道徳的に有害なものを売ることに特化した産業群というのがあるのではないでしょうか？　いくつかの政府は、自分たちのイデオロギーの正当性を国民に説くために情報操作をしませんか？　独裁者たちは広告やマーケティングのための国家委員会を設立しませんでしたか？」

ヴィーゼル教授は、おそらく彼女のアクセントに気づいてこう尋ねる。「そういうことを直接体験したの？」

「いいえ」と彼女が答える。「こちらに移住してきたのはわたしがほんの一歳のときでしたから。でも、両親からはたくさん話を聞きました。その多くが、ロシア美術がいかにひどかったか。あまりにイデオロギーに染められているので、どんな技術を用いて制作しても道徳的醜悪さ、真実の欠如が影を落としているとか。二つのロシアの新聞についてのあるジョークも話してくれました。『プラウダ』と『イズヴェスチア』のことで、それぞれ『真実』と『報道』という意味です。そのジョークというのは、『プラウダ』にイズヴェスチア（報道）はなく、『イズヴェスチア』にプラウダ（真実）はない、というものです」

「有名なジョークですが、それは本当で、新聞に限ったことではありませんでした」とヴィーゼル教授が答える。「ソビエト時代の芸術作品をごらんなさい。過去に作られた視覚的工芸品のなかでも最も鬱陶しいたぐいです。芸術を独裁者の行動方針を助長するために利用するのは美に対する裏切りであり、そうした体制下で作製される芸術に悪影響を与えるのは自明です。

もっとひどい結果をもたらすことさえあります。芸術そのものが殺人を容易にする手段として使われることがあるのです。アウシュヴィッツの列車車庫では、クラシック音楽がスピーカーから流されました。それは犠牲者たちが門をくぐり、処理前の仕分けが終わるまで、彼らを大人しくさせておくためでした。ガス室ゆきの選別です！　音楽は作曲されたときから何も変わらぬ同一物です。しかし、それが殺人を容易にするための道具として使われたのです」

ホロコーストを生き延びた祖母を持つダンが発言する。「ナチスはお偉方の訪問があったときに、ユダヤ人囚人に音楽を演奏させ、収容所はそう悪いところではないとだましたんじゃなかったですか？　そして少なくとも親衛隊将校の一人は、音楽を聴きながらユダヤ人囚人を標的にして射撃練習をしていたのでは？」

エイミーが付けくわえる。「ルワンダでは、一九九三年だったか九四年に一番人気のあったポピュラーソングは『フツ族が嫌いだ』という曲だった、とフィリップ・ゴーレイヴィッチが報告していま す」

証言が積みあがる。芸術は堕落しない、という主張に対する反例が目立つ。だが、その祖父も生存者だったというジェイソンが声をあげる。「しかし、囚人たちはひそかに自分たちの音楽を作っていたというのも事実じゃないですか？　ナチスの鼻先でユダヤ人による美術、音楽、演劇という文化全般が実践されていたのではありませんか？　彼らの芸術は抵抗の一つの形だったのではありませんか？」

ヴィーゼル教授がいう。「その通りです。ブーヘンヴァルトでは子どもたちが詩を書きました。テレージエンシュタットでは子どもたちが画家になりました。ウッチには劇場がありました。ゲットーのなかには高校があり、結婚式が開かれ、子どもたち……彼らは引きつづき勉強をし歌をうたっていました。彼らの芸術は抵抗でした。おしなべて芸術にはそれぞれ独自の固有のパワーがあり、創り手の意志がこめられています。とはいえ、悪用によって堕落させられることはあり、だからこそ芸術作品の歴史を知ることが重要なのです。たとえば、わたしはワーグナーの音楽が演奏されるコンサートには出かけません。この態度に納得しない友人もいますが、わたしには個人的にそれ以外の選択はないのです。彼は大変に悪辣な反ユダヤ主義者でした。イスラエルでワーグナーのコンサートを開きたいという指揮者のダニエル・バレンボイムと討論したことがあります。そのオーケストラのなかには生き残りもいたんです！　個人的経験が問われる場です。あなたなりの選択をするしかないのです。ただし、音楽や美術や演劇が何を伝えようとしていたか、そしてそれが人間性に寄与するために使われたのか、それともその逆なのかは、あなたが何を選択するか決める前に知っておかなければなりません」

新しい歌をうたう

倫理と美学の関係についての奮闘はさておき、ヴィーゼル教授が音楽によせる愛情は深かった。この事実を、わたしは二〇〇五年一二月のとある火曜日の早朝に知った。わたしが教育助手に就任してから二年が経っていた。いつものようにシラバスと講読について話しあったあと、彼にこう尋ねられた。「冬休みはどうするの？」

まずは父が作曲した合唱曲のコンサートに出かけないと、と答えた。「そうそう、思いだした、君のお父さんは作曲家だったね。どんな作品かな？」

わたしは曲名を告げ、照れながら数小節口ずさんでみた。ヴィーゼル教授は耳をかたむけ、そして机をぐるりとまわってわたしを抱きしめにきた。それまでの数年間、彼がそんなそぶりを見せたことは一度もなかった。あいさつはいつも握手だけだったから。「ありがとう」と彼はいった。

そして彼は話し始めた。「子どものころ、わたしはバイオリンを習っていたんだよ、ぜんぜんだめだったけれど。それから歌を。安息日のテーブルをかこんでみんなでうたった歌を覚えている。いつも心のなかには同じメロディがあった。それはだいたい数日間か、ときにはもっと長く、新たなメロディがやってくるまで居すわるんです」

「今現在、心のラジオではどんな歌が流れているんですか？」と、わたしは笑いながら訊いてみた。

彼は「Eleh Chamdah Libi（わたしの心が望むもの）」と返事をした。秋の祭日であるシムハット・トーラー〔律法書の歓喜〕で歌う祝儀歌だが、たまたまその祭日はユダヤ暦のうえで彼の誕生日でもあった。

そのあとクラスの授業で、ヴィーゼル教授はこういう話をした。「戦後、わたしは合唱指揮者になり、一六人編成の合唱団を受けもちました。メンバーの少女たちはとても美しく、あまりの魅力にわたしは連続的に、つまり一人ひとり順番に恋に落ちました。問題はわたしがものすごく臆病で、誰にも告白することができなかった点です。あの当時わたしが必要としていたのは、愛されることではなくて愛することでした。そんなこともあって、今日にいたるまで愛を祝福しているのです。（この発言は本物だ。クラスルームのなかでカップルが生まれると、彼は嬉しくてたまらない。一例をあげると、ヴィーゼル教授は恥ずかしがりの男子学生にこうアドバイスした。最後の授業の日に、彼が思い焦がれている女性の席にバラを一輪置いておきなさいと。この男女はその後結婚し二児をもうけた。子どもたちはエリ・ヴィーゼルがパパとママの縁を取りもってくれたことを知っている。また別のケース、ある日の早朝、階段をのぼってきたヴィーゼル教授が息を切らしてオフィスに入ってきた。そして助手の顔を見つめ、前の晩のデートについて尋ねた。「あの娘さん……昨夜のことですよ！　どうですか……気に入りましたか？」　若者は、その女性といっしょになることができたらさぞかし幸せだろう、と答えた。「すばらしい！　そりゃあ……とてもすばらしい、とっても……すばらしい！」といいながら彼は出ていった。まだ息を切らしたまま、にこやかに。）

ヴィーゼル教授の授業はつづく。「わたしの伝統のなかで、音楽は大変重要です。それ自体が伝統そのものである律法書《トーラー》のことを、申命記のなかでは歌と称しています。いくつかの伝説では、神は歌いながら世界を創ったといっています。詩篇はもちろんユダヤ教において中心的な書ですが、キリスト教においても同じです。それ自体が詩歌であることに加え、信者に対して、神に向かって『新しい歌をうたえ』と命じています。それは、創造的であることが宗教的要請だからです。

さらにはユダヤ的伝統のなかで、歌は繰りかえしさまざまな役目を果たします。モーゼは紅海で歌往々にして吃らないという事実があります。そして、吃る人でも歌うときには鳥たちの歌をうたうことができ、理解することができたといわれています。最高の賢人とされるソロモン王は、鳥たちの歌をうたうことができ、理解することができたといわれています。はるかに時代がくだってから、ハシディズムの師と学生が、この伝説について話しあいながら森のなかを歩いていました。学生がどうやったら鳥の歌を学ぶことができるのか、と尋ねました。師はこう答えました。『君自身の魂が何を歌っているか、それがわかれば鳥の歌も理解できます』。同じような話は聖フランチェスコの伝記にもあるし、スーフィズムの教えによるとムハンマドも鳥の歌を理解したとされています。

歌の重要性ははかりしれず、ある伝説によれば、世界の運命が歌次第だったときがありました。列王記の下巻で、ユダ王国のヒゼキア王が外国軍から救出されたとき、ラビたちが、彼はメシアになるはずだったが救出に対する返礼として歌わなかったので運命を果たすことができず、よって世界は救われぬままだ、とコメントしました。音楽が選りごのみできる行為ではない例です！

コレッツのラビ・ピンカスがいいました。『ああ、歌うことができたなら――全能の神をこの地上に引きおろして我々に合流させることができるのに。だが悲しいことに、わたしは歌をうたえないのだ』。そして、ルバヴィッチ派の最初のレベがこういいました。『質問に答えられないとき、わたしは歌をうたう』。音楽は奇跡です。わたしの世代にとっては歌えるということ自体が奇跡なのです」

ヴィーゼル教授の七〇歳の誕生日、学生が何人か集まって彼のオフィスで歌声パーティーをもよおし、彼を驚かせた。みんなが集まっているのを見るなり、彼はかけあいの歌、「**Tzaveh Yeshuos Yaakov**（ヤコブの救いを定めたまえ）」の音頭を取り始め、それが終わると、「**Shebishiflainu**（我らが賤しかったとき神は我らを御心にとどめられた）」を、そしてまた次の歌をうたいだす。彼の若いころの歌、彼のルーツであるヴィジュニッツ派のハシディズム・グループに伝わる伝統的メロディ、そして後日イスラエルで覚えた歌。歌声は一時間以上響いていた。

クラスルームではマーガレットという学生が、彼が音楽を愛するのは音楽そのものが好きだからなのか、それとも音楽が言葉では表現できないものを表現できるからなのかと尋ねた。

彼はこう答えた。「両方ですよ、もちろん。さらにそれ以上の理由があります。戦後、音楽はわたしに希望を与えてくれました。音楽は過去に対する憧憬を含んでおり、過去がすぎさり失われたとしても、それは歌のなかに残っています。そもそも、流浪の民の音楽と国許《くにもと》の音楽とは同じではありません。それでいて、さまざまな背景があるにせよ、音楽に喜びをこめることは可能なのです。西暦七〇年に起きたエルサレム神殿の破壊のあと、指導的立場にあった多くのラビが、ユダヤ人に対し音楽を禁じました。それ以降長いあいだ、これが流浪の民となったユダヤ人コミュニティの規則でした。マイモニデスやほかの人々がこの規則を彼らの法律書に記しています。でも、どうやって音楽なしの暮らしをつづけることができるでしょう？　ということで、まずは結婚式のみで許され、それが次第に一般に広がり、ついには全面的に許可されるようになりました。ある種の体験を経たあとに、どうしたら歌うことなどできるでしょうか？　いや逆に、どうすれば歌わずにいられるでしょうか？」

肝っ玉おっ母――快楽と嫌悪

「希望と絶望は同じコインの両面です。わたしたちは絶望に立ち向かうために希望を必要とする――そして進みつづける」

わたしたちはまた、二〇世紀前半にドイツ人劇作家ベルトルト・ブレヒトが書いた『肝っ玉おっ母とその子どもたち』について話しあっている。その劇は三〇年戦争を背景にし、誰一人として感じのいい登場人物が出てこないことで有名だ。初演のあとブレヒトは、観客が肝っ玉おっ母の役柄に対してやたら同情的だったことに文句をいった。

「ブレヒトは母国ドイツから亡命中でした〔初演はスイスでなされた〕。ナチスの興隆とともに脱出していたのです。同胞国民をほったらかしにしてきた罪の意識に悩まされていた彼は、長距離をはさんで彼らと連帯するすべを模索しました――言葉によって」とヴィーゼル教授が説明する。

歯に衣着せぬ二年生のベンが手をあげる。「先生、この芝居の目的が何なのか、どうも理解できないんですが。なんとなく尻すぼみな感じがして。気が滅入りますよ、喪失につぐ喪失、人が死んでばかり。何をいいたいんでしょう?」

ヴィーゼル教授がうなずく。「これは悲劇なのか反戦声明なのか? 戦争をあつかう芝居の目的は何でしょう? それは観客に対し、戦争そのものの目的を問えと迫ることなのです。ブレヒトの演劇というのは、アリストテレスが演劇には浄化作用《カタルシス》があるという説を唱えたのとは異なり、当惑させるため、観客に誰の側につくかの判断を強制するために存在するのです。我々は一種の圧搾空気で胸をいっぱいにして劇場をあとにし、その力を推進力として圧制に立ち向かうことを期待されるのです。この芝居は観劇後いい気持ちに浸れるような作品ではありません。我々が行動に移ることを想定した作品なのです」

ケイラとピーターが手をあげ、ヴィーゼル教授はケイラに発言をうながす。ピーターには「その次に」という。

「わたしはこの作品を美しいと感じて当惑しました」とケイラ。「戦争の考察なのに、そしてすごく暴力的であるにもかかわらず」

ピーターも同意する。「ぼくもそれをいいたかった。クラスで講読した本のなかには、当惑させる出来事を描いているのに文学作品として読みやすかったり楽しめたりするのがありました。文句をいっているわけじゃありません。退屈なのよりは良質の本を読みたい。でもそんなとき、作品を楽しむということについてどう考えたらいいのかよくわからなくて」

この質問をヴィーゼル教授が楽しんでいるようすは明らかだった。

「それが芸術作品だということです」と始める彼。「そして芸術には固有の論理があります。芸術には決まりごとがあってかつ芸術は決まりごとを壊す。決まりごととは次のような例です。チェーホフが、第一幕の舞台の壁にピストルがかかっていたら第三幕ではそれが発砲されなければならない、といいました。そして、決まりごとは壊されもする。ここで決まりごとというのは〔美は美、悪は悪という〕常識的な了解です。ところが芸術においては、醜悪なものについて語っているのに美しかったり、悪を描写しているのに魅力的だったりすることがありえます。登場人物の苦しみを楽しんでいる自分に驚くことすらあるでしょう。そんなとき充分に気をつけないと、こちらが共犯者になってしまうかもしれません。読み進めるうちにはまりこんでしまうのです。意図的にこれを仕掛け、作品のなかだけでなく実人生における読者の責任をも気づかせようとする作者もいます。芸術は現実をゆがんだ鏡に写して見せてくれます。そして、あなたが小説や戯曲を読むときにそれをよそごととせず自分に引きつけて考えるなら、実人生のなかでも間違いなくあなたは責任を持てるのです。ブレヒトはそのような著者の一人です。

すぐれた芸術作品を前にすると、あなたの人生があなた自身によるよりも、芸術家によってずっとあざやかに表現されてしまったと感じることがあるでしょう。ゲーテは、人生とは芸術を介してのみ表現できる何かずっと大きなものの断片にすぎない、といいました。わたしは承知できません。人生そのものが目的なのであって、目的に達するための手段ではありません。ほんの少しの言葉だけで、小説や戯曲は数億の死を語ることができます。しかし一人の死は想像を絶する悲劇なのです」

「小説を書くか戯曲を書くか、どうやって決めるのですか？」とマークが尋ねる。彼は哲学を副専攻にしている脚本家である。

「ただ単に、小説はあるテーマを掘りさげるには長すぎるというときがあって、そういう場合は戯曲でないといけません。小説は集中を妨げることがあります。小説という形式に夢中になって、こめられたメッセージを見失う可能性があります。たとえるならば、ある女性に熱をあげた男が毎日ラブレターを送った話に似ています。やっと彼女は恋に落ちました……郵便配達人と！　戯曲だと余計なものをはぎ取ることができ、言葉がメッセージの邪魔をしないよう物語をそのぎりぎりの本質まで切りつめることができます——こうしてメッセージが伝わります。

しかしそれ以上に、演劇はひと晩のうちに人生を、全世界を創りだすという点で違っています。演劇は真実を伝えるための嘘なのです。ほかの方法では表現できない真実です。演劇では、すぐれた作品の場合には、登場人物がわたしたちに語りかけてきます。というのは、彼らがわたしたちのために語るからです。そしてその形式はメッセージを乗せています。たとえば『肝っ玉おっ母』で、カトリンは口がきけません、言葉が役に立たないからです。それからブレヒトは、カトリンにフルートなどではなく太鼓を叩かせます。音楽ではなく戦争です。著者はわたしたちに、フルートを奏でるべきとき、太鼓を叩くべきときを伝えています。世界は、死を避けるために手をつくさねばならぬときに音楽を奏で、何度も失態を演じました。ブレヒトは言葉のほかに、ある別の言語を駆使しているのです。

ところで、わたしは演劇も好きだし音楽も好きです。ただし、その両者を同時に愛するということはありません。音楽が鳴っていると言葉の力に対する集中力が欠けてしまい、話の筋を追っていると音楽を堪能することが難しくなるように思うのです。ところで『肝っ玉おっ母』には登場人物たちが歌う場面がありますが、それはあなたたちを突き放すためです！　あなたたちは音楽を楽しむことを期待されてはおらず、嫌悪感を覚えるべきなのです。ニーチェは、ある種の文学は読者を殺すかよみがえらせるかのいずれかだ、といいました。ブレヒトにとって、芸術は不正を正すものでなければなりませんでした。ですから、すべてはあなたが芸術をどう使うかによるのです。芸術を娯楽と見なしてあつかえば、それは台無しになります。芸術があなたを変えるにまかせるならば、あなたは周囲の世界を変え始め、新しい生き方を得ることになるでしょう」

『カンポ・ディ・フィオーリ』――より良い炎を燃やせ

アフマートヴァについての講義の数週間後、わたしたちはポーランドの詩人、チェスワフ・ミウォシュの詩『カンポ・ディ・フィオーリ』について話しあった。その詩は一六〇〇年に殉教したジョルダーノ・ブルーノをあつかったもので〔彼はローマのカンポ・ディ・フィオーリ広場で火刑に処せられた〕、そこにワルシャワ・ゲットーを結びつけている。ホロコーストの渦中ユダヤ人を助けたミウォシュは、ワルシャワ・ゲットーを熟知していた。ブルーノは哲学者、神学者、天文学者だったが、彼の諸理論は当時のカトリック教会から忌避され、彼の急進的な神学は異端審問所で異端の罪とされた（彼は太陽系にかんするコペルニクス説を支持し、恒星とは、おそらく生命が存在する別世界における太陽であると主張し、また輪廻も信じていた）。彼の裁判は七年つづいた。ヴィーゼル教授はある学生にミウォシュの詩を読むように頼んだ（本書英語版での翻訳はデイビッド・ブルックスとルイ・イリバーンによる）。

ローマのカンポ・ディ・フィオーリ広場には
オリーブとレモンの籠
ワインがこぼれた舗石
花の残骸

その同じ広場で
ジョルダーノ・ブルーノが焼かれた
手下どもが積み薪に火をつける
群衆が押しよせる
炎が消える前に
居酒屋はまた満員
オリーブとレモンの籠が
ふたたび売り子の肩にかつがれる

私はカンポ・ディ・フィオーリ広場のことを思う
ワルシャワの回転ぶらんこがすぐ近くにある方の
雲ひとつない春の宵
カーニバルの音楽が流れていた
その明るいメロディがかき消した
ゲットーの壁の向こうの一斉射撃

カップルたちが飛ぶ
雲のない空へ向かって高く

死につつある人たち
世界に忘れられた孤独な人たち
私たちの舌は彼らのために
古い惑星の言葉を語ろう
すべてが伝説になり
長い年月が過ぎるまで
新たなカンポ・ディ・フィオーリ広場に
詩人の言葉によって憤怒に火がつけられる

ヴィーゼル教授は読んでくれた学生に礼をいい、こうつづける。「ミウォシュは、苦悩とそれに無関心な人々とのあいだに横たわる大きな隔たりを描いています。『炎が消える前に/居酒屋はまた満員』——どうしたら、処刑を目撃した直後にまた酒を飲みに戻ることができるでしょうか? どうしたら、ほんの数軒先で人々が餓死寸前でいるのに、カーニバルを楽しめるのでしょう? ミウォシュがこの詩を書く一年前、バチカンのリーダーであるメルカーティ枢機卿がブルーノの裁判にかんする新たな書類を発見し、あの火刑を執行したカトリック教会は正当化されたと主張したことを、彼は知っていたのでしょう。

『その明るいメロディがかき消した/ゲットーの壁の向こうの一斉射撃』——ミウォシュは、メロディがデリケートなものであることと詩は命を救うには充分な力はないことを知っています。ですが、こうした弱点を痛感している分だけ、彼は言語の力をよく承知しています。彼は――怖気《おじけ》を感じつつ――『新たなカンポ・ディ・フィオーリ広場』を想像してみますが、このとき詩人は火を消せない無能力者ではありません。それどころか『詩人の言葉によって憤怒に火がつけられる』。彼の炎は火刑の炎を圧倒するでしょう。まるで世界というのは、二種類の炎と炎の戦いによって定義されているかのようです。一方の炎は不寛容、偏見という、無辜の犠牲者の足もとで焚かれた炎のことです。さてもう一つの炎は何でしょう？」

学生がこの質問を反芻しているあいだ、ヴィーゼル教授は頬に手を当ててじっと待つ。しばらく時が経ったのち、ショーンが発言する。いつもサンダル履きでサングラスをかけたスポーツ選手で、一度もクラスで発言したことがなかったから、わたしは驚いた。「情熱でしょうか？　何かについてとても強い思いを抱くあまり燃えあがってしまう、というような？」

「まさにその通り――文句なしでAプラス」と、笑顔のヴィーゼル教授がいう。ショーンは顔を赤らめる。「あまりにも頻繁に、熱くなりすぎるな、そんなに感じすぎるな、周囲に合わせていけ、という言い方をされます。わたしには受けいれられません。強く感じること、深く感じること、善を希求する自分の思いに気づきそれを育ててゆくこと、それがわたしたちの運命だと思います。そうして初めて、悪事に情熱を燃やす連中に打ち勝つチャンスを得ることができるのです。

大作家、アイザック・バベルについてこんな話があります。彼はロシア軍騎兵隊の中尉でした。彼の騎兵隊は白ロシア、ウクライナ、ついにはポーランドまで侵攻し、多くの地域を征服しました。バベルは残忍な戦士で、すぐれた騎手、射撃の名手でした。ある日、彼はチェルノブイリというポーランドの小さな町〔一九二〇年代に帰属がポーランド、ロシア、ウクライナと転変している。ハシディズムのセンターだった〕へやってきて、チェルノブイリ最後のレベがいると聞きつけました。彼はロシア軍に所属していましたが、自分がユダヤ人であることを忘れてはいませんでした。彼は老師に会いにゆき、ユダヤ人の歴史もユダヤ教も終わり、今や新しい人類の時代が始まったことを告げようとしました。

彼は師の家に到着しますが、もぬけの殻でした。皆ロシア軍から逃れて洞窟に身を隠していたのです。彼は部屋から部屋へと見てまわりますが、誰もいません。最後に書斎をのぞくとそこにレベがいて、タルムードの勉強をしていました。彼は書物に没頭するあまり、兵士が凝視していることには気づきもしません。バベルは眼前の集中ぶりに恐れ入り、ただしばらく見つめたまま立ちつくしていました。ようやくレベは彼に気づきます。自分に会いにくるのは皆嘆願者だと思っていた彼は、軍服を着ていてもバベルのことをユダヤ人だと見抜いて、こういいました。『ようこそユダヤの人、何の御用でしょう?』

バベルは何をいうつもりだったか忘れてしまいました。自分がロシア軍の中尉であることも。彼はこう書いています。『とつぜん、自分のものとは思われぬ叫びが口から飛びだした。おそらく祖父の叫びが。こんなことを口走っていたのだ。「レベ、どうか情熱を授けてください!」』

正直な話、情熱なしでどうやって生きることができましょう? なのにわたしたちはそれを失ってしまいました。社会全体が情熱を持つというあり方をもはや求めていません。その代わり娯楽が、気晴らしがあります。いいですか、ナチスも共産主義者もクメール・ルージュも皆情熱的だったんです。彼らには理想像があって、同胞たちの心の底からの願望に働きかける力がありました——たとえば民族的純粋性、階級闘争の終焉、新しい歴史の始まり、宗教的覇権など。彼らには炎がありました。彼らと戦うにはなまぬるい態度では役に立ちません。よりすぐれた炎を燃やさなければならないのです」

色彩の復活

一〇月のある朝、定期的な面談のためにヴィーゼル教授のオフィスへ出かけた。控え室にいたボストン警察署のライアン刑事が会釈をする。ほぼ一年前、サンフランシスコに住む若いホロコースト否定論者から何度か脅迫されたり一度は誘拐されかかったりして以来、ヴィーゼル教授にはどこへいくにも護衛がついている。

彼は笑顔でわたしを迎えいれ、いつもの席に招く。向かい側にすわってわたしの調子を尋ねる。わたしは彼に祖父が入院したことを話し、祖父のことを心に留め祈りを捧げてくれるよう頼んだ。「リフワ・シュレイマ」とヴィーゼル教授がいう。伝統的なヘブライ語のフレーズで「完全な治癒を」という意味である。

翌週ケンブリッジでわたしの絵画展が始まることを彼に伝えた。一七歳のとき以来初めての展示になる。一年以上前に創作活動を再開してから作品数は増え、そのいくつかは注目された。驚いたことにヴィーゼル教授は「すばらしい、見にいくよ」といってくれた。次の月曜日、仕事のあとに出かけることに決め、その日の本題に戻る。彼は社会倫理をテーマにしたわたしの研究を指導することに合意してくれた。

約束した月曜日、わたしはヴィーゼル教授とオフィスの外で落ちあった。わたしたちは建物を出て、彼がボストン市内を動くときに使っている特別車に乗る。ハンドルを握るライアン刑事としばらく世間話をする。運転してくれてありがとうというと、「何でもありません。あなたの絵が楽しみです」と彼はいい、冗談めかしてこう付けくわえた。「一枚プレゼントしていただくのも悪くないですが」。もう喜んで、とわたしは返事をする。まだ閑散とした展示場に着く。今のところは奥の事務所で働く管理人くらいしかいない。

ヴィーゼル教授は二十数枚の絵を、数分ずつかけて見てまわる。それぞれ抽象度を変えて描いた人の顔のシリーズだ。小さな作品の前で長いあいだ立ちどまっている。白黒で描いた顔の抽象画だ。輪郭よりもタッチを重視したミニマリスト的な絵で、右利きのわたしがわざと左手で描き、意図とコントロールに対する執着を捨ててみた作品である。

さらに一〇分以上かけてから、わたしが立っていた場所へ近づいてきた。「あれが一番好きだね」。「なぜですか?」とわたしは上機嫌で尋ねる。「芸術だ」と謎めいた返事。その意味を理解できぬま、わたしはきてくれたことにもう一度礼をいい、彼の車まで見送ってから電車で帰宅した。

しばらくしてから、わたしの作品のなかでも最も簡素なあの絵は、彼がものを書くときのアプローチに通じるところがあると気がついた。余計なものをすべてそぎ落とす。そのときの個展に出した作品の多くはいくつもの層を塗りかさね、絵の具とグラファイト鉛筆とオイルパステルを使って細部と質感を表現したものだった。だが、彼が一番長いあいだ眺めていた作品は、簡素そのものだ。余分な筆づかいはひとつもない。彼があの絵を一番気に入るのは当然のような気がした。

わたしの作品に対する彼の関心は、わたしが意識していなかったことを気づかせてくれた。イェシヴァでそして大学院で言葉と思想を吸収して何年も過ごしたあと、ようやく今、自分自身を言葉とイメージで表現できると感じている。色彩、質感、そして描線の無辺際が、言葉により深い意味を与えてくれる。

チョコレートを愛す

それから数週間後、ヴィーゼル教授のオフィスの控え室に二人の中年女性がきていた。メイン州の教師で、彼女らは毎年彼にファッジを持ってくる。箱を手に待っている二人を見て、わたしはにんまりする。彼女たちはヴィーゼル教授の心を溶かす秘密を知っているのだ、チョコレートが大好物だということを。ちゃんとした食事をするように注意される教授である。彼の教育助手だった期間中に一度だけ、彼がサンドイッチを食べているのを見たことがある。チョコレートかチョコレート・ルゲラー〔クロワッサン型の菓子パン〕を食べている姿ならしょっちゅう見た。

二〇分後に女性たちが辞したのち、わたしは彼のオフィスに顔をのぞかせ、入ってもかまわないかと尋ねた。彼はうなずき、わたしは彼とともに張り出し窓のそばの小さなテーブルにすわった。

「アリエル——最近はどうしているの?」

学校教師がどういうものかを経験するために、ユダヤ人コミュニティの成人教室で教え始めたことを話したが、わたしは疑問も抱いていた。「自分が本当に教えることができる段階にきている、とどうしたらわかるんでしょう?」

「教えずにはいられない、と感じたときに教えるのです」と彼は答える。「何かが自分からあふれ出そうになって、誰かに分け与えても何かを失ったという感じがしない、そういうときですよ、教え始めるべきときは」

ヴィーゼル教授のアシスタントがドアをノックし、お電話ですという。誰あろう、フランスの首相からだ。

「席をはずしましょうか？」と、わたし。

彼は「君に隠すことは何もないって知ってるでしょう」といって電話を取った。

こういったことは、彼と過ごす年月のあいだ、何度となく繰りかえされることになる。

電話が終わり、わたしたちは会話に戻る。わたしは次の質問、ずっと難しい方を持ちだした。「教えたいという意気込みは確かにあって、教える時間を増やすことも可能です。が、そうすると博士課程を休止するかやめてしまわなければならないかと」

「勉強に満足していないのかな？」と彼はやさしく尋ねた。

「いいえ、そんなことは決してありません。ただ責任を感じていて。ずっと勉強ばかりしてきました、イェシヴァで七年間、ここで三年間。恩返しをしなければと感じているのです」

「博士号は無駄にならないと思うよ」と彼は答える。「恩返しもたくさんできる。君がどういう決断をしようとサポートはしましょう。でも、わたしなら一年か二年待ってみる。じきに博士課程が終わって修了試験を受けることになるでしょう。それが全部終われば博士論文を書くかたわら時間の都合もつきますよ。そのあいだ、コミュニティでももっと教えることができるし。いい展開じゃないですか。君は自分がめざしたいところを知っている。叙任と学位の両方を得ることはその目的に近づく助けになりますから」

この説明はわたしの胸に沁みいり、わたしはそれを素直に伝えた。年を取ってきたことを実感する、何かを築きたいという衝動が日増しに強まっている、ということも。学んできたことを分かちあわなければという責務がのしかかってくるようだ。

「責任は果たせるよ、アリエル。君は三一だったかな？」

「ちょうど三二歳になったところです」

「まだ若い。だが、そう感じられないのもわかるよ。わたしはいつも年寄りのような気がしていたし、残り時間は短い、人生は急行列車だと感じていた。君も同じだろう。しかし君には時間があるし、君の声を伝える方法は見つかる。君の声はわたしの声と同じくらい大事なんだ」

芸術と苦悩

「わたしの恩師、ソール・リーバーマンがこういいました。『切りさかれたことのない人間は人間ではない』。芸術は苦悩から生まれなければならないのでしょうか？」

その日ボストンはかがやいていた。通りの反対側にある建物の窓ガラスが太陽を反射し、何人かの学生がまぶしそうにしている。講義の真っ最中だったけれど、わたしは席を立ち、教授の背後のベネチアンブラインドを閉じにいった。

大学院生のジョーダンが発言する。「それは神話だと思います。苦悩する芸術家というイメージ。苦悩する医者とか弁護士なんて思いつかないでしょう——なぜ芸術家だけが違わなければならないのか？　おのおの自分の専門分野でする仕事があります。大事なのは訓練であり、技術や技巧を学ぶことでしょう。それで幸せになって仕事に励む」

芸術専攻の学生スーザンが発言する。「でも、先生の恩師がおっしゃったことにも一理あるでしょう。何かによって心がむきだしにされたとき、それが痛々しい経験であれ歓喜であれ、未知の深部が浮上するんです。それによってまたものごとを深く感じることになる。苦悩がすばらしい芸術を生む、などとは信じたくありませんが、苦悩のなかに何かがあるのではと……」

ヴィーゼル教授がいう。「苦悩が必要だとは思わないし、それを求める必要もない——そんなことをしなくても充分にあります——というのがわたしの信念ですが、確かに苦悩はある重要な機能を果たします。それによって真正の何たるかが全身に染みこみ、何が本物かを痛感させ、それどころか、わたしたちがお互い正体を隠すためにつけていたマスクをはぎ取るのです。苦悩のさなかにあるときには、裸体をさらけださざるを得ません。隠そうとしても無駄で、あなたを知る人の目には赤裸々になるのです」

この言葉を聞いて、わたしは思いあたる記憶に鋭く射貫かれた。わたしは、満足からほど遠い状態でも満足げにふるまう努力をする人生を送ってきた。わたしの芸術はある意味で、父と母それぞれの相いれない人生訓に折りあいをつけようとする試み、混乱を美に変容しようとする試みだった。二軒の家、テクストと芸術、伝統と創造性のあいだにある一貫した緊張が、わたしのすべての研究と学習と創造の原動力になっていた。また別の見方では、盲目の姉を持つ者がスケッチや絵画を選択するのは奇妙ではある——彼女には決して見ることのできないイメージを作っていたわけだから。ある意味で、彼女が創造できないイメージを作ることで、彼女のために芸術作品を創造してきたのだと悟った。こんな考えが、ヴィーゼル教授が話をつづけるあいだ、わたしの心のなかを行き来した。

「ほかには何が見せかけをはぎ取ってくれるでしょう、逆にそれを増長するものは何でしょう?」

ある学生が答える。「この学期の最初に先生が沈黙について、ご自身の著作に沿って、あるいは一般的な意味において、話されたことを思いだします。静寂のなかにたたずみ、沈黙する時間を持つことは、本当の自分につながり、周囲をとりまくあれやこれやに煩わされずにすむ助けになると思います」

「よろしい」とヴィーゼル教授。「ほかに意見は」

「有名人《セレブリティ》をもてはやす風潮が大きな問題だと思います」とマリナがいう。「有名になろうとしてインターネットでビデオを流す人がいますが、あの人たちの暮らしは、有名人の真似をすることで見せかけのものになってしまいます。そんなことをしていたら、自分自身の声を失ってしまうと思います」

「インターネットについてはまったくわからないんです」とヴィーゼル教授がいう。「なんとかコンピュータを使える程度です。が、あなたがいっている大枠はわかります。実際にわたしに起きたおかしな話をしましょう。歩いているとき、若いカップルとすれ違いました。女性がボーイフレンドに何かいいました。わたしには聞きとれませんでしたが、彼の答え方からして彼女が『エリ・ヴィーゼルじゃない？』と訊いたらしいことがわかりました。彼は『そんなはずがないよ』といったのです。彼女はきびすを返してわたしの顔をのぞきこんだあと、彼のところへ戻ってこういいました。『あなたのいう通り。彼じゃなかった！』」と、教授は静かにふくみ笑いをした。「正直、わたしは嬉しかった。彼らがわたしだと認識したらわたしは何をするはめになったでしょう？　気分を壊さぬようにサインでもしたでしょうか？　でも、有名願望などないのに有名になってしまった人たちが、浮かれずに地に足をつけておく方法はあると思います。沈黙も役に立ちますね。でもほかに一つ、あなた方が触れなかった方法がありますよ」

わたしもクラスも興味津々だ。

「友情です。本当に良い友人ならば、あなたが正直な人物であるよう、つなぎ留めてくれます。あなたの本当の声、あなたの真実からずれないように助けてくれるのです。最高の音楽は多声音楽《ポリフォニック》です。レベ・ナハマンによるハシディズムの教えがあります。彼はこういいました。『二人の人間が同時に話すと耳障りだ。しかし彼らがいっしょに歌えばハーモニーになる』。世界が倫理的なコンパスを失ったときには、倫理の目盛りをきざみなおすために美が必要になるのです。言葉が機能しなくなったとき、歌うこと以外にできることがあるでしょうか？」

コンサートにて

二〇一〇年、ニューヨークの「92nd Street Y」〔という名前のカルチャーセンター〕で、彼は子どものころの歌をうたうソロコンサートを開催した。わたしは娘とともに前から三列目の席にすわっていた。彼はこういってコンサートを始めた。「晩年の転職か、などという期待はしないでください。これ一回きりですから」。そして彼は歌った。次から次へと、ほとんどが彼の少年期の歌だったが、戦後フランスの孤児院にいたころの歌も何曲かあり、合唱団の伴奏がついた（指揮者はわたしの義理の父、マティ・ラザール）。「Rozhinkes mit Mandlen〔レーズンとアーモンド〕」（最初に聞いた子守歌です、とヴィーゼルはいった）、「Oyfn Pripetshik〔炉床の上で〕」（わたしが初等学校《ヘデル》で初めて聞いた歌）など、何曲もの歌がつづいた。

「歌をうたうとき」と彼はいう、「貧乏人は貧しさを忘れ、病人は病気を忘れました」。彼は「Es Brent〔燃えている〕」という歌をうたった。そのコーラスは「立ちつくすな兄弟よ／火を消せ、私たちの町が燃えている」という。ヴィーゼル教授がこういった、「この歌を聞くたびに胸が張りさけ、わたしは今のこの世界を、危機にさらされた世界を思うのです。わたしたちは何をしようとしているのでしょう？」

一時間半が経過したのち、彼はこういう話をした。「一九四三年、ヴィジュニッツ派のレベと安息日を過ごすべく母に連れられて彼のもとへ出かけました。するとそこにはレベの甥がいました。ポーランドのガリシアから脱出してきたところで、皆が彼に目撃したことを話してくれと頼みました。レベの甥は言葉にすることはせず、この歌をうたって答えたのです」

そして彼は「Ani Maamin」――「私は信じる」――を歌った。メシアの到来を信じる歌だ。その歌には「彼がやってくるのは遅いだろうが、それでも私は彼を待つ、毎日彼を待つ」という歌詞が含まれている。

歌い終わってから、彼はしばらくたたずんでいた。そしてステージを去った。

第7章

証人

わたしは学びに学び、
学びに学んでいるのに、
いまだに何かを始めたという実感がない。
でも、まもなく始めます。
エリ・ヴィーゼル

卒業前最後の学期の最終日、わたしはヴィーゼル教授のオフィスにいた。彼の小さな丸テーブルのいつもの席にすわり、窓外からは、わたしたちの会話に静かな対旋律を加えては走り去る車の音が聞こえてくる。彼はわたしの方を向いて、こう尋ねた。「来年度はどんなテーマで教えたらいいだろう？」

思いがけない質問に驚く。来年度、わたしはここにいないのだから。

過去数年間、講義のテーマにしてはどうかと考えていたけれど、いろいろな理由で選ばずにいたいくつかを提案する。聖書における想像力、神秘思想の多様性、古代文学と現代文学における信仰と破壊。彼は最後の提案を講義の一つとして採用することに決め、そのあとこう付けくわえる。「わたし自身の本についての講義はどうかな？」

「長いあいだそうせずにいましたが、なぜ今なのですか？」

彼は視線をそらせていう。「そうすべき時期がきたかなと」

わたしたちは黙したまま、彼の言葉が落ちつきどころを得るのを待った。

「さて」と彼はいう。「アリエル。ここまでいっしょに手ごたえのある仕事をしてきたね」

わたしは彼を見つめ、胸がつぶれるような気持ちでいた。学部生のころ、最初に招かれた日のこと、躊躇しながら辞退したあの日のこと、そして舞いもどった日のことを思いだしていた。「わたしを待っていてくれてありがとうございました」

彼はすべてお見通しだ。「待ってるっていったでしょう」といい、微笑んだ。

沈黙のなか、わたしたちはしばらくじっとしていた。そしてヴィーゼル教授が尋ねる。どの職業を選ぶことにしたのかと。それまでの数か月、わたしはいくつかの選択肢を比較していた。一つ目はニューヨークにあるラビ神学院の教職、二つ目は全米用カリキュラムの作成にかかわる仕事、三つ目は地元ユダヤ人コミュニティの企画担当上級職。彼には三番目のを選ぶつもりだといった。

「ニューヨークはただもう金がかかりすぎて、教員給与ではやっていけません。カリキュラム作成の仕事には心が動かされますが、企画の仕事に決めた理由は二つあります。まず給料がほかよりもいいことで、頭数の増えてゆく家族を抱えている現状では、これは無視できません。二番目の理由は、ほかの仕事よりやりがいがありそうなこと。教室を超えたところで貢献できそうだと思ったのです」

「やりがいに挑戦するのはいいことだ、君に sipuk nefesh がある限りはね」と彼はいう。ヘブライ語のその言葉は「個人的な深い満足」という意味だ。彼はわたしの目をのぞきこんでじっとしていた。そして言葉を継ぐ。「しかし君は教師でしょう。ならば教育をしなければ、ほかの仕事をするかたわらであっても。何かを教える工夫をしなさい。クラスを一つ受けもつだけでもいい、ひょっとしたら仕事場でも、それがだめならほかの場所でもいいし」

そうした発想はわたしにはなかったが、とても正しい考え方のような気がした。

「お金を払ってもいいくらいのアドバイスです」と彼にいった。

「しかし君には払う金がない！」と彼は笑いながらいう。そしてまじめな表情に戻る。「わかっているだろうけれど、できるだけ君の助けになるつもりです。神がわたしを生かしておいてくれる限り」

彼のオフィスを辞するとき、わたしは最後の言葉について考えた。今まさに卒業しようとしているこのわたしは、と思案した。ヴィーゼル教授から学んだこと、彼のクラスで学んだことのみならず二人で交わした多くの会話から学んだことを、どうやって世のなかへ知らしめることができるだろう？何はともあれ、わたしはほぼ二〇年来の弟子なのだ。わたしの任務は何だろう、証人の証人としての任務とは？

クラスルームの外で

それから数か月のあいだに、わたしはニューヨークにあるヴィーゼル教授のオフィスを訪れて博士論文の口頭試問を受け、卒業し、新しい仕事についた。

仕事の内容は、コミュニティの組織活動、教育現場の支援、マーケティングのすべてにかかわるもので、勉強ばかりして何年も過ごしたあと、かつ勉学を可能にしてくれた支援を受けつづけたあとだけに、ようやく恩返しができるかと思うとわくわくした。また、そんなにたくさんのことを学べるのもありがたかった。マネージメント、組織政策、資金調達、そして立案。これらは、それ以前にわたしが受けてきたきわめて抽象的な教育をうまく補ってくれるものだし、ビジネススクール関連の書類を読み、成功した起業家のインタビューを聞き、これから学ぶことを仕事に反映させてゆく、そうしたことのすべてが楽しかった。

だが、自分がどれほど教職を懐かしがっているか、それに気づいて愕然とすることもあった。最初の数週間は何度か、朝起きたあと、今日は大学にはいかないんだと思いだすまで一瞬の時間を要した。地元のシナゴーグでわたしにとって最初の授業を受けもつことにしていたが、まだ開始しておらず、果たして片手間にひとクラスを教えるだけで足りるだろうかと思いめぐらせた。

教えたいと思う潜在的意欲の強さだけが驚きなのではなかった。最初の給料支払小切手が郵送されてきたときのショックときたら――健康保険やほかの社会保険、税金などがこんなに天引きされるとは思ってもいなかった。新生活がどういうものかを理解してゆくにつれ、これが家庭内の緊張の種になった。ほとんどわたしは家におらず、仕事の複雑で政治的色彩の濃い性格にふりまわされ、それでもなお家計のやりくりがつかない。副業として教職につくことを、妻はサポートしてくれた。貯金もできるだろうし、これで初めてしっかりした経済基盤を確保することができると思ったのだ。だがどうも、そううまくはいきそうにない。わたしは個人的使命と家族を養うことの関連性について疑問を抱き始めた。扶養家族が口を開けて待っているときに世界を救うのは容易ではない。

仕事と新種の奮闘に打ちのめされたわたしは、数か月が経過するまでヴィーゼル教授にすっかり無沙汰してしまっていた。

わたしは彼をニューヨークのオフィスに訪ねた。協議事項もなし、準備すべき講義もなし、参考図書リストを決める必要もなし、わたしたちの手助けを要する学生もいない。ここへきたのは、ただ彼に会いたかったからだ。彼はなんとなく以前とは違う気がした――わたしに対し、友だちのように話しかけてくる。こちらからすれば、今も昔も彼の教え子でしかないのだが。

彼は目下、ホロコーストを否定しイスラエル破壊を呼びかけるイランの大統領、アフマディーネジャードに対する非難声明に賛同する各国政府リーダーを集め、協力体制を作る仕事をしている、と説明してくれた。「ああいう言葉づかいには気をつけなければいけないとみんな承知してはいるんだ。しかし力のある反応を結集するのがいつも難しい」。彼はため息をついていう、「ほとんど何も知らないんだよ。年を取れば取るほど、自分たちについてほとんど何も知らない、自分たちがなぜそういう行為をするのかわからない、ということにますます気づくようになる」

「どういう意味ですか?」

「憎悪がどう機能するか、わたしたちは微に入り細に入り知っている」と彼はいう。「最初は言葉から始まり、そしてシンボルが掲げられ、最後は殺戮へ走るということを知っている。我々はみんな知ってるんです、何度も何度も見てきたし。しかしまた同じことが起きるのを我々は座視している。なぜなのか? それは、自分たちの暮らしで忙しいから、政治家は選挙で勝ちたいから……まあ、そんなことも以前はがまんできていたんですが」

彼は熱くなってしまった自分を笑いとばしてから、話題を変えた。「どうですか最近は、何をしているの?」と訊く。金銭的に四苦八苦していること、そのせいで家庭の平穏が揺らぎつつあることを、わたしはこれまでになく正直に話した。金の追求は精神を狂わすと教えられたけれど、本当に精神が狂うのは家賃の支払いに悪戦苦闘するときだと気づきつつあった。

「わたしも長いあいだお金には苦しめられてきました」と彼はいう。「そのことは回想録にも書きました。それは人生の一部なんですよ。それを避けようとする方向に力をそそぐべきではない。人生の理想を推進するための時間を多少なりとも確保することを忘れないように。自分は進化している、成長している、教えているんだという実感を持てるようにしなさい。経済的安定はあとからくる。だけどもちろん、何か力になれることがあれば知らせてください」

次の質問には驚かされた。「君のマシュギーアハは誰?」(「マシュギーアハ」とは伝統的なユダヤ人学校で使われる言葉で精神的監督者を意味する。学生が個人的問題で相談する指導者のこと。)

一瞬考えてから「あなたです」

ヴィーゼル教授がいう、「これからは君自身が、君の内部にマシュギーアハを育てる必要があるね」

わたしは若干しょんぼりした気分で彼のオフィスの椅子にすわっていた。大人としての挑戦に立ち向かわせるために、彼はわたしを見捨てるのだろうか？　そんな考えのあと感謝の波がよせてきた。わたしを受けもったほかの教師たちと違って、彼はわたしの葛藤やどん底を知っても、それは打開すべきだと発破《はっぱ》をかけたり、これで善なるものへの切望など非現実に見えるだろうと後ろ向きなことはいわず、ただあるがままの現実ととらえた——受けとめてそして働きかけるべきものであると。

彼のオフィスを辞したわたしはマディソン街を歩き始め、彼が数年前にクラスで披露した話を思いだした。

一年近く、若き弟子ハノックは彼の師、レベ・シムハ・ブニムに相談したいと願っていた——だが、彼はあまりに引っこみ思案だった。老師の厳粛さに怖気づいた彼は、難問と格闘する自分を助けてくれるだろうと信ずる唯一の人物を避け、自分の殻に閉じこもっていた。ついに、何週間も迷ったすえに、彼は勇気をふりしぼって師に近づいた。彼は咳払いをしてからこういった、「先生、わたしは戒律の何たるかを理解しています。伝統が何を教えようとしているか理解しています。しかし一つだけわからないことがあるのです。なぜわたしがここにいるのか。与えられた命をわたしはどうすべきなのでしょう？」

老師は答えた。「わたしも人生の毎日をその疑問に苦しんでいるんだ。おいで——今夜は夕飯をいっしょに食べようじゃないか」

わたしがこの話を思いだしたのは、この老師と同じように、ヴィーゼル教授がわたしの格闘に答を与えてくれなかったからだ。その代わり彼は、わたしが実際に必要としているのは、疑問を分かちあえる誰か、解決しようとせずただいっしょにいてくれる誰かだと見抜いた。自分にとって何よりも必要なのは連帯なのだと、わたしは悟った。わたしたちが共有する壊れやすいヒューマニティをともに理解すること。彼とは忌憚なく話ができる、安心して話ができるという了解がわたしにはある。それに、わたしが自分のなかに内なる権威、すなわち自分自身の直感と知恵をはぐくむべしという彼の主張は正しい——もちろん容易ならざる課題だが。当時のわたしはその困難さを実感していなかったが、この課題はその後数年間のわたしの人生の主要テーマになった。終わりが見えないテーマだけれど、それでもなぜか喜びを感じる宿題である。

驚嘆による教育法《メソドロジー・オブ・ワンダー》をめざして

その次にヴィーゼル教授に会ったのは数か月後、彼の八〇歳の誕生日を祝って開催された会議の席でだった。わたしはスピーチをするように頼まれた。彼から教わったことのいくつかを話すことができるのは大変ありがたかった。

教育と学習に対する彼の取り組みについて話すことにした。彼が残した成果のなかで意外なほど論じられることの少ない分野である。彼の人生のこの側面にかんする記事がほとんどないと気づいたのが、このトピックに光を当てることに決めた理由だったけれど、職業とこの世界における役割を尋ねられれば、彼は常に「わたしは教師です」と答えていた。何年も教室での彼を観察しつづけて、わたしはこう確信するにいたった。ヴィーゼル教授という人物は模倣を許さぬ存在ではあるが、彼の教育方法を教え伝えることは可能だと。

わたしはスピーチを修辞疑問文で始めた。もしエリ・ヴィーゼルが教室で用いている基本的設計原理に基づいて教師やリーダーを養成する教育施設を創設するとしたら、そこでの指導原理はどういうものになるだろうか？　この設問に自答する形で、学生の倫理的・道徳的力を目覚めさせる可能性を持つ「驚嘆による教育法《メソドロジー・オブ・ワンダー》」とでもいうものをわかりやすく説明しようとした。

わたしがスピーチを終えると、ヴィーゼル教授はこちらを見て何度もうなずき、微笑んでいた。彼は支援者たちにかこまれていたので近づかず、わたしはただ笑みを返した。しかし、一週間後にニューヨークの彼を訪れると、彼は開口一番「あれはグッドアイデアだね！」といった。

わたしはわけがわからなかった。「何がですか？」

「君が提案した教育施設のことだよ」

彼がわたしの修辞疑問文をまともに受けとめ、現実的なプロジェクトとして議論したがっているということにようやく気がついた。わたしたちは自由にアイデアを出し、思うがままに語った。彼はわたしに、ボストン大学の役員にそうした施設を作る設立資金の援助が期待できないか訊いてみてはどうかと提案し、彼は彼でボストン大学の学長や知り合いの慈善家たちに電話をしてみようといった。

「これは検討してみよう。ひょっとするとわたしたちの財団でも何かできるかもしれない」（エリ・ヴィーゼル・ヒューマニティ財団のこと。彼がノーベル賞受賞後、妻のマリオンと設立したもの）。

わたしは彼に、もっと多くの若者に彼の教育を体験させ、もっと多くの教師に彼の教育的アプローチを知らしめる必要を痛切に感じると伝えた。

わたしたちは話しあいをつづけ、計画を立てた。ところがそれからわずか数週間後、エリ・ヴィーゼル財団がポンジ・スキーム〔出資金詐欺〕で全資産を失ったことをニュースで知った——悪名高きバーニー（バーナード）・マドフのスキャンダルの犠牲になってしまったわけだ〔ユダヤ系米国人のマドフはユダヤ人社会で信任が厚く、そのため慈善団体や学校なども被害にあった〕。いうまでもなく、わたしたちの計画は棚上げとなった。

ヴィーゼル教授はマドフに対する怒りをおおやけに表明したが、その次に会ったとき、彼は興奮ぎみの笑顔でわたしを迎え、こういった、「おいでおいで、見せたいものがあるんだ！」

オフィスに入るや彼は封筒を取りだし、「アイオワの少年が送ってきた封筒でね、五ドル札とメモが入っていて『お金が全部返ってきますように』というんだよ。あんなにひどい出来事のあとに、こういうことが起きるんですから」

「すばらしい」とわたしはいった。「でもあの件について本当にポジティブでいられますか？」

「所詮金の話です。それに、わたしはこれまでの人生でほぼ常に、悪いことが起きたら目を閉じてほかの時代のことを思いだすことにしてきました。すると悪いように見えたものがそんなに悪くはないと思えてくる。良いことが起きたときも同じですけどね。目を閉じる、するとすごく良く思われたものがそうでもなくなる」

彼の物の見方を聞いて、そこにはより大局的な見地があることに気づいた。どんな難題に取り組んでいようと、いつか終わるときはくる。

有名人であることを超えて

この時期、ヴィーゼル教授はニュース番組によく出演した。全国の大学でおこなわれる通常の講義、海外出張、国連でのスピーチ、さらに諸々の活動に加え、新たな展開があった。

二〇〇六年に彼はオプラ・ウィンフリーといっしょにアウシュヴィッツへ旅をした。オプラは

『夜』を彼女が主宰するブッククラブの推薦図書に選び、ヴィーゼルの最初の本は――彼の妻でありパートナーであるマリオン・ヴィーゼルによる新訳版で――新たな名声を博することになった。アウシュヴィッツ訪問を通じて二人は親友になり、その後数年間、ヴィーゼルはオプラのトークショー「スーパーソウル・サンデー」に何度か出演することになる。

二〇〇八年六月、彼はノーベル賞受賞者の集まりである会議の第四回をヨルダンのペトラで共同開催した。目的はさまざまな問題――グローバル経済の進展、メディア、芸術の役割、そして特に飢饉――についての討議である。ヴィーゼルは飢えという屈辱、そして世界に蔓延する飢饉と先進国における過剰文化という愚かな二重の現実について語った。

二〇〇九年にはオバマ大統領、ドイツのアンゲラ・メルケル首相とともにブーヘンヴァルト強制収容所を訪れた。この訪問はヴィーゼルの発案で、イランが公然とホロコースト否認に躍起になっているとき、ホロコーストの記憶を現代アメリカの意識のなかに、これ以上ないおおやけの舞台でしっかり植えつけるための演出だった。この訪問の際、オバマ大統領はこういった、「わたしたちが今日ここにいるのは、［記憶に留めるための］この作業が未完だからです。今日にいたるまで、ホロコーストなどなかったと断言する――根拠もなく無知と悪意に基づいて事実と真実を否定する――人々がまだいます」。彼はイラン政権について言及しているのだった。同政権のリーダーたちは公式にホロコーストを否認し、ホロコースト漫画コンテストのスポンサーになっているほどだ。

エリ・ヴィーゼルは今日、老いも若きも知る存在になった。『夜』は長いあいだ高校の必読図書だったし、オプラの推薦のおかげで、新しい世代にとって今やアメリカ文学の正典に必須の一冊となった。エリ・ヴィーゼルは、マーティン・ルーサー・キング・ジュニアやガンジーのように俗世の聖人がまつられる万神殿入りした有名人になった。

だが、有名人は人間の現実をおおいかくすことにもなりかねない。人々はいとも簡単に有名人を、ある一般的原則、理想、抽象概念の化身であるかのように見なし始める。ヴィーゼル教授は人間だ。彼はチョコレートが好きで、警官を怖がり、泳ぎを知らず、誕生日を祝ってもらうのが苦手だ。こうした大切な個性がしばしば、抽象化のなかで失われてしまう。

それより深刻なのは、有名人が正義の代行者になってしまう可能性があることだ。つまり、正しい本を読み正しい思想的指導者の意見を聞けばそれ以上の行動を取る必要はない、という勘ちがいである。ヴィーゼル教授は、そのような受け売りの美徳には異議を唱え、自身の名声は普段着のようにさりげなく着こなしていた。政界の指導者、そして後年には映画スター（重要な目的促進のために積極的にスカウトをした）と過ごすことはあったけれど、彼はイメージに手間ひまかけるよりはメッセージに多くを託した。よくわたしにいっていたが、彼はいまだに自分のことを「シゲットからぽっと出のイェシヴァの小僧」としか感じられないそうだ、特に公的な場でカメラに追われフラッシュを浴びるときには。そしてまもなく、彼はそのヒューマニティをふたたび世界に知らしめることになる。ただし今回は身体的危機をきっかけに。

すべてを克服しての信仰

二〇一一年、ヴィーゼルは緊急の開胸心臓手術――五本の冠動脈バイパス手術――を受け、後日『Open Heart』と題した本にその体験を書いた。彼はその話を公開講演で語り、もろさ、死すべき運命、古い記憶を再訪するミステリアスな経路、老境における信仰などをテーマに対談も始めた。新しい本のなかで彼はこう書いている、「旅立つ準備など、まったくできていない。達成しなければならぬことは目白押しだ。完成させなければならぬプロジェクトも山ほどある。立ち向かうべき挑戦も。書かなければならぬ祈りも、発見しなければならぬ言葉も、開くべき講義も、まだ受けるべき授業もたくさんある」。健康の衰えゆえに、彼は旅行を制限し仕事量も減らさなければならなくなった。通常のクラスを受けもつのをやめた――毎週ニューヨークからボストンへ出かけるのも負担が大きすぎる……

彼に会いにいったのは、術後の回復のあと、彼の新刊が書店にならぶ前だった。あのときほど疲れきった、憔悴しきった彼を見たことはなかった。急に老けこんだ姿にも驚いた。だが、わたしを見るや微笑みを浮かべて元気も回復したように見え、会話が進むにつれいきいきしてきた。彼は、手術室へ急遽運びこまれたときの恐怖や、それからさかのぼること数週間前に感じた不吉な予兆について話してくれた。

「不思議な話をしてあげよう。といっても、君はさほど不思議には感じないかもしれないけれど。ベルツ派のレベ（現代ハシディズムの師）に会いにいったんだ。帰る段になってこう尋ねられた、『どんな祝福の言葉をお望みですか？』わたしはほぼ無意識に『完全な治癒を』といった。緊急手術の前の話だよ！」

「直感だったんですか？」と尋ねた。

「に違いない。わたしが症状を説明した医者からは、即刻病院へこいといわれたけれども、わたしはいきたくなかった。イランからきた反体制派グループと会談中だったから、そのミーティングを中断するわけにはいかないと思った、落胆させるわけにはいかなかった。だから、なぜそんなことをいったのか見当がつかないんだよ。だがね、知っているのに意識していないあれこれを、実は意外と知っていたりするものさ……」

次に彼は、心臓手術の直後に六歳の孫エリヤと交わした会話について話した。

「孫が病院に見舞いにきてね。小さな手をわたしの手にゆだねて、しばらく何もいわずにすわっていた。それから彼はこういった、『おじいちゃん、すごく痛いんでしょう。それからおじいちゃん、おじいちゃんのこととっても好きだって知ってるよね』。そういってからちょっと考えこんでいるのが見てとれた。『おじいちゃん、もしぼくがおじいちゃんのことをもっと好きになったら、おじいちゃんの痛いの少し良くなる?』」

孫の哲学的なコメントに、彼が深く感動したのがわかった。彼自身の口から出てきそうなコメントだ。

「回復しつつあったころ、わたしは看護師になるべく早く左腕の点滴チューブを全部右腕に変えてくれないかと頼んだんだよ。そうすれば聖句箱《テフィリン》を巻きつけることができるからね」

「ということは、すべての点滴をもう一度刺しなおすことになりますよね?」

「そうだよ。でもそんなに痛くはなかった。それに、ともかくできる限り早く聖句箱を身につけたかったんだ」(数年前に、戦後彼が真っ先に懇願したものが一対の聖句箱〔額につけるのと左腕につけるのと〕だったという話を聞いたのを思いだした。)

そのあと、彼は最近インタビューを受けたときのことを話した。インタビュアーが間違えて、四本《クワドラブル》の冠動脈バイパス手術が云々といったらしい。

「彼の間違いを正してやりましたよ」と彼は微笑んだ。「彼にこういってやった、『五本――あれは五本《クインテュプル》のバイパス手術でした』。何かをするときには正確でなくては!」

彼のユーモアのセンスがいつも通りであることに、わたしはほっとした。

調子はどうかと尋ねられたので、わたしは自分の基本計画――フルタイムで働きながら完璧な家庭人となる一方で見識のある人物になる――がうまくいかないことに徐々に気づきつつあると答えた。わたしの結婚生活は緊張と誤解だらけになり、厄介な状態になっていた。金銭面での問題、ともに過ごす時間の欠落、自己主張のスタイルの根本的相違、などがあいまってわたしたち二人は壁にぶち当たっていたのだ。

本当はそれをヴィーゼル教授と話したくはなかったけれど、何かあるらしいと察した彼はわたしにせついた。「そのほかは?」彼を煩わせたくないという気持ちがあったり、おそらくは我が人生の欠陥部分をさらすことがただ恥ずかしく、わたしはためらいながら話した。だが結局のところ、すべてを打ち明けることになり、そうすることで少し気分が良くなった。彼はすべてを、そしてはるかに多くのことを経験して知っているのだ。

彼は「おやおや」といった。そしてわたしの方に身体を近づけてわたしの手をしばらく握ったままでいた。「いつも君とともにいるからね」

アドバイスなど口にしない彼に、わたしは感謝の気持ちでいっぱいだった。

「何年か前にくらべると、最近はあまり楽観的になれないんです」とわたしがいう。

「それも人生の一部だね。でもそこから信仰が、本物の信仰が生まれてくるんだ」

彼はしばし考えこみ、こういった、「祈りのときにわたしたちは『v'emunah chol zot(このすべてが信仰)』というね。わたしはそれを少し変えて、『ve'emunah b'chol zot』にした。その意味は『このすべてを克服しての信仰』」

「それを実際に唱えるんですか?」と尋ねた。祈禱の文句を変更するというのは、それがたとえ文字一個の追加であっても、伝統的なユダヤ教徒にとって神学的に急進的な動きとなる。

「そうですよ、毎日ね。あらゆることを克服しての信仰、そうでなければそれは信仰ではないでしょう。それから、聖書の教えにはこうあります。最高のリーダーといえども欠点はあり間違いを犯す。それはかまわない。完璧であることなど期待されてはいません。わたしたちはそもそも人間で、人間性という枠のなかで少しずつ良くなってゆくべきものなのだから。君もそうだ——悟りの境地にいたる必要はない。必要なのは、幸せになるための学びです」

わたしは彼に礼をいったが、彼のメッセージを素直に受けとめられずにいる自分を感じた。依然としてわたしは自分の人生のヒーローになりたかった。何もかも理想通りに運ぶようにし、暗黒部分を打ち負かす。わたしの理想主義と完璧主義は今なおわたしを駆りたてていた。ただし、その両方の主義が、わたしには手に負えなくなっているのでないかという疑いが頭をもたげ始めてはいた。

そのとき彼はこういった。以前も口にしていた意見だ。「忘れないで。君の声はわたしの声と同じくらいに大事なんだよ」

なぜ彼がそのときそれをいったのか、わたしにはわからなかった。

つづけて彼はこういった、「アリエル、わずかな例外をのぞいてわたしは君のために何でもしてあげよう。例外とは何かと訊かれても実は困るんだが」。彼はしばし思案したのちこういった、「君といっしょに豚肉は食べない」

わたしは大笑いし、彼も声をたてて笑った。「わたしだってあなたといっしょに豚肉を食べたりはしませんよ！」とわたしはいった。

わたしたちはそのまましばらく笑っていたが、そのあと彼は詫びた。腰がひどく痛むので、いつものように見送ることはできないと。「もっと早く教えてくだされればよかったのに。こんな長居はしませんでしたよ。早く良くなってください！」

抱擁の代わりに彼は手を差しのべた。「できれば二週間後にきてください」。そうしますと答えてから、わたしはひとことといい添えた。「神のおぼしめしがありますように」

腰痛にもかかわらず、彼は勇を鼓してエレベーターのところまで見送ってくれた。見たこともないほどやせ細っていた。彼はわたしを抱擁し、頬にキスをし、わたしは彼の細い肩に両手を乗せたままでいた。彼は「Yishmirecha Elohim」——「神のご加護がありますように」といった。わたしはエレベーターに乗りこんだ。彼がわたしにそんなことをいったのは初めてだった。

門が閉じる

それから数か月、彼はさまざまな治療を受けなければならず、訪問は難しくなった。彼のリクエストだった二週間後の訪問を気にかけていたわたしは、何度も面会を試みたけれど、無駄に終わった。門は閉じられ、彼のプライバシーは完全に守られ、近しい人々や彼自身が招いた人たちですら、敷居を越えることはできなかった。

わたしは最後の面会に考えをめぐらせ、わたしが結婚生活の難しさについて語ったあと、なんの脈絡もない感じで彼がいったことを思いだした。「君の声はわたしの声と同じくらいに大事なんだ」。なぜ、よりによってあのとき彼はそんなことをいったのか、依然として謎だった。だが、ふと気がついた。個人的な問題を抱えているからといって世のなかを良くしようという努力をやめる必要はない、とわたしに気づかせようとしていたのではなかろうか。この解釈を検討していると、ますますそれが正しいように思われ、教壇に立ち、ときにはカウンセラー役を引き受けながら学んできたことに符合する。自分自身の苦闘がしばしば自分にとって最上の仕事を生みだす原動力になる、ということだ。そのような苦労は、嫌がらずむしろ買ってでもすべきなのだ。ヴィーゼル教授が出してくれた宿題の本質的な部分であり、わたしはそれを徐々に実行に移していった。

それから数か月、わたしは手持ちの手段を活用し、その点に集中した。作品を創って展覧会を開き、ときには自作のプリントを売ることもあった。週に一度セラピーを受け、わたしの人格形成期を探り、これまでの自分にどう影響してきたかを知ろうとした。この一〇年会っていなかった友人たちと旧交をあたためた。子どもたちをそれぞれ長距離ドライブに連れだし、もっと深いつながりを築くための時間を確保することを心がけた。ヴァーモント、ニューヨーク州北部、ニューイングランドのいたるところへ出かけ、最高のホットチョコレートを見つけた。

イスラエル再訪を果たし、嘆きの壁にもいった。へりくだった姿勢で祈りを捧げるのではなく、わたしは神と議論をした。通常の祈願嘆願から始めたが、背中がだんだんとこわばってくるのを感じた。それは最近認識するようになったサインだった。ふりをしている、形だけそれらしいことをやっているときにそうなる。そして腹が立ってきた。今わたしは聖なる地にいる。しかるべき動機があってはるばるここへやってきた。ふたたび神とつながるために、集中力と明晰さを見いだすために、なのに扉は閉ざされたままだった。「いいだろう」とわたしはひとりごちた。「わたしはここにもう一時間はいるが何も起きない。休憩しにいこう。だが、戻ってきたときには何かが開け放たれなければいけない――壁だろうとわたしの心だろうと天空であろうと、なんだっていい！　敬神の念を唱えるためにここへきたわけではない。人生の根源を見つけなおすためにやってきたのだ」。とつぜん、わたしは本来の自分にかえり、それまでの体験が息を吹きかえした。それからさらに数時間、わたしは大声で話しつづけ、ときには怒りがときには不安がまじったが、そこには新次元の真実があった。祈りとは何なのか本当のところはまだわからなかったけれど、そのときの言葉の奔出は、わたしが知る限り最も祈りに近いものだったことは確かだ。

旅から帰国すると、ヴィーゼル教授のアシスタントからメッセージが届いていた。ニューヨークで彼に面会できる機会がわずかながらありそうだという。わたしはボストンから車で南下し、車を停め、コーヒーを買って彼の自宅に電話した。彼の声にはとまどったような気配があった。

あなたのことをずっと考えていたんです、と彼にいった。「どうして？」と彼はひそやかな、子どものような声で返事をした。五分だけでもいいから会いたい、抱きしめるだけでもというと、もう一度あとで電話をして、と彼はいう。いつになくよそよそしい、ぼんやりとした話し方だった。

同じ日の午後、わたしは、彼からきてくれといわれた場合にそなえて彼の家のすぐ近くで待機できるよう、タクシーで移動した。マンハッタンで静かに電話をかけることができる場所を探すのは至難のわざだということに気づいた。車の音はやかましいし、退去を命じられずにしばらくたたずむことのできる屋内の一角というのがほとんどない。やっとのことで、誰からも邪魔されることのなさそうな、あるオフィスビルのロビーを見つけた。

そのとき電話に出た彼は、疲れきった感じはあったけれど、いつも通りの温和な彼だった。わたしを部屋にあげなければと気を揉ませたくなかったから、すぐ近くにいることはいわなかった。その配慮は正解だった。というのは、客がきているから会えないというのだ。それでは電話もまずかったろうか、と尋ねると彼はいった、「いや、ちょっと話しましょう。最近どうしてますか？」わたしは義母のための祈りを乞うた。最近癌の診断を受けたばかりだったのだ。彼は約束してくれた。わたしの計画を尋ねてからこういった、「何か必要だったらいってください。何でもしてあげるから」

「何よりもお会いしたいんです。来週もう一度トライしてみてもいいでしょうか？」

「もちろんだよ」と彼はいった。

その日の残りをわたしはマンハッタンで過ごした。本屋に立ちより、それからセントラルパークのシープメドウへいった。ティーンエイジャーのころよく過ごした場所だ。大好きだった木の下で靴も靴下も脱ぎ、こもれ日の落ちる木陰で身体を休めた。悲しみがわたしのなかから流れだして春の明るい大気のなかへ、やさしく揺れる草のなかへ、灰色の町の壁にかこまれた、あの大きな緑の窓の静謐と広がりのなかへ吸いこまれてゆくのにまかせていた。痛みにさいなまれ、言葉を失った恩師の姿を見ることが、こんなに悲しいとは思わなかった。彼は一度こんなことをいった、「わたしにあるのはわたしの言葉だけ」、そして別の機会には、「わたしのすべてはわたしの言葉」。しかし今、その言葉が失われてゆく。

最後の面会

一週間後の二〇一六年六月、わたしは再度ニューヨークへいった。彼の息子、その面会を準備してくれたエリシャがいう、「パパにとって今大切なのは、喜びをもたらしてくれる人に会うことなんです」。しかしヴィーゼル教授はひどく衰弱し、面会が成りたつかどうかは保証の限りではなかった。わたしは彼のアパートメントのロビーに到着したあと、彼がおりてくるまですわって待っていた。看護師が押す車椅子に乗って彼は現れた。髪は薄くまばらで、ずっと年老いて見えた。だが、わたしを認めるなりその顔はぱっと明るくなった。車椅子の上の彼とクッションを配したソファに腰をおろしたわたしは、そのロビーで一時間近く話しこんだ。彼はわたしを大いに笑わせた。それだけは変わっていなかった。ときどきはわたしも彼を微笑ませることができた。

とても多くのことを語りあった。

まだ書いていますかと尋ねた。もちろん、と彼はいった。わたしは、どんなテーマですかと尋ねたけれど、すぐ話の方向を変えた。「まあそれは結構です、執筆中の内容は口外しないルールでしたからね。最後に書いたもので、話していただけるものといったら？」彼はハシディズム再考という説得力のあるテーマについて語った。大胆な学問的実験だ。

近況を尋ねられたわたしは、時間を失ったような、本質的でないものに時間を空費してしまったような気がしてならず、今は急ピッチの創作活動でそれを取りもどそうとしている最中だといった。

「何も失われたりはしませんよ」と彼はいう。

「何も？」

彼こそが多くを失ったではないか、とわたしは思っていた。父親と母親と妹と。あの六〇〇万人。さらにその後の年月のうちに失われた多くのもの。

「何も」と彼は繰りかえした。「それに再会するためには一〇〇年かかるか、二〇〇年いや五〇〇年かかるかもしれない。いや、我々には永遠に見えないかもしれません。でも神の目からすると失われたものなど何もない」。わたしがついていけないのを、彼は感じたようだった。「その証拠が欲しい？」と訊く。「懐かしむ――これですよ、決して失っていないことの証拠は」

そして彼はこういった。「これだけは忘れないで、わたしはここにいる、君のためにずっとここにいる」

わたしは、二〇年前に彼に信仰と疑いについて尋ねた、そんな思い出を話した。「どのようにして信仰と倫理意識を教えたらいいのでしょう？」

「わたしは学生全員に学習することへの愛を教えようとしました――学習、学習、学習。倫理意識は学習を通してしか身につけることはできません」

わたしはこう尋ねた。「わたしもそれを教わったし、ほかの多くの学生もそうでした。でも、教え方の秘訣は何だったのでしょう?」

「一つしかない――あなたが『教え』そのものになることです。そうすれば人々はあなたを見て感化される」

また、こう尋ねた。「あなたの教え子の多くに話をしようと思っていますが、何か伝えるべきことは?」

「彼らは常にわたしとともにある、と伝えてください」と彼はいった。「彼らといっしょにいた一瞬一瞬にわたしは責任を感じているんです」という。「そうでなければ、教職など無意味でしょう?」わたしはこんなこともいった。「ある瞬間が永遠になることがあります。あなたの教えはそういう瞬間で満ちあふれていました」

「そうした瞬間が永遠なのは、わたしたちがここにいっしょにいたからです」

結婚生活がもたらす問題に押しつぶされそうだという話をしたとき、彼はこういった。「やはり――そうじゃないかなと気にしてました。だけどそこで君は学習している、それが一番大事なところです。それがいつも学生たちに教えようとしている点です、学習しつづけろ、学習しつづけろと。わたしは毎日学習しています。君よりも年上だけど学びに学び、学びに学んでいるのに、いまだに何かを始めたという実感がない」。彼は遠くを見つめた。「でも、まもなく始めますよ」

帰る時間になったとき、彼を抱きしめていいものか迷った。痛い思いをさせてしまわぬかと懸念し、わたしは手を差しのべ、しばらく彼の手を握っていた。だが彼は、車椅子の方へわたしを引きよせて抱擁したあと、頰にキスをした。彼の頰はちくちくした。彼に出会ってからこれまでの長い年月のなかで、初めて髭剃りがおろそかになっていた。立ちあがろうとすると、彼はやさしくいった。

「もう一度」。わたしを引きもどし、もう一方の頬にもキスをした。

二〇一六年七月二日は安息日だった。わたしは安息日には電話もメールも使わなかったから、ヴィーゼル教授についてのニュースは、それをチェックできる土曜の夜までわからない。地元の改革派ラビである友人のジョゼフは、死亡情報やその他緊急事項をやりとりするために会衆とのホットラインを持っていた。その彼がヴィーゼル教授死去の通知を受けた。彼はそのニュースをおだやかな形で伝えようと、わたしを探しに何マイルも歩いてきた。わたしを見つけることはできなかったが、わたしの親友デイビッドには会えた。そうしたわけでわたしが安息日の午後デイビッドの家へいくと、ジョゼフはわたしに腰をおろすようにいってからそのニュースを教えてくれた。

ショックというわけではなかったが、それでもショックに変わりはない。なんといってもヴィーゼル教授は八七歳だったし、長いあいだ深刻な健康問題で苦しんでいた。それなのに、彼にかんするわたしの印象はいつも、あんなに若い！というものだった。あの厳粛さ、あの圧倒的な存在感に似合わず、彼には子どもっぽいところがあった——無邪気で好奇心のかたまりで開けっぴろげなところ。もちろん彼のことは昔から心配してきたが、いなくなるところまでは想像できずにいた。

その夜わたしは「クリヤー〔引き裂く〕」をした。死を嘆く伝統的なユダヤの作法である。わたしはお気に入りのシャツの、心臓の真上にあたる胸ポケット部分を切りさき、そして泣いた。

ボストンからの、いまだにぼんやりとしか思いだせない朝の長距離ドライブのあと、わたしは早めに葬儀場についた。シナゴーグに入って礼拝堂はどこかと尋ねた。二階だという。階段をのぼり始めると、前方にユダヤ人葬儀会の行列が見えた。棺《ひつぎ》をかついでいる——わたしの恩師が入っている棺だ。わたしは二階までつきしたがい、そこに留まって詩篇を唱え、彼と話をした。

死去した人が自分の名前を忘れずにいることの大切さにかんする神秘的な教えを思いだした。言い伝えによれば、死んだばかりの人は自分の魂が天にのぼるために自分の名前を覚えていなければならないという——名前が鍵になるのだ。だが、死亡時のトラウマが尾を引いていてそれを忘れがちになる。この話を文字通り信じていたわけではないが、ヴィーゼル教授が教室でこの話をしたことを覚えていた。そんなわけで、弔問客が少しずつ増えてきたところで、わたしはそっと身をかがめてささやいた。「名前を忘れないでください。あなたの名前はエリエゼル、レビ族のシュロモの息子です」。そのあと自分の席についた。

わたしは遠いところから追悼の言葉を聞いていた。頬にはまだ棺の木の感触が残っていた。

世界の指導者たちから弔辞の波が押しよせてきた。だがその大半はわたしの知る教師とは一致しないものばかりだった。現代の聖人、世界の良心、何百万という人々に影響を与えた偶像的存在。正しい指摘だったけれど、わたしが昵懇にし愛した教師の姿をそうした言葉のなかには見いだせなかった。

ともに学んだ仲間や友人たちからの私的なメッセージの方が、わたしには意義深かった。ある人はこんなふうに書く。「ここ数日、わたしは方向を失ったような気分で、言葉を手探りしています。あまりうまくいっておりません」。また別の人は、「彼が世界のどこにいようとも、彼の心はいつもわたしたちとともに、教室のなかにありました」と書く。こういうメッセージもあった。「彼は一時期、わたしにとって最高の先生でした——聖職者、と彼は冗談めかしていったものです——しかし今、わたしはこの世界をさまよい歩きながら彼の喪失に茫然としています」。そしてこのようなメッセージも。「なぜかはわからないけれど、わたしの心のどこかに、彼はわたしたちを超えてさらに生きつづけるだろうという確信がある」。わけても、ある学生の一文がわたしの心を打った。彼女はこう書いていた。「わたしたちは彼の遺産です」

新たな面会

数か月後、ヴィーゼル教授の墓参りをした。誰もいなかった。わたしは静寂のなかで座し、言葉を交わすために一時間ほど過ごした。

こんなとき、何をいったらいいのだろう? 著作『Open Heart』のなかで彼はこう書いた。「肉体は永遠ではないが魂という観念は永遠である。脳は埋葬されるが記憶は生き残る」。彼にわたしの声は聞こえるだろうか? わからない。ともかくわたしは語りかけるだけだ。

あなたの不在が耐えがたい、一オンス嘆くたび、我々の友情に対する謝意を一オンス半感じる、とわたしはいった。新しい質問表を作りました。最後にあなたを前にしたときに尋ねておけばよかったと悔やんだ質問事項のリストです。目をそむけたくなる真実から、ごまかすことなく子どもたちを守るにはどうしたらいいでしょう? わたしが次に追い求めるべきキャリアは何でしょう? あなたの故郷シゲットの近くの小村にいたユダヤ人たちについて何かご存知でしたか? わたしの先祖がその村にいたことを最近知ったのです。前代未聞かつ混乱含みの大統領選挙の終盤が迫るなか、新しい学生たちにあなたの授業を受けさせたい、これまでになくあなたの英知が必要となっていますから。

墓前にすわったまま、最初のころの面談を思いだしていた。わたしは自分をさらけだしたくて彼のオフィスへ入っていった。いつも抱えていた重荷をそのまま持ちこんだ。両親の離婚、姉の目が見えないこと、超越の追求、自分のたくさんの欠点、愛と目的の模索。彼はわたしを見て微笑んだ。あのエレガンスと度量の広さ。彼といるとわたしは本来の自分を思いだし、もっと良い、もっと覚醒した、もっと責任感の強い人間になれるという可能性を感じるのだった。彼の前にいると、そうした美点がすでに自分の属性であるような気がした。

不意に、ポニーテールの大学一年生の自分が、初めてボストン大学の彼のオフィスにすわっているイメージが浮かんだ。そして、ふと気づいたことがある。この話にはもう一つの側面があったのだと。

ヴィーゼル教授はアウトサイダーだった。引っこみ思案で、神にとりつかれ、根本的な疑問と、そして狂人と貧乏人にとりつかれていた。彼はハシッドで、アメリカ人にとってのスターバックスのように禁欲主義は馴染みのものだった。彼はその全世界が——家族も、子どものころからの友人や教師も、成長の背景にあった慣習までも——失われた、何もかもが消滅してしまった人間だった。すべてを失ったのは彼が一五歳のとき、ふつうならばアイデンティティを確立し始める年ごろで、まだ傷つきやすくこれから世に出ようという時期だった。彼のアイデンティティは強制労働の日々に、囚人点呼の日々に、打擲、発熱、母親とまだ幼児だった金髪の妹との離別、父親との死別のなかで形成されたのだ。にもかかわらず、彼はわたしが人生のなかで出会った最も健全な心をそなえた人だった。

彼はいつも大変やせていた。まるでコーヒーと好物のチョコレートしか口にしたことがないかのように。彼は遠くを望むような目をすることがあったが、対象をつらぬく鋭い視線も持っていた。顔には時の流れと苦悩がきざまれていた。修行所《アシュラム》を訪れて「星に耳を澄ますことを学んだ」。彼は時間の半分を古書に、残りの半分をニューヨークタイムズ紙についやして生きたが、両者をつなぐ橋になることは彼にとって奇異なことではなかった。

彼は団体行動に参加する運動家ではなかったが、どこかしらビート族やエッセネ派に近親性があった。あるいは放浪修行者《サドゥー》、デルヴィーシュ〔スーフィーの修道僧〕、踊るハシッドなどに。彼は芸術家であり、その作品が祈りであるような著述家、その言葉が沈黙であるような祈り人だった。そして笑いでもあるような。彼にとって、大勢への迎合などは考える余地すらなかったように思われる。他人と同じようにしてみようなどと、あの人が試みるだろうか？　彼の世界はすでに死んでしまったのだ。彼にできたのは、生き、読み、書き、熟考し、他者——彼の孤立を尊重し、ときにはその小舟に相乗りできる友人と学生たち——にめぐり会うことだけだった。

　わたしのボストン大学入学を義父のマティから聞いた彼が、「わたしのところによこしなさい。面倒を見てあげましょう」といったということを、わたしは最近まで知らなかった。その招きの直後、オフィスに現れたわたしに対面した彼は、わたしのなかに若き求道者だった自分の似姿を見たのではなかったか。ボヘミアン、勉強好きでまじめな青年。この子はわたしの同類だ、と考えたのかもしれない。

　どこにいても場違いなところにいると感じがちなわたしは、そのときの一体感に安堵した。ヴィーゼル教授はわたしに避難所を与えてくれたのだ。それは物理的な場であると同時に精神的なよりどころであり、そのなかへ相互矛盾するわたしの諸側面をもろとも持ちこむことができた。彼がわたしに、「ありのままで」というとき、彼はわたしの完璧主義に異議を申し立てていたのだ。それはわたしが何度も繰りかえし学ばなければならなかった教訓である。さかのぼれば、わたしが一七歳のとき、父親に対して聖人になりたいと告げたときからの課題だった。ほかの皆がわたしに悟らせようとして失敗したことを、ヴィーゼル教授は成功した。性格、才能、限界について、彼は自分のものも他者のものも両方そのまま受けいれた。彼はわたしのも受けいれてくれた。今後彼に敬意を払う最もふさわしい方法は、わたしも同じようにすることだと思う。

日差しのなか墓標のそばにすわっていたわたしは、満ちたりた気持ちに包まれた。英雄的偉業への執着を捨てるときがきた、と感じた。わたしはただ人間になりたかった。日々の向上をめざし、前日よりもより思いやりのある、より開放的な自分となるべく、地道な努力を仕事とするような。

我々のこの世界のなかで起きているとてつもない苦難に思いをいたすとき、わたしはしばしば無力感に打ちのめされる。ややもすると、無力感のあまり、小さなアクションすら起こせなくなってしまうことがあった。しかしもう、この世界の問題に完璧な解決を求めたりはすまい。その代わり、小さな改善をもたらすような行動を取ろう——一人を相手に、一つの家庭から、一つの教室で。

かつてヴィーゼル教授はわたしにこんなことをいった。「今でもそうですが、個人的な問題で何か決断しなければならないとき、わたしは目をつぶって母を思い浮かべます。そして、『彼女だったらどうするだろう?』と考えるのです。おおやけの問題やコミュニティの問題の場合には目を閉じて父を思い浮かべます」

そして今、わたしはこう自問している。「ヴィーゼル教授ならどうするだろう?」わたしは彼の死後もこれまでと同じように彼から学びつづけ、彼の言葉はわたしの心のなかでいつまでも響きつづける。

彼の手を思い浮かべる。彼の顔の皺を、口元と目尻、そして額の上の皺を思い浮かべる。グレーのウールのスーツの肌ざわりを、いつも襟につけていたフランスのレジオンドヌール勲章の略綬を、ズボンのなかの細い脚を。わたしたちが面談したオフィスの木製テーブル、あたりを埋めつくす書物。そんな持ち方をする人を見たことがない、ペンを握るときの独特の癖。人差し指と中指のあいだにはさむので、書いている文字が手のひらのなかに隠れてしまう。書き散らしたノート。温和で好奇心に満ちた目、それは陶酔と驚嘆を湛えた魂に通じる窓だった。わたしは今後、一人きりになることは決してない。

エリ・ヴィーゼルの教え子、それは何を意味するだろう？　迫害に対し勇ましく立ちあがることだろうか？　世界を旅して苦難の証人になることだろうか？　猛烈な活動家になり、政治家と軍人の自己満足に揺さぶりをかけ、世界をより良い場所にすることだろうか？

そのどれかが答なのかもしれない。だがわたしは、控えめな一歩から始まるものだと思っている。ヴィーゼル教授は、我々が皆国際的舞台で活躍すること、あるいは教え子が自分を真似ることを期待していたとは思わない。聖人や理想の化身である必要はない。名刺に「人道主義者」の文字を刷る必要はない。承認される必要も名声を得る必要も大きな影響力を持つ必要もない。

エリ・ヴィーゼルの教え子であるとは、あるがままの自分自身が、たえず自分のヒューマニティや他者に対する思いやりを深めてゆくことだ。

可視化されぬリスクにさらされている人たち、無力で救いを求める手も伸ばせず、語りえなかった物語を抱えた人たちに気づくことでもある。

たえず学び、思考の質を高め、感じ方を深化させ、知恵を模索するために偉大なテクストや物語、思想のなかへ没頭する意欲を常に持つこと。

疑問を投じ、すべての答を得ることができなくても悠々と構え、複雑な問題を前にしても性急で中途半端な解決に惑わされないこと。謎はそのまま受けいれて、何もかもこぎれいな理屈で結びつける必要はないと知ること。

自分自身のアイデンティティとほかの世界の人々に対する気遣いのどちらを優先しようか、などと迷う必要はないと知ること。自分の所属グループのためにも他の人々のためにも弁護することはできる、個別と普遍とは支えあうことができると理解すること。

友情を祝福すること、友情を探している人たちと友だちになること。

なかんずく、過去を記憶し、過去と未来のつながりを理解すること。他者の生命、苦悩と喜びを尊重すること。証人になることを意味する。

ヴィーゼル教授の逝去からほぼ一年が経ったころ、聖書の信仰と社会活動をテーマにして神学部の少人数の学生グループに講義をしてくれと招かれた。わたしは通常の講義ではなく、聖書のテクストを話題の糸口として使い、現代の日常における信仰の役割について自由討論をすることにした。学生は合衆国のさまざまな地域から集まってきていたが、進取の気性に富むという点では共通していた。わたしたちはエデンの園の物語、神に論争をいどむアブラハムの物語、ヨブの物語について議論をした。宗教がある種の反逆になりうる、主観的芸術の一つの形になりうる、苦悩に直面してもそれを肯定する行為になりうる、という考えに学生たちは強い興味を抱いた。彼らは、信仰共同体を不正に対する抗議活動へみちびくためにはどうしたらいいかと尋ねる。とりわけ、非主流派の極右に対する反対デモをどうやって組織したらいいかという具体的な質問だ。一時間の予定だったけれど、議論が白熱したために、二時間が経過しかけていることに誰も気づかなかった。幸いにして、わたしが子どもたちを学校に迎えにゆくまで、まだ少し時間があった。

帰り支度をしていると、真剣な面持ちの学生が近づいてきた。「質問したいことがあるんです」と彼はいった。「信仰心を持てそうにないとき、どうやってそれを養ったらいいのでしょうか？」わたしは彼の肩にそっと腕をまわしてこういった。「わたしも同じ悩みで長いあいだ苦しみました。どこかで落ちついて話をしましょう」

推薦図書

次に列挙するのは、ヴィーゼル教授が言及することの多かった、あるいは本書各章で広範に引用した本である。

アイスキュロス『縛られたプロメーテウス』
アンナ・アフマートヴァ『詩集』
ビアトリス・ヴァインライヒ『イディッシュの民話』
エリ・ヴィーゼル『夜』
エリ・ヴィーゼル『Messengers of God』
エリ・ヴィーゼル“Making the Ghosts Speak”『From the Kingdom of Memory』内の一篇
エリ・ヴィーゼル『Open Heart』
エリ・ヴィーゼル『Souls on Fire』
エリ・ヴィーゼル『The Trial of God』
エウリピデス『王女メディア』
エウリピデス『トロイアの女たち』
イスマイル・カダレ『Elegy for Kosovo』

フランツ・カフカ『短編集』ないしは『作品集』
カフカ『審判』
ハイム・カプラン『ワルシャワ・ゲットー日記』
アルベール・カミュ『シーシュポスの神話』
カミュ『ペスト』
セーレン・キルケゴール『おそれとおののき』
ワシーリー・グロスマン『人生と運命』
アーサー・ケストラー『真昼の暗黒』
ヨハン・ヴォルフガング・フォン・ゲーテ『ファウスト』
孔子『論語』
フィリップ・ゴーレイヴィッチ『ジェノサイドの丘——ルワンダ虐殺の隠された真実』
ウィリアム・シェイクスピア『ロミオとジュリエット』
ジョージ・バーナード・ショー『聖女ジャンヌ・ダルク』
フリードリヒ・デュレンマット『老貴婦人の訪問』
フョードル・ドストエフスキー『カラマーゾフの兄弟』
ドストエフスキー『罪と罰』
アリエル・ドーフマン『死と乙女』
エディス・ハミルトン『ギリシア神話』
アンネ・フランク『アンネの日記』
ベルトルト・ブレヒト『肝っ玉おっ母とその子どもたち』
マルティン・ブーバー『Tales of the Hasidim』

サミュエル・ベケット『ゴドーを待ちながら』
マイケル・ホワイト『The Pope and the Heretic』
チェスワフ・ミウォシュ "Campo dei Fiori"
トニ・モリスン『スーラ』
エマヌエル・リンゲルブルム『ワルシャワ・ゲットー——捕囚1940-42のノート』
老子『道徳教（老子）』

S. Ansky『The Dybbuk』
Peter Balakian『Black Dog of Fate』
Hayim Bialik & Yehoshua Ravnitsky『The Book of Legends』
Chaim Grade『The Yeshiva』
（trans. by Herbert Mason）『The Death of al-Hallaj』
Rabbi Nachman of Breslov『Rabbi Nachman's Stories』
André Schwarz-Bart『The Last of the Just』

謝辞

本書は多くの方々の協力を得た。

エリシャ・ヴィーゼルは、わたしにとって人生を一変するような、彼の父親との最後の面会をかなえてくれた。永久の感謝を捧げたい。そしてわたしと彼ならびにリンとの友情にも。

活動家、生存者、人道主義者のマリオン・ヴィーゼル夫人については一冊の本が書ける、否、書かれるべきであろう。彼女は寛大に時間を割いてくれ、夫君の思い出も存分に話してくれた。

それぞれ違う時期にヴィーゼル教授の学生だったり同僚だったりした多くの人たちが、それぞれの体験談を出し惜しみすることなく語ってくれた。特に感謝を捧げたいのは、イングリッド・アンダーソン、テレーズ・バーベイト、ラインホルト・ボシュキ、ジャン・ダルサ、ダン・エーレンクランツ、キャロライン・ジョンストン、マリリン・ハラン、モニカ・カリナ、ジョー・カノフスキー、デビー・カチコ＝グレイ、ロズ・スピア・コザク、リキ・リッピッツ、アヴィヴ・ルーバン、ジェイミー・ムア、ネヘミア・ポーレン、ティナ・ラスボーン、ベッティナ・ライヒマン、パムとジョン・タウブ、ヨセフ・ウォスク。彼らの学友だったことはわたしの名誉である。

マーサ・ハウプトマンは二〇年以上前、わたしをヴィーゼル教授のクラスへ招いてくれ、それによってわたしの人生を変えた人だ。ヴィーゼル教授の初期の教育助手だったアラン・ローゼンは賢明な教師であり、人を鼓舞する名手であり、ハシディズムの旅路を同道してくれた旅仲間でもある。スティーブン・エスポジトは、わたしがヴィーゼル教授の指示を受け、ギリシア悲劇の講師として招待していた彼との事前打ち合わせのために彼のオフィスへおもむいたとき以来の、師であり友人である。

ジョエル・デルブーゴーはすばらしいエージェントだ。彼女は出会ったばかりのころの会話で、「ほかを探さなくてもいいわ。わたしがこの本にぴったりのエージェントですから」といった。彼女は一〇〇パーセント正しかった。生涯学習者、洞察力抜群の読者、効果的実行家として、彼女はわたしを最適の出版社と編集者にみちびいてくれた。

ローレン・ワインの本書との結びつきは、即時かつ個人的かつ確固としたもので、本書に対する彼女の確信はわたしの自信になった。彼女は編集芸術家だ。コンセプトの明確化から最終稿にいたる完璧なカットまで、彼女の助産師的なすばらしい指導なくして本書は日の目を見なかった。わたしには聞こえない自分の声を彼女は聞きとってくれ、それを聞こえるようにしてくれた。

パイラー・ガルシア=ブラウン、トレーシー・ロー、リサ・グローヴァー、テイリン・ローダー、リズ・アンダーソン、ハナ・ハーロウ、そしてホートン・ミフリン・ハーコート社チームの細部への配慮、ユーモアのセンス、たゆまぬ情熱は比肩するものがない。

すぐれた編集者、セイラ・シャービルは心やさしい批評家、そして友人。彼女はわたしの背を押して発見をうながしたかと思うと、今度は新しいドアを開けてくれる。このプロジェクトを通じて、彼女は錨のような存在だった。彼女の技量、正確さ、明晰さ、そして感情のこもった洞察は本書をはかりしれないほどゆたかなものにした。

チャーリー・ブックホルツ、才能ゆたかな作家、旅仲間、そしてティーンエイジャー時代に出会って以来の心の友。彼は人生における難問をともに学んだヘヴルタ〔学習パートナー〕である。彼は、いつもと変わらぬユーモアと才気煥発、すぐれた直感をもって本書の章ごとにアドバイスしてくれた。

デイビッド・ジャッフェは信頼に足る心の支えと明確さの源であり、彼のトーラー学習と誠実さからわたしはいつも学び、霊感を受けている。ジョゼフ・メッツラーの思いやりと友情はとりわけわたしの人生をより良いものにしてくれた。二〇一六年七月二日、ヴィーゼル教授の逝去をできるだけおだやかな方法で伝えようと、安息日にはるばる徒歩でやってきてくれたことは決して忘れない。デイビッドとジョゼフは本書の初期原稿から何章かを読み、洞察力に満ちたコメントをくれた。

エリ・ヴィーゼル関連書類が保管されているボストン大学のハワード・ゴットリーブ文書館の職員は、わたしの個人的体験と彼の書簡やその他の書類を照らしあわせる際に力を貸してくれた。

スペース・オン・ライダー・ファームのエミリー・シモネスとウィルバートン・インのリーヴィス家は、執筆のための好環境を提供してくれた。最初が二〇〇八年に本書の構想をめぐらせ始めたとき、二度目が第六章を書き終えつつあったとき。先見の明を持った事業後援者のハロルド・グリンスプーン、タルグム・シュリシ〔慈善事業財団〕のアリー・ルービン、ギルとエリナー・バッシュ、ハーリーン・アップルマンとジョニ・ブリンダーマンが率いるザ・カヴァナント・ファウンデーションは画家として作家としてのわたしを寛大に支援してくれた。

わたしの両親、ヴィヴィアン・ラザールとデイビッド・バーガーは紆余曲折の旅をサポートし、やさしさと献身をもって姉とわたしを育ててくれた。二人が差しのべてくれた友情は、これまでのわたしの人生における力の源泉だった。二人は創作の原動力であり、二人がわたしに伝えてくれたものは、思いやり、好奇心、音楽、そして教えることへの情熱。マティ・ラザールはわたしの母と結婚してわたしたちに幸せをくれる前から、わたしの指導者だった。彼によってわたしはヴィーゼル教授に紹介され、現代でもユダヤ人のために全面的に身を捧げて生きることは可能だという考えにもみちびかれた。わたしの姉、ヤエルのたくましさ、そして笑いと喜びの表現能力はいつもわたしに力を与えてくれた。わたしの父の妻サーシャと妹のシルキーはすべてを甘美にしてくれる。

サブリーナは、わたしが本書の執筆に踏みきったとき、のみならずさまざまな飛躍をくわだてたときも、愛と勇気をもって支えてくれた。**Af al pi chen**（何するものぞ）。

この本は、ヴィーゼル教授の教えと愛とサポートに報いるための心からの謝意の表明である。子どもたちのために書いたこの本は彼らに献呈される。彼らが本書を知り、さらなる知識を渇望するように。

訳者あとがき

本書はAriel Burger, Witness: Lessons from Elie Wiesel's Classroom（Houghton Mifflin Harcourt, 2018）の全訳である。尚、本文内の［　］は著者注、〔　〕は訳者注である。

著者アリエル・バーガーの横顔は、彼自身の伝記的要素も含む本書のそこかしこで窺うことができるが、改めてまとめておこう。

一九七五年八月生まれの著者は、マンハッタン北西部にあるイェシヴァ・ユニバーシティ・ハイスクールを一九九三年に卒業したあと、ボストン大学とスキッドモア・カレッジで学び、後者にて学士号を取得する直前に、イスラエルのDarchei Noam Instituteに留学した。一時帰国をはさんで二〇〇三年まで同じくイスラエルのYeshivat Bat Ayin Rabbinical Schoolで学び、二〇〇三年にラビに叙任された。その後、ボストン大学で二〇〇三年秋から二〇〇八年春までのおよそ五年間、エリ・ヴィーゼルの教育助手を務め、二〇〇八年にボストン大学で博士号を取得した。現在はユダヤ教正統派のラビとして活躍している。

本書には一〇代の著者が将来の進路として宗教か芸術かと迷うシーンがあるが、ラビとなった現在も芸術（絵画・音楽）は著者の人生の重要な部分を占めている。たとえば、彼はヴァイオリニスト、ヤエル・バト＝シモンとCDを出しており、彼女のクレツマー（東欧ユダヤ民謡にルーツを持つジャンル）風の音楽に伴奏をつける彼のギターを聴くことができる。

ジャーナリスト、作家、ノーベル平和賞受賞者として知名度の高いエリ・ヴィーゼルが、実はボストン大学などで四〇年以上教鞭を執っており、むしろみずからを教師と定義していた。その「意外性」と、従ってこれまで誰も書かなかったクラスルームでの彼の言動、教授法について広く知らせようと、ヴィーゼルの愛弟子である著者が、恩師逝去の翌年から書きはじめたのが本書である。

「道義的責任を負い、感受性をそなえ、正義を追求するヒューマニストを生みだすことを意図した教養教育という、たぐいまれな授業」――これがヴィーゼル教授独特の授業であり、他大学からきた学生たちは最初皆面食らったという。通常の大学の授業とは違い、知識・情報の授与とか意見の表明だけではなく、そこでは学生各自が自分をさらけだすことを要求された。だがそれは、ヴィーゼル教授が聴罪師の役目を務めるわけではなく、小説・戯曲などのテクストを学生にぶつけ、「テクストを読む」のではなく「テクストに読まれる＝問いかけられる」状況を作ることによってなされた。その作業を通じて、学生たちは授業で出会うだけの関係ではなく、ヴィーゼルの息吹を受けたコミュニティを形成していったのである。

本書を読みはじめて気づくのは、著者アリエル・バーガー自身の家族史や個人的エピソードの披瀝が少なくない点だ。そこでは若き日の悩みから青雲の志、ひいては結婚後の家庭の財政難まで赤裸々に語られる。本書は期間と場所が限定されているとはいえエリ・ヴィーゼル伝である。他者の伝記のなかで著者がみずからの生い立ちや家庭の内幕をさらすというのは珍しい。だが、そのおかげでヴィーゼルと著者の交流がより深く感じられるのではなかろうか。

またそれは、ヴィーゼルの教室において学生が単なる受講者ではなくみずからを与えて参加するという原型が、本書の構造として取り入れられているということなのかもしれない。ヴィーゼルの一番弟子として著者は、ヴィーゼルという「テクスト」理解のためにはみずからの内面・内的生活の吐露が不可欠だと意識していたのだろう。

戦前のヨーロッパにいたユダヤ人九五〇〇万人のうち六〇〇〇万人が殺された。つまり三人に二人のユダヤ人が消えたことになる。ユダヤ人にとってそれは人口の減少のみならず教師の急減を意味した。老人と子どもが先に処分されたとすれば、おそらく経験豊かな教師から先に消えていったはずだ。

ヴィーゼルが教師となる決意をしたのは、自分が体験したような苦しみをこの世からなくすためだった。教育は会話の内容を政治の中身を変え、コミュニティを癒やし、相違を抱えた人間社会を結びつける。彼は、感受性と共感力を育むことができ、すぐれた考えを探り、そこに喜びを持てるような学生を育成しようとした。ヴィーゼルは教師不足の問題を一人分解消しただけでなく、ユダヤ教を超え、センシティビティをそなえた新世代を生み出そうという新たな試みにいどんだ教師だった。

本書第一章「記憶」の最初に次のようなヴィーゼルの言葉がある。

「証人の話を聞いたあとは、あなたも証人になる」。

ヴィーゼルの話を聞いたアリエル・バーガーは証人になった。そして、証人として本書を著わした。

NPO法人イディッシュ文化振興協会理事長の樋上千寿さんにはユダヤ教関連用語についてご助言を賜りました。また、白水社編集部の藤波健さんからは本書の紹介と翻訳の機会を頂きました。この場を借りてお二人に御礼申し上げます。

二〇一九年七月、ロンドン西郊にて。

園部哲

著作権者許諾

Excerpt from Mother Courage and Her Children © Bertolt Brecht, 2009,
and Methuen Drama, an imprint of Bloomsbury Publishing Plc.
Excerpt from *the Death of al-Hallaj: A Dramatic Narrative*, by Herbert Mason.
Copyright © 1979 by the University of Notre Dame Press.
Reprinted by permission of the University of Notre Dame Press.
"Song About Songs," from *Anna Akhmatova: Poems*, by Anna Akhmatova,
translated by Lyn Coffin. Copyright © 1983 by Lyn Coffin.
Used by permission of W. W. Norton & Company, Inc.
Anna Akhmatova' s rights acquired via FTM Agency, Ltd.
Excerpt from "Campo dei Fiori" from *The Collected Poems 1931-1987*
by Czeslaw Milosz. Copyright © 1988 by Czeslaw Milosz Royalties, Inc.
Reprinted by permission of HarperCollins Publishers.

訳者略歴

園部哲（そのべ・さとし）

翻訳家。一橋大学法学部卒業。訳書に『北朝鮮14号管理所からの脱出』『アジア再興』『アメリカの汚名』『ニュルンベルク合流』（以上、白水社）、『密閉国家に生きる』『人生に聴診器をあてる』（以上、中央公論新社）、『北極大異変』（集英社インターナショナル）、共訳書にシャーウィン裕子著『夢のあと』（講談社）がある。ロンドン在住。

エリ・ヴィーゼルの教室から
世界と本と自分の読み方を学ぶ

二〇一九年九月一五日 印刷
二〇一九年一〇月一〇日 発行

著者 アリエル・バーガー
訳者 © 園部哲
装幀 日下充典
発行者 及川直志
印刷所 株式会社理想社
発行所 株式会社白水社

東京都千代田区神田小川町三の二四
電話 営業部〇三（三二九一）七八一一
編集部〇三（三二九一）七八二一
振替 〇〇一九〇-五-三三二二八
郵便番号 一〇一-〇〇五二
www.hakusuisha.co.jp

乱丁・落丁本は、送料小社負担にてお取り替えいたします。

株式会社松岳社

ISBN978-4-560-09720-5
Printed in Japan

▷本書のスキャン、デジタル化等の無断複製は著作権法上での例外を除き禁じられています。本書を代行業者等の第三者に依頼してスキャンやデジタル化することはたとえ個人や家庭内での利用であっても著作権法上認められていません。

白水社の本

ドイツの歴史教育

川喜田敦子

ナチ時代の負の過去をいかにのちの世代に伝えるか。歴史認識と歴史教育をめぐる戦後ドイツの歩み。

ホロコースト・スタディーズ

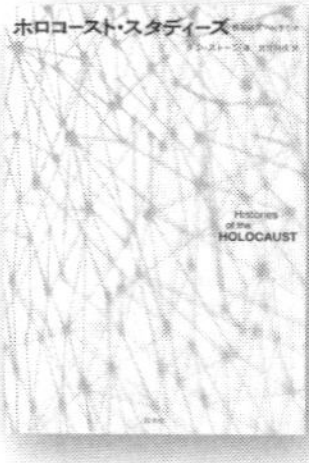

最新研究への手引き

ダン・ストーン　武井彩佳 訳

ナチ支配下のヨーロッパで繰り広げられたユダヤ人大量殺害。意思決定の過程や「最終解決」に至る道筋、人種政策など、様々な分野の膨大な研究を最新の知見もまじえて整理していく。

ニュルンベルク合流

「ジェノサイド」と「人道に対する罪」の起源

フィリップ・サンズ　園部 哲 訳

国際法教授ラウターパクト、法律家レムキン、ポーランド総督フランクの人生と家族、戦禍が交錯する。英ベストセラーノンフィクション。

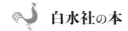